唐滋唐味唐人诗

徐昌才 著

陕西新华出版传媒集团
陕西人民教育出版社
·西安·

图书在版编目（CIP）数据

唐滋唐味唐人诗 / 徐昌才著. -- 西安：陕西人民教育出版社，2014.7（2021.6 重印）
ISBN 978-7-5450-1272-9

Ⅰ.①唐… Ⅱ.①徐… Ⅲ.①唐诗—诗歌欣赏 Ⅳ.①I207.22

中国版本图书馆CIP数据核字(2014)第178185号

TANG ZI TANG WEI TANG REN SHI
唐 滋 唐 味 唐 人 诗　　　　　　　徐昌才　著

出版发行：	陕西新华出版传媒集团
	陕西人民教育出版社
地　　址：	西安市丈八五路58号(邮编:710077)
印　　刷：	三河市兴国印务有限公司
开　　本：	787mm×1092mm　1/16
印　　张：	16.75
字　　数：	250千字
版　　次：	2014年9月第1版
印　　次：	2021年6月第2次印刷
书　　号：	ISBN 978-7-5450-1272-9
定　　价：	49.00元

一腔诗意向大唐

「自序」 徐昌才

写完这部《唐滋唐味唐人诗》最后一个句号，感觉自己就像一位刚刚分娩的母亲，异常激动，无比幸福。不去想飞扬文采，光艳千秋；不去想洛阳纸贵，浪得虚名；不去想春风秋月，快意几时。沉浸在一个人的世界里，沉浸在古老的唐诗中。那些遥远的风景，那些神秘的诗魂，那些灿烂的生命，一一活现在我的脑海里。我与他们同呼吸，共悲欢。我抑制不住自己的激动与疯狂，我要与苍老的灵魂，鲜活的生命，燃烧的青春，还有天空大地、白云绿草，分享我的生命体验。这本书记录了我的感受和感动，记录了我的激动和激情，表达了我的真情与真性，如果一言一语、一鳞一爪能够触动你的心弦，带给你生命的感触与生活的快意，我将倍感欣慰。

读唐诗，可以站在自我的角度，切境切情，将心比心，感同身受，也可以从他者的角度着眼，特别是站在与诗人同时代的其他诗人，或是站在同一诗人同类题材不同诗歌比较的角度来品味。如此联系贯通，如此比照呼应，可以激活我们的思维，激发我们的兴味，当然更可以帮助我们全面而深刻地理解唐诗的真意真味。

李白的豪放飘逸、天马行空，贯穿大诗人一生的创作。但是，经历不同时段，置身不同情境，接触不同对象，诗心沸腾，气血澎湃，浮想联翩，奇幻多多，又是各不相同，异彩纷呈。《梦游天姥吟留别》是一种豪放宣泄。李白生长翅膀，脚踏祥云，飘飘飞举，梦渡千山万水，神游洞天福地。看这样的画面："洞天石扉，訇然中开。青冥浩荡不见底，日月照耀金银台。霓为衣兮风为马，云之君兮纷纷而来下。虎鼓瑟兮鸾回车，仙之人兮列如麻。"楼台殿宇，金山银山，闪闪发光，与日月争辉，与天地同在。各路神仙，衣袂飘飘，列队欢迎大诗人到来。大诗人呢，披霓虹为衣，驱长风为马，让老虎鼓瑟，让凤凰驾车，前呼后拥，浩浩荡荡，参与盛会。这就是梦游天姥山的李白。豪放在于离奇梦幻，豪放在于仙风浩荡。

读李白的《蜀道难》，也是豪放宣泄，感觉又不一样。写山水雄奇险峻，写人事凶险惨烈，写神话离奇神秘，写历史悠远沧桑，均是给人一种感觉：李白并不特别在乎送别友人一路西去，并不刻意凸显宏大主题，李白是想挥洒自己的才情，施展自己的想象，释放自己的性灵。山高竟然离天不盈尺,阻挡日月运行,遮挡黄鹤飞越,惊吓猿猱攀缘。声响竟然可以虎吼雷鸣,地崩山摧,让人毛骨悚然,胆战心惊。蜀道之下是悬崖绝壁,万丈深渊,是惊涛骇浪,奔涌咆哮。蜀道山崖竟然飞瀑直泻,激流汹涌,石头滚动,山谷轰鸣。蜀道山林竟然悲鸟嚎叫,惊飞逃窜,杜鹃悲鸣,凄厉刺耳。蜀道关隘竟然峥嵘崔嵬,万夫莫开,豺狼当道,猛虎出没,磨牙吮血,杀人如麻。不管是自然风景,还是人事祸乱,无不深深震撼人心,甚至使人魂飞魄散。我们几乎不可能在现实中遇到李白如此离奇、夸张的描写。但是,我们在害怕、恐惧之余,又感到刺激、过瘾,又喜欢李白的夸张和想象,感觉李白是在纵情释放自己的创造力,他想通过诗歌文字创造一座山,创造一个世界。可以说,《蜀道难》的豪放,是一种立足现实、挥洒才情的豪放;《梦游天姥吟留别》的豪放,则是一种超出尘世、飘举云天的豪放。类比李白诗歌,感受李白才情,可谓万千风云,万千气象,万千豪放。

诗情源于诗心,诗心源于生活。理解一首诗歌,品味一段诗情,感发一种生命,不是字斟句酌,演绎诗意,不是对应背景,印证诗情,更多时候,更本质的体验,应该是超越古今,弥合时空,以生命对接生命,以情感交融情感,以智慧碰撞智慧,达到古今浑然,生命同构。我相信,诗情不但相通,更是永恒。我们无缘与李白做邻居,无缘与杜甫做朋友,无缘与李商隐同朝为官,无缘与王维参禅礼佛。但是,地不分东西,时不问古今,人不分男女,心理同构,生命同感，曾经感动诗人的情意，也一定感动你我。

读陈陶《陇西行》："誓扫匈奴不顾身，五千貂锦丧胡尘。可怜无定河边骨，犹是春闺梦里人。"你会为大唐将士浴血奋战、捐躯为国的壮举拍案叫绝，啧啧称叹。但是，你可能还会想到，战争究竟是为了什么？战争是不是被某种力量利用？战争付出惨烈的代价，能够换来万千黎民幸福安康吗？战争真是犹如某些人所宣扬的保家卫国、大义凛然吗？陈陶看到了白骨盈野、横尸成山，陈陶痛感年轻生命的凋谢、幸福家庭的破灭，陈陶不直说他的悲悯和义愤、他的呻吟与控诉，但是，我们却可以从身边出发，从现实出发，从历史出发，指责一场战争的不义与残暴，怒斥一些政权的狭隘与自私。

诗歌来自感觉，诗歌来自感动。不能燃烧自己，就不能燃烧别人。诗歌是情感的艺术，诗歌也是感觉的捕捉，诗歌还是瞬间的心灵闪光。犹如照相，咔嚓一声，对准的镜头，定格成永恒，沉淀成古今。一刹那间的感觉，最精彩，最传神。但是，如何捕捉，如何觉察，如何定位，如何凝固，却是竭尽诗人心思的事情。大量唐诗，激情洋溢，生动鲜活，感觉灵动，诗性蓬勃，说白了，源自于诗人的敏感，诗性的敏锐，诗心的灵妙。我们读诗，要走进诗歌情境，感知诗人生命，感触诗意空灵，势必忘情投入，率性参与。

读杜甫的《江南逢李龟年》："岐王宅里寻常见，崔九堂前几度闻。正是江南好风景，落花时节又逢君。"今昔对比，感慨万千，再现感觉的复合与多变。对于当时大名鼎鼎的音乐家李龟年，诗人的印象一会儿是岐王宅里的风光无限，一会儿是崔九堂前的交口称赞，一会儿是江南时节的春光明媚，一会儿是落花时候的无语神伤，种种感慨，纷至沓来，触动心弦，引人深思。诗人的高明也就在于以有限感觉写无限感慨，以眼前风光道世态冷暖。跟着感觉读唐诗，随心随意，随情随兴，自由无拘，天马行空。

诗歌也是诗人性情的自然流露，率意而出，一片赤诚，一派天真，道尽所爱所恶，抒写悲欢离合。或是故国三千里，或是人生百年秋，或是"无边落木萧萧下"，或是"南湖秋水夜无烟"，多姿多彩，活灵活现。清代诗评家陈廷焯有言："诗有四种高妙，一曰理高妙，一曰意高妙，一曰想高妙，一曰自然高妙。"诗理源自深思悟会，诗意萌生，诗想奇幻，诗风自然，与性情密切相关。作诗如此，今人读诗，自然需要回归性情，对接诗意，感触千古同构之生命体验，感动悲欢爱恨之情感交融。

读韦应物《滁州西涧》："独怜幽草涧边生，上有黄鹂深树鸣。春潮带雨晚来急，野渡无人舟自横。"和韦应物一道徘徊滁州西涧，陪寂寞小草说说话，听高树黄鹂唱唱歌，看春潮晚来急雨，看野渡无人舟横。几多清幽闲适，几多逍遥快意。当然，敏感一点，深沉一点，或许也会触动身世，感伤命运。人生无须高调，大鸣大放，自吹自擂，活在世俗的眼光中。人生可以划一叶孤舟，徜徉江湖烟雨，追寻自在逍遥。人生也可以种一畦青草，默默无闻，生机翠绿。不管韦应物怎样写，不管生活怎样变化，我读这首诗，就是将自己的喜欢和厌恶、清醒和迷茫，带进诗歌，对话诗魂。从诗歌中找到自己，从自己身上发现诗意。

诗歌是语言的钻石，诗歌的语言唯美精致。我们品读唐诗，更多的是借助语言携带的灵光追寻诗人的心路。一路上，我们遇见了风尘仆仆的诗人，千姿百态的人生；遇见了山花盛开，青山耸翠；遇见了风雨烟云，电闪雷鸣；也遇见了沧海变桑田，王朝变风烟……我们面对纷至沓来的风光，目不暇接，心花怒放。我们停不下脚步，要跟上诗人的步履，继续走向远方，走向一道道神奇诱人的风景。带着我们的心，带着我们的生活宝藏、诗意性情、灵动感觉，还有我们燃烧的生命，相会在大唐，相约在诗歌，相知在生活。你我一起，诗路同行，一路风光，一路精彩。

目录

跟着想象读唐诗

北风吹雁雪纷纷——唐代诗歌的风雪美……………………3
太白诗里话太白——李白诗歌的神仙味……………………8
泛湖游山天地心——李白诗歌的自由风……………………11
巧比妙喻情深深——唐诗中的相思味………………………14
大珠小珠落玉盘——唐代诗歌的音乐美……………………19
有花堪折直须折——一首唐诗，两种意蕴…………………22
一树春风千万枝——唐代诗歌的柳姿美……………………26
大漠长河落日圆——唐代诗歌的黄昏美……………………29
黄金不多交不深——唐代诗歌的世态味……………………34
家家扶得醉人归——唐代诗歌的节日美……………………36
千树万树梨花开——岑参诗歌的风景美……………………41
巴女骑牛唱《竹枝》——唐代诗歌里的"三头牛"………45
十年一觉扬州梦——杜牧诗歌的风流味……………………48
寂静之中蕴生机——王维诗歌的意境美……………………50
满船清梦压星河——唐代诗歌的梦幻美……………………55
无食无儿一妇人——唐诗中的苦命人………………………59
念君怜我梦相闻——唐代诗歌的友情美……………………62

1

跟着生活读唐诗

晚岁当为邻舍翁——柳宗元《重别梦得》赏读……………67
战争让女人痛苦——陈陶《陇西行》赏读………………69
一路思乡一路黑——陈子昂《晚次乐乡县》赏读…………71
有一种送别叫向往——李白《送友人》赏读………………73
飞雪迎春暖人心——韩愈《春雪》赏读……………………76
清风冷月白牡丹——裴潾《裴给事宅白牡丹》赏读………79
几家欢乐几家愁——李约《观祈雨》赏读…………………81
梦中难忘是美女——武元衡《赠道者》赏读………………83
落尽东风第一花——许浑《客有卜居不遂薄游汧陇因题》赏读…85
落花有意逐轻舟——储光羲《江南曲四首》（其三）赏读………88
江边有条不系舟——司空曙《江村即事》赏读……………90
回家路上好风光——王建《江陵使至汝州》赏读…………92
画出西南四五峰——郎士元《柏林寺南望》赏读…………94
春归客去何时回——崔橹《三月晦日送客》赏读…………97
边疆风光暖人心——姚合《穷边词二首》（其一）赏读…100
白云深处好读书——刘眘虚《阙题》赏读…………………101
此曲只应天上有——郎士元《听邻家吹笙》赏读…………104
秋声秋雨愁煞人——韦应物《登楼寄王卿》赏读…………106
心绪逢秋总摇落——苏颋《汾上惊秋》赏读………………108
不脱蓑衣卧月明——吕岩《牧童》赏读……………………110
字斟句酌咏心声——杜甫《咏怀古迹五首》（其三）赏读…113
沦落天涯奏心曲——王昌龄《听流人水调子》赏读………117
大漠风尘日色昏——王昌龄《从军行七首》（其五）赏读…119
秦时明月汉时关——王昌龄《出塞》赏读…………………121
五原春在冰开日——张敬忠《边词》赏读…………………124

跟着感觉读唐诗

故乡跟心一起走——岑参《行军九日思长安故园》赏读…………129

相逢无语共凄凉——杜甫《江南逢李龟年》赏读…………………131

故园东望路漫漫——岑参《逢入京使》赏读………………………134

天下谁人不识君——高适《别董大二首》（其一）赏读…………136

山里风光山里情——张旭《山中留客》赏读………………………139

落花不是无情物——孟浩然《春晓》赏读…………………………141

登高望远天地阔——王之涣《登鹳雀楼》赏读……………………144

每逢佳节倍思亲——王维《九月九日忆山东兄弟》赏读…………147

春风不度玉门关——王之涣《凉州词》赏读………………………149

我心有月我心明——王维《鸟鸣涧》赏读…………………………152

一行诗情上青天——杜甫《绝句四首》（其三）赏读……………154

风吹梅花满关山——高适《塞上听吹笛》赏读……………………158

孤帆一片日边来——李白《望天门山》赏读………………………160

飞流直下三千尺——李白《望庐山瀑布》赏读……………………163

桃花潭水深千尺——李白《赠汪伦》赏读…………………………166

唯见长江天际流——李白《送孟浩然之广陵》赏读………………169

野草花上夕阳斜——刘禹锡《乌衣巷》赏读………………………172

梦断桃源无寻处——张旭《桃花溪》赏读…………………………174

醉卧沙场君莫笑——王翰《凉州词》赏读…………………………176

高高秋月照长城——王昌龄《从军行七首》（其二）赏读………178

柴门临风听暮蝉——王维《辋川闲居赠裴秀才迪》赏读…………181

清江一曲柳千条——刘禹锡《柳枝词》赏读………………………186

万里桥边送友人——薛涛《送友人》赏读…………………………189

不忿朝来喜鹊声——李端《闺情》赏读……………………………192

跟着性情读唐诗

二月春风似剪刀	——贺知章《咏柳》赏读……………………197
笑问客从何处来	——贺知章《回乡偶书二首》（其一）赏读……200
少年壮志不言愁	——王勃《送杜少府之任蜀川》赏读…………203
野渡无人舟自横	——韦应物《滁州西涧》赏读…………………205
曾经沧海难为水	——元稹《离思五首》（其四）赏读…………207
白云深处有风骨	——贾岛《访隐者不遇》赏读…………………210
露似真珠月似弓	——白居易《暮江吟》赏读……………………213
巴山夜雨涨秋池	——李商隐《夜雨寄北》赏读…………………215
人间四月芳菲尽	——白居易《大林寺桃花》赏读………………217
千朵万朵压枝低	——杜甫《江畔独步寻花》（其六）赏读……219
悔教夫婿觅封侯	——王昌龄《闺怨》赏读………………………222
天高地迥独徘徊	——陈子昂《登幽州台歌》赏读………………225
清溪清水清我心	——李白《清溪行》赏读………………………228
东风不与周郎便	——杜牧《赤壁》赏读…………………………231
亡国何关商女事	——杜牧《泊秦淮》赏读………………………233
潮打空城寂寞回	——刘禹锡《石头城》赏读……………………236
我心唯有敬亭山	——李白《独坐敬亭山》赏读…………………238
白水明田原野外	——王维《新晴野望》赏读……………………241
月亮本是故乡明	——杜甫《月夜忆舍弟》赏读…………………244
昨别花落今又春	——韦应物《长安遇冯著》赏读………………246
君在潇湘我在黔	——王昌龄《送魏二》赏读……………………249
后　记……………………253

跟着想象读唐诗

年华滴落纸间，凝成千年墨香，它慢慢流淌，我细细吟赏。

北风吹雁雪纷纷

——唐代诗歌的风雪美

唐诗中的雪,千年不化,万古长存。文人们借助它,演绎人生世态,折射社会风情,亦实亦虚,亦古亦今,幻化出丰富多彩的生活画卷。今天,时过千年,我们依然可以倾听它的心灵脉动,读它的洁白,读它的冷峻,读它的孤傲,读它的阴郁……凡此种种,令人遐想无限,感慨万分。冰雪精灵,穿越时空,今天依然轻舞飞扬,飘洒在我们眼前,回荡在我们耳畔,萦绕在我们心间。

祖咏参加科举考试那天,是一个寒冷的冬日,大雪刚过,天空放晴,他的运气也很好,接到的题目是《终南望馀雪》。诗人不假思索,直奔主题:

终南阴岭秀,积雪浮云端。
林表明霁色,城中增暮寒。

雪过初晴,万里空明,极目远眺,祖咏看到了一幅广阔绚丽、苍茫壮观的图景:高大巍峨的终南山傲然耸立,山顶,积雪皑皑,飘浮云端;林梢,余晖返照,寒光闪闪;雾霭,轻飘漫舞,缭绕变幻。面对此景,诗人除了兴奋和好奇,还有内心的寒凉。从字面上讲,是观察细致,体验真切;从情思上看,是忧念苍生,悲悯黎民。这首诗本是应考之作,不符合考试要求,但诗人言尽意足,体物精准,形神兼具,从而博得主考官的赏识。一场雪触动了一颗伤感的心灵,演绎了一个士子的传奇人生,祖咏一"咏"成名!

王维擅长描写军旅生活,也有精准深刻的体验,他的《陇西行》也写到雪,渲染天寒地冻、军情紧张的气氛,读之,几乎让人喘不过气来。

十里一走马,五里一扬鞭。
都护军书至,匈奴围酒泉。
关山正飞雪,烽火断无烟。

陇西边地，外敌入侵，军情告急。不见烽火燃起，只见大雪纷飞，忽接军书急件，气氛顿时紧张。之前之后，统统略去，全由读者去想象，去补充；但是，那场大雪，下得紧，下得猛，又急又快，早已飞入眼帘，震撼人心！卢纶的《塞下曲六首》（其三）也有类似描写：

> 月黑雁飞高，单于夜遁逃。
> 欲将轻骑逐，大雪满弓刀。

匈奴首领单于黑夜逃遁，悄无声息；我方将士翻身跃马，乘胜追击。大雪纷飞，寒风呼啸，烘托出一支军队的威武神勇。

李白《塞下曲六首》（其一），同样写边地风雪，读之令人热血沸腾，豪情喷发：

> 五月天山雪，无花只有寒。
> 笛中闻折柳，春色未曾看。
> 晓战随金鼓，宵眠抱玉鞍。
> 愿将腰下剑，直为斩楼兰。

五月天山，不见春风绿柳，不见明媚阳光，只见大雪纷飞，天寒地冻。可是，如此艰苦恶劣的环境也阻挡不了大唐将士杀敌报国、建功立业的豪情壮志，他们枕戈待旦，随时准备翻身上马，奋勇杀敌。对风雪的描摹烘托出将士们的铁骨英姿。

岑参的《白雪歌送武判官归京》写边地风雪苦寒，可谓达到极致，多方描绘，极力渲染，读来让人瑟瑟发抖。

> 北风卷地白草折，胡天八月即飞雪。
> 忽如一夜春风来，千树万树梨花开。
> 散入珠帘湿罗幕，狐裘不暖锦衾薄。
> 将军角弓不得控，都护铁衣冷难着。
> 瀚海阑干百丈冰，愁云惨淡万里凝。
> 中军置酒饮归客，胡琴琵琶与羌笛。
> 纷纷暮雪下辕门，风掣红旗冻不翻。

> 轮台东门送君去，去时雪满天山路。
> 山回路转不见君，雪上空留马行处。

风大，卷地折草，呼啸而来；雪猛，一夜即至，四野皑皑；天冷，角弓不控，铁衣难着，冰封万里，愁云惨淡，红旗不动，雪满天山，诗人多方落笔，立体感受，既见风雪酷寒，更显凌云壮志！

岑参的另一首《走马川行奉送出师西征》更在风雪酷寒当中高唱凯歌：

> 马毛带雪汗气蒸，五花连钱旋作冰，幕中草檄砚水凝。
> 虏骑闻之应胆慑，料知短兵不敢接，车师西门伫献捷。

天寒地冻，风如刀割，滴水成冰，英雄的大唐将士豪情勃发，胜利在望！沧海横流方显英雄本色，这些风雪，越猛越冷，就越能衬托出将士们的铁血豪勇。

高适送别朋友，以风雪壮行，豪气干云。其诗《别董大二首》（其一）如此写道：

> 千里黄云白日曛，北风吹雁雪纷纷。
> 莫愁前路无知己，天下谁人不识君？

日暮黄昏，大雪纷飞，于北风狂吹中，唯见天空大雁出没寒云；送别友人，前路茫茫，于天高地阔中，独显豁达自信。此诗如狂风，一扫忧云阴霾，阳光灿烂；此诗如大雪，掩去深寒苦重，万里空阔！

刘长卿《逢雪宿芙蓉山主人》，以风雪迎客，温馨动人：

> 日暮苍山远，天寒白屋贫。
> 柴门闻犬吠，风雪夜归人。

日暮苍茫，路途漫漫，大雪纷飞，茅屋突现，诗人惊喜不已！那一场晚雪，是那样寒心透骨，揪人心肺；那一声狗吠，是那样的激动人心，引人遐想。这一夜，诗人不眠；这场雪，冷得温暖！

白居易《问刘十九》于风雪弥漫的隆冬时节捧出一颗火热的心：

> 绿蚁新醅酒，红泥小火炉。
> 晚来天欲雪，能饮一杯无？

室外是纷纷扬扬的漫天大雪,室内是熊熊燃烧的火炉和微绿发黄的家酿。这场大雪,这个夜晚,诗人第一个想到的是自己的老朋友刘十九,多么温暖!多么幸福!和刘长卿、白居易的风雪之夜私话友情不同,杜甫的《对雪》则表达了一种推己及人、忧念时局、关怀苍生的博大情怀。

> 战哭多新鬼,愁吟独老翁。
> 乱云低薄暮,急雪舞回风。
> 瓢弃樽无绿,炉存火似红。
> 数州消息断,愁坐正书空。

战乱年代,鬼哭狼嚎,生灵涂炭。乱云低垂,风吼雪狂,诗人孤苦伶仃,忍冻挨饿。这时候,他考虑的不是自身的艰难困窘,而是天下百姓的忧患苦痛。风雪弥漫之中,我们看到了诗人一颗饱经沧桑而又古道热肠的心!

柳宗元遭遇贬官降职,被发配蛮荒之地而不屈不挠,顽强抗争,借风雪向世人展示冰雪人格和铁骨风范。他的《江雪》这样写道:

> 千山鸟飞绝,万径人踪灭。
> 孤舟蓑笠翁,独钓寒江雪。

风雪之大,大到什么程度呢?千山万岭,飞鸟绝迹;千途万径,人迹湮灭;天地冷寂,白雪皑皑,只见一位渔翁披蓑戴笠,泛舟垂钓,无视风雪严寒,不顾世俗流言,特立独行,我行我素,与天地相抗衡,与风雪相比拼,清高孤傲,表现出一种天不怕、地不怕的斗志。相反,晚唐诗人李商隐就比柳宗元软弱得多,可怜得多,他的《悼伤后赴东蜀辟至散关遇雪》写丧妻之后仕途中的悲恸,催人泪下:

> 剑外从军远,无家与寄衣。
> 散关三尺雪,回梦旧鸳机。

隆冬之际,大雪封山,诗人孑然一身,一路风霜,万般凄苦。他想到,妻子已逝,无人赶寄寒衣;他更想到,夫妻团聚,妻子坐在旧时的织布机上为他赶制寒衣的温馨时刻。充满温暖希望的梦境反衬出冰冷严酷的现实。

晚唐诗人罗隐,悲天悯人,同情弱苦,大雪纷飞之际不是击掌赞赏,而是替穷人鸣穷叫苦，他的《雪》就发出了这样的声音：

> 尽道丰年瑞，丰年事若何？
> 长安有贫者，为瑞不宜多。

常言道，瑞雪兆丰年，雪越大越多就越好，这是衣食无忧、养尊处优的富人心理。对于长安城的那些食不果腹、衣不蔽体、露宿街头的百姓而言，这狂暴冰冷的大雪不知会带给他们多少苦楚！"瑞雪兆丰年，路有冻死骨啊！"诗人诅咒这场雪，控诉那个不公平、不合理的社会。与此类似，唐代另一位诗人张孜的《雪诗》则运用对比的手法，具体生动地描绘了隆冬时节的贫富对立：

> 长安大雪天，鸟雀难相觅。
> 其中豪贵家，捣椒泥四壁。
> 到处爇红炉，周回下罗幂。
> 暖手调金丝，蘸甲斟琼液。
> 醉唱玉尘飞，困融香汗滴。
> 岂知饥寒人，手脚生皴劈。

冰天雪地，穷人还在劳作不已，为生活而奔走，为生存而挣扎，然而富贵人家却是狂歌醉舞，花天酒地。两相对比，触目惊心！诗人借助这场大雪，展示了两幅天差地别的生活图景，控诉社会不公，同情百姓疾苦，表现出一位正直文人的道德良知和悲悯情怀。

风雪涤荡千年，余音萦绕今天，倾听民众之声，维护社会正义，伸张道德良知，构建和谐社会，品味一下这些古代的风雪诗声，是永远都不会过时的。

太白诗里话太白

——李白诗歌的神仙味

传说唐代大诗人李白的出生极不寻常,乃是他母亲梦见天上太白金星落入怀中而生,因此取名李白,字太白。长大后的李白也确有几分"仙气",他漫游天下,悟道学剑,好酒任侠,笑傲王侯。他的诗歌,想象是"欲上青天揽明月",气势如"黄河之水天上来",无人能及,雄霸天下。李白在当朝就有"谪仙"的美名,后来更被人们尊为"诗仙"。其诗屡次写到"太白",或指神仙或指山峰,瑰丽奇绝,多姿多彩,颇具仙风神气。

《登太白峰》是李白应诏入京欲展宏图之时的作品,想象奇幻,格调高昂,情绪饱满,洋溢着一种遨游天外、轻舞飞扬的浪漫情怀。

　　西上太白峰,夕阳穷登攀。
　　太白与我语,为我开天关。
　　愿乘泠风去,直出浮云间。
　　举手可近月,前行若无山。
　　一别武功去,何时复更还?

诗中两次写到"太白",第一次指太白山,在今天陕西省眉县城南20公里,是秦岭著名秀峰,高耸入云,终年积雪,俗语云:"武功太白,去天三百。"纵然山势如此险峻,李白却要执意攀登,一早出发,直到夕阳残照,登上顶峰,才体会到一览众山、壮观天下的奇妙。一个"穷"字,表现出诗人不畏艰险、奋勇攀登的精神。

李白的其他一些诗作也写到了太白山。《蜀道难》写道:"西当太白有鸟道,可以横绝峨眉巅。"太白群峰,连绵起伏,飞鸟难越,可见山峰多么险峻雄奇。《古风》(其五)中则写道:

　　太白何苍苍,星辰上森列。
　　去天三百里,邈尔与世绝。

拔地通天,超然世外,上列星辰,苍茫高远。李白笔下的太白山,总是这样立足人间,指向苍穹,充满想象,洋溢激情,几乎成了诗人不羁于世、超然独立的个性写照。

李白诗中第二次写到的"太白"就是指神仙太白金星。这位道教神仙中知名度最高的代表人物之一,生活在天界,在普通百姓中影响巨大。最初道教的太白金星是位穿着黄色裙子,戴着鸡冠,演奏琵琶的女神,明朝以后形象变化为一位鹤发童颜的老神仙,经常奉玉皇大帝之命监察人间善恶,被称为"西方巡使"。在我国古典小说中,多次出现有关太白金星的传奇故事。《西游记》中的太白金星,就是个经常与孙悟空打交道的和善老头儿。

你看,李白的想象多么奇妙。诗人登上太白峰之后,遇上了太白金星,这位神仙老头主动向李白问好,同他攀谈,并乐意为他打开通往天界的门户。之后,李白就随太白金星一道神游天界,乘着习习和风,飘然飞升,穿过浓密的云层,直上太空,向月亮奔去。抬手可以摘到月亮、星星,动步可以脚踏祥云,通行无碍。如此天马行空、无拘无束的想象,如此超凡绝尘、神游天界的情节,折射出李白自由奔放、洒脱出世的浪漫情思。

李白在《梦游天姥吟留别》中,也描写了同样浪漫的场景:

> 洞天石扉，訇然中开。
> 青冥浩荡不见底，日月照耀金银台。
> 霓为衣兮风为马，云之君兮纷纷而来下。
> 虎鼓瑟兮鸾回车，仙之人兮列如麻。

洞天福地，突然出现。云神披彩虹为衣，驱长风为马，让老虎为他鼓瑟，让凤凰为他驾车；各路神仙列队欢迎，迎接大诗仙的到来，场面盛大而热烈。诗人兴高采烈，心花怒放。

李白《古风》（其十九）也写到了神游天界的情景：

> 西上莲花山，迢迢见明星。
> 素手把芙蓉，虚步蹑太清。
> 霓裳曳广带，飘拂升天行。
> 邀我至云台，高揖卫叔卿，
> 恍恍与之去，驾鸿凌紫冥。

诗人在想象中登上西岳华山的最高峰莲花峰，远远看见华山玉女的纤纤素手拈着粉红的芙蓉花，凌空而行，游于高高的太清，雪白的霓裳曳着宽广的长带，迎风飘举，升向天际。美丽的玉女邀请李白来到华山云台峰，与神仙卫叔卿长揖见礼。然后，诗人与卫叔卿一道驾鸿雁游紫冥。这是一个美丽的白日梦，反映了李白对现实的失望，对光明洁净的理想世界的追求。总之，不管是太白金星，还是云之君，不管是华山玉女，还是卫叔卿，他们都热情友善地接待李白，带领李白游览天界，给李白指出了一条光明、自由、幸福、快乐的人生道路，而这正是李白在现实中找不到，只有在天界仙府才可能得到的补偿啊。

太白的诗多仙气，驰骋奇想，融入传说，游山玩水，崇奉道教。他的游仙诗就充分反映出他对现实的反抗和对理想的追求，见证了诗人狂放不羁、自由豪迈的生命风骨。

泛湖游山天地心

——李白诗歌的自由风

叶嘉莹教授说过这样一句话,诗歌可以唤起人们一种生生不息的不死的灵魂。我想,用这句话来评价诗仙李白的诗歌是最恰当不过的了。所谓"生生不息",应该指李白诗中那种张扬个性、挥洒才情、解放心灵、追求自由的活力源源不尽,绵绵不绝;所谓"不死",应该是指李白诗歌的飞扬情思、激情生命以及自由意志穿越时空,千古不灭,焕发生命,催生活力。品读李白寄情山水、纵情自然之作,我们总能强烈地感受到,诗歌字里行间弥漫着一股远离世俗、神游天地、心接万物的自由空气。李白的奇思异想和梦幻诗情,既带给我们绚丽多彩的审美享受,更让我们看到了一颗自由奔放、激情飞扬的诗心。

唐乾元二年(759)秋,李白终于从流放夜郎的途中遇赦归来,抵达岳州。这时,他的族叔刑部侍郎李晔正逢贬官岭南,二人在岳州相遇。在此之前,李白的一个朋友——中书舍人贾至,也被贬到了岳州。同样的遭遇,相通的心境,三人于是相约共游月下洞庭。李白在这次游湖中写下了五首诗。其中一首这样写道:

> 南湖秋水夜无烟,耐可乘流直上天?
> 且就洞庭赊月色,将船买酒白云边。

全诗即景生情,塑造了一个泛湖漂流、沐月飞升的主人公形象,表现出诗人心无羁绊、自由自在的人生追求。首句写景,措辞自然,惹人联想。洞庭胜状万千,四时之景各异,此句独云"秋水",明点节令,暗示湖水之清澈澄明。"无烟"二字则进一步写出湖上夜空的清朗,因为秋高气爽,月白风清,故觉长烟一空,分外光明。全句从水清写到天清,皓月千里,波光粼粼,水天一色,空明生辉,给人以人在画中游、心在空中飞之感。

其余三句纵情幻想,发清狂之思,抒自由之情。一想随浩浩秋水,沐朗朗清晖，泛舟天宇，神游世外。"耐可""哪可，安得"之意，用疑问语气表达诗人心纳万象、神仪自由的浪漫情怀。"直上天"三字下得干脆决绝，看似异想天开，却真实地反映了诗人超越现实、飘然出世的愿望。

二想赊皎皎秋月，诉款款心曲，明月相照，诗心空明。"赊"字有向洞庭乞借之意，拟湖为人，奇幻生趣。八百里洞庭俨然一位大美不言、巨富无形的主人，拥有湖光山色、清风明月等等无价之宝，而又十分慷慨好客，不吝借与。著一"赊"字，人与自然娓娓对话，灵犀相通。久茹生命不自由之苦楚的诗人，正是在这种与自然的深入契谈、默会交流中倾诉郁闷，愉悦心灵，从而获得身心自由。同时，"赊"月入怀，据为己有，可见诗人对月早已心驰神往，珍爱有加。"月"寄托了诗人高洁脱俗、自由天真的心性，也折射出诗人对功名富贵、利达荣辱的厌恶和鄙弃。洞庭赊月，只有浪漫如李白者才想得出，也只有洒脱不羁如李白者才配得上。

三想泛一叶孤舟，入白云酒家，把酒临风，赏月抒怀。风清月白的良宵不可无酒，天宽地阔的世界不要收心，那么就狂歌痛饮、醉卧云天吧！李白天马行空、无拘无束的性情在白云明月之间挥洒得淋漓尽致！

全诗就是这样借夜游洞庭发感，托清风明月抒怀，无一字不是奇思异想，无一语不是自由心声。饱尝流放禁锢之苦的李白，终于在洞庭湖光山色的辽阔天地中找到了渴盼已久的自由。李白高兴，我们也高兴，除了分享，我们还要献上衷心的祝福！

李白还有另外一首洞庭诗《陪侍郎叔游洞庭醉后三首》（其三）也是抒愤懑、豁胸襟、求自由的抒情绝唱。

刬却君山好，平铺湘水流。
巴陵无限酒，醉杀洞庭秋。

全诗的抒情主要通过两次幻想来完成。李白才华横溢，素有远大抱负，而朝政昏暗，使他一生仕途蹭蹬，因而早就发出过"大道如青天，我独不得出"的慨叹。晚年的李白，九死一生之余，又遭幻想破灭，竟至无路可走，数十年的愤懑便一齐涌上心头。因此，当他碧波泛舟开怀畅饮之际，看到傲然兀立在洞庭湖中的君山，挡住湘水使它不能一泻千里直奔江海，便敏感地意识到，这横亘眼前的君山就好像他人生道路上的巨大绊脚石，破坏阻碍了他的远大前程，于是发出了"划却君山好，平铺湘水流"的奇想。"划却"二字斩钉截铁，掷地有声，凸显诗人铲除不公、踏平坎坷的豪情壮志，也流露出诗人自由生命得以伸张的欢悦欣慰。铲除君山以后，湘水可以滔滔滚滚无遮无拦地流向天边，流向自由。湘水之尽情无碍，一往无前，正是诗人生命舒展、高歌猛进的人生态势的写照。

　　诗歌三、四两句写湖水变酒的奇想，洞庭湖碧波千顷，在诗人醉眼朦胧中变为无限美酒，而且诗人更希望在这无边佳酿中"醉杀"。不说"陶醉""沉醉"，而曰"醉杀"，大有狂歌豪饮、一醉方休之势，正是诗家快语，酒仙本色。李白何以想入非非，胡话连篇呢？曹操诗云，"何以解忧？唯有杜康"，李白也有诗，"抽刀断水水更流，举杯消愁愁更愁"，原来他希望用洞庭湖水似的无限美酒来尽情一醉，借以冲去久积于心的愁闷苦痛。如此张狂大胆的幻想，充分展示出诗人怀才不遇、壮志未酬的千古愁、万古愤。而这种如山之愤、似海之愁，又酿就了李白的冲天不平之气，所以诗歌开篇就有削山通流的奇想和奔腾雄迈的气势。

　　全诗写两种奇想，是醉后轻狂语，更是自由豪迈声。它让人联想到：自由的激情，像滚滚东流的江水，奔腾咆哮，一往无前；自由的激情，像撕裂黑夜的闪电，惊天动地，气壮山河；自由的激情，像驰骋疆场的骏马，四足腾空，虎虎生风！李白写活了奔流不息的一江湘水，写活了神采飞扬的生命豪情，我们实在应该为诗人喝彩加油、呐喊助威才是。

　　泛舟洞庭，李白可以乘流直上，羽化升空，也可以指手画足，削平大山，奇思异想溢满洞庭，弥漫天地；同样，登临仙山，李白可以腾云驾雾，漫游仙宫，也可以举手揽月，揖拜仙人，奇情异彩纷至沓来，层出不穷。

　　李白的登览诗，充分体现了诗仙的性格。现实世界无论如何完整，总有缺憾；经验所把握的空间无论如何广阔，总嫌不够。诗仙每游一处名山，总想从道人的烟霭或佛像的笑容里，寻出一条通天的秘道，或者干脆做梦，梦见仙人羽衣持节，乘青龙白虎车，迎接诗人升入天界，因此他爱山，爱的是仙山，执着地期待着仙人相招。如《梦游天姥吟留别》：

　　　　列缺霹雳，丘峦崩摧。
　　　　洞天石扉，訇然中开。
　　　　青冥浩荡不见底，日月照耀金银台，

> 霓为衣兮风为马,云之君兮纷纷而来下。
> 虎鼓瑟兮鸾回车,仙之人兮列如麻。

洞天福地,青冥浩荡,深不见底;亭台楼阁,日月朗照,闪闪发光。神仙们披彩虹为衣,驱长风为马,虎为之鼓瑟,鸾为之驾车,纷纷而来,列队欢迎诗人。这是一场壮丽辉煌、无比风光的神仙盛会,李白俨然就是一位仙人,高蹈云端,神游仙宫,目视异彩,耳闻仙乐,好不开心,好不自在!一场梦搭起了由现实通往理想世界的长桥,在桥上,我们看到李白在飞升,在超越,在追求生命的无限自由!

晚唐诗人皮日休曾这样评价李白的诗歌:"言出天地外,思出鬼神表,读之则神驰八极,测之则心怀四溟,磊磊落落,真非世间语者,有李太白。"其实,岂止是语言想落天外,惊天动地?透过这些出神入化、石破天惊的语言,我们更看到了诗人天马行空、随心所欲的生命自由。

巧比妙喻情深深

——唐诗中的相思味

相思离恨向来是唐代诗歌一个写之不尽、意趣无穷的话题,它既可以指痴男怨女的苦苦思念,也可以指亲朋好友之间的依依惜别,还可以指漂泊天涯的游子有家难归的故土之思。现实的苦恨离愁,心灵的相思煎熬,一经诗人的慧眼摄取,诗心点化,就会幻化为一篇篇夺目生辉、神采飞扬的诗章。唐代诗歌中以精言妙语、奇想巧喻描绘相思离恨的诗句比比皆是,异彩纷呈。

相思如水。雍裕之的《自君之出矣》这样写道:

> 自君之出矣,宝镜为谁明?
> 思君如陇水,长闻呜咽声。

诗歌表现了思妇对外出未归的丈夫的深切怀念。后两句以流水喻思君,声情并茂，形态兼备，包含多种意思：第一，以水流不断、绵绵无尽喻日夜思君，情无绝衰；第二，以水流无限，比喻思妇情长；第三，以流水呜咽，比喻情意凄切。一喻三比，妙趣无穷。

刘禹锡的《竹枝词九首》（其二）也是写情人之思。

> 山桃红花满上头，蜀江春水拍山流。
> 花红易衰似郎意，水流无限似侬愁。

结尾两句触景生情，就近设喻。以花红易衰隐喻小伙子的风流花心、用情不专；以水流无限比喻姑娘的烦恼顾虑，忧心忡忡。她既痴恋对方，又担心对方薄情负心，因而矛盾重重，心绪不宁。一个巧妙的比喻把这份敏感脆弱的相思之苦抒发得淋漓尽致。

李白的《黄鹤楼送孟浩然之广陵》写对友人的心驰神往之情。结尾两句"孤帆远影碧空尽，唯见长江天际流"，以典型画面（诗人翘首凝眸，伫立良久）和精当比喻烘托气氛、抒发情意。那浩浩荡荡、奔流不息的一江春水，不正如诗人目驰神往、澎湃起伏的激越之情吗？李白的另一首诗《金陵酒肆留别》也是送别友人，却突发奇想："请君试问东流水，别意与之谁短长？"以东流水喻朋友深情，并故作痴语，一比短长，在天真的发问和荒谬的比较中凸现诗人对朋友的依恋难舍，一往情深。贾至的《巴陵夜别王八员外》结尾两句是这样写的："世情已逐浮云散，离恨空随江水长。"以江水喻离恨，写尽了人去楼空的惨淡凄凉。严维的《丹阳送韦参军》则多方点染、烘托，极写朋友远别的离愁苦恨和相思情长：

> 丹阳郭里送行舟，一别心知两地秋。
> 日晚江南望江北，寒鸦飞尽水悠悠。

末句以寒鸦点点、碧水悠悠来比喻望秋思友，忧思绵绵，情调之孤寂、落寞、虚无，让人读之动容，思之伤心！

相思如山。李商隐《无题四首》（其一）写一位男子对远隔天涯的爱人的思念。尾联"刘郎已恨蓬山远，更隔蓬山一万重"借刘晨重入天台寻觅仙侣不遇的故事，点明主人公的远别之恨和相思之苦，以山喻愁，遗恨天涯。似乎相爱双方本就阻隔不通，会合良难，后来对方复又远去，会合的希望就更加渺茫了。万重蓬山,天遥地远,形象地写出了男主人公沉重悲苦、惆怅失意的情怀。

戴叔伦的《题稚川山水》借歌咏山水来抒发乡情归思。诗歌这样写道:

　　　　松下茅亭五月凉,汀沙云树晚苍苍。
　　　　行人无限秋风思,隔水青山似故乡。

游子漂泊在外,羁縻难归,因秋风忽起而无限思乡,竟把他乡异地青山绿水当作是自己遥不可及的故土家园,足见游子的思乡之切,归情之急,令人感慨不已。

相思如草。白居易的《赋得古原草送别》浓墨重彩描绘春草,为送别友人创设了一个春回大地、芳草芊芊的典型环境,反衬出聚散离合的惆怅感伤。后两联是这样写的:

　　　　远芳侵古道,晴翠接荒城。
　　　　又送王孙去,萋萋满别情。

荒城古道,芳草萋萋,友人远去,离恨顿生。那扑面而来的成片青草,不正如分手在即的朋友之间萦绕于心、挥之不去的离情别恨吗?真是"离恨恰如春草,更行更远还生"啊!

杜牧的《登九峰楼寄张祜》写对友人远去的天涯之思。三、四两句是这样写的："碧山终日思无尽，芳草何年恨即休。"以山喻思，以草比恨，翠峰依旧，徒添知己之思；芳草连天，亦增离别之恨。相思离恨本是抽象无形之物，诗人巧比妙喻，把它寄寓在山长路远的景物描写之中，更显相思离别的具体充盈，情深意长。刘长卿的《饯别王十一南游》，结尾两句"谁见汀洲上，相思愁白蘋。"触景生情，就地设喻，以蘋喻愁，以水喻思，情景交融，真切感人。诗人站在汀洲之上，对着秋水蘋花出神，久久不忍归去，心中充满了无限愁思。情凄凄，意切切，读之倍感神伤，心有戚戚焉！

相思如春。王维的《送沈子福之江东》写送别之思：

> 杨柳渡头行客稀，罟师荡桨向临圻。
> 惟有相思似春色，江南江北送君归。

友人乘船离去，诗人依依不舍。望着大江南北两岸，春满人间，桃红柳绿，芳草萋萋，此时，诗人忽然感觉到自己心中的无限依恋之情，就像眼前春色的无边无际，便感叹道：让我心中的相思之情，也像这无处不在的春色，从江南到江北，一齐扑向你，形影不离，随你归去吧！诗歌妙想偶得，即景寓情，随境设喻，状难写之相思如在眼前，留不尽之情韵见于言外，给人以身临其境、意味悠长之感。

相思如日。李白《送友人》五、六两句这样写道："浮云游子意，落日故人情。"用"浮云"和"落日"来点明送别的时间和氛围，同时又暗用比喻，情韵深长。天空中的一抹白云，随风飘浮，隐喻友人行踪不定，浪迹天涯；远处天边一轮夕阳徐徐而下，似乎不忍遽然离去，隐喻诗人对朋友依依惜别的心情。诗句意境空阔，色调明艳，情思洒脱，唯有浪漫如李白者，才能吟出如此真挚热烈而又豁达乐观的诗句！

相思如月。张九龄的《赋得自君之出矣》写情人之思：

> 自君之出矣，不复理残机。
> 思君如满月，夜夜减清辉。

诗人以团圆的皎皎明月象征妇人的纯洁无邪、忠贞专一，她日夜思念夫君，容颜都憔悴了，宛如那一团圆月，逐渐减弱其清辉，变成了缺月。

比喻美妙熨帖，想象新颖独特，给人以鲜明的美感享受。

李白的《峨眉山月歌》抒发江行思友之情：

　　　　峨眉山月半轮秋，影入平羌江水流。
　　　　夜发清溪向三峡，思君不见下渝州。

诗人舟行江上，顺流而下。山月辉映，万里相随，举目可见，遍地生辉，可是诗人思君不见，离恨无穷，只能"仰头看明月，寄情千里光"了。明月可亲而不可近，可望而不可及，隐喻诗人不见友人而徒有相思，心怀挂念而力不能及。友情之纯洁深厚宛然可睹。孟郊的"别后惟所思，天涯共明月"（《古怨别》），李白的"我寄愁心与明月，随君直到夜郎西"（《闻王昌龄左迁龙标，遥有此寄》），"举头望明月，低头思故乡"（《静夜思》）等诗句，或托明月寄情人相思，或托明月传友人之情，或托明月抒思乡之念，均是借月设喻抒写相思，颇有语短情长、意真情切之功效。

相思如梦。俗话说："日有所思，夜有所梦"。岑参的《春梦》写男子梦中心飞神驰扑向情人的怀抱，情意真切：

　　　　洞房昨夜春风起，遥忆美人湘江水。
　　　　枕上片时春梦中，行尽江南数千里。

后两句写相思之梦，男主人公由于白天的想念，所以夜眠洞房，相思成梦。片刻春梦间，思潮翻滚，走完千里征程，投身情人怀抱。奇妙的想象、精当的比喻写尽了男子朝思暮想、迫不及待的相思之情。

武元衡的《春兴》则托物起兴，借梦思乡：

　　　　杨柳阴阴细雨晴，残花落尽见流莺。
　　　　春风一夜吹乡梦，又逐春风到洛城。

后两句平易自然，想象新奇美妙，上句写春风吹梦，下句写梦逐春风，使人联想到那和煦的春风，像是给入眠的思乡者不断吹送故乡春天的信息，这才酿成了一夜的思乡之梦。而这一夜的思乡之梦，又随着春风，飘飘荡荡，飞越千山万水，来到日思夜想的故乡——洛阳城。无形的乡思归情宛如缥缈春梦，因风而起，万里飘飞，无往不在。游子的思乡之情啊，简直让人肝肠寸断，感喟唏嘘！

　　古代诗人笔下的相思离恨因人而异，因势而别，瑰丽多姿，引人入胜。品读这些凝结生命情感、体现心灵智慧、饱含人世沧桑的诗篇，可以帮助我们体验一段旷古情结，洞悉一份心灵悸动，增强一分生命敬畏，锻造一种人文精神。久而久之，我们就会逐渐变成一个感情丰富、生命充实、心灵高尚、情趣高雅的人。高尔基说过，苦难是一所大学。我想说，经过诗性点化、艺术升华的苦难，譬如相思离恨，也是一种高雅，一种高贵。

大珠小珠落玉盘

——唐代诗歌的音乐美

　　音乐，作为一门声音的艺术，是最难描摹的，因为，它无色无味，无形无态，不热不冷，不咸不淡，是最抽象而又最富于不确定性的一门艺术。然而，在唐代诗人的笔下，音乐却被描绘得活灵活现，淋漓尽致，给人以如闻其声、如临其境之感。那么，唐代诗人是如何描绘音乐的呢？

　　通感写声，比喻传神。唐代诗人往往凭借自己的生活阅历和音乐悟性，充分调动自己的耳目视听、鼻舌嗅味、肌肤冷热和心意联想，综合运用富于声光色态、饱含物情景势的比喻，把抽象复杂的音乐描绘得生动形象，具体可感。这其中最典型的作品要数白居易的《琵琶行》。其中有一段这样描写琵琶女演奏琵琶的音响效果：

　　　　大弦嘈嘈如急雨，小弦切切如私语。
　　　　嘈嘈切切错杂弹，大珠小珠落玉盘。
　　　　间关莺语花底滑，幽咽泉流冰下难。
　　　　冰泉冷涩弦凝绝，凝绝不通声渐歇。

> 别有幽愁暗恨生，此时无声胜有声。
> 银瓶乍破水浆迸，铁骑突出刀枪鸣。
> 曲终收拨当心画，四弦一声如裂帛。

诗歌用"急雨"喻乐声的急骤粗重，以"私语"喻乐声的急促轻细，用"大珠小珠落玉盘"喻乐声轻重清浊的交替变化；乐声流露出悲愤而凄婉的感情，达到演出的第一个高潮。以"莺语花底"喻轻快流畅，以"泉流冰下"喻悲抑哽塞，以"冰泉冷涩"喻节奏顿挫，乐声由前面的纷繁清脆的高潮转入婉转低回，艰涩难通，以至于低到无声；感情也相应地由前面的悲愤凄苦倾泻而出，转而抒发满怀哀怨，进而凄楚难表，渐趋无声，达到演奏的低潮。以"银瓶乍破""铁骑突出"两个比喻写乐声突如其来，雄壮激越，以"裂帛"比喻乐声的猛然煞住，干脆利落，这三个比喻描绘出乐声在前面的低潮中奇峰突起又戛然而止的变化过程；感情也由前面的凄楚无声，转入激昂愤慨，恣肆奔腾，进而凄厉无尽。演奏在高潮中陡然结束。这段文字运用一连串贴切形象的比喻描写琵琶演奏跌宕起伏、声情并茂的特点，也恰切地抒发了主人公大起大落、悲苦交加的情绪变化，堪称古典诗歌中描写音乐的绝唱。

神话夸张，异想天开。唐代诗人由于生活际遇、艺术修养和个性风格的不同，他们对于音乐的感受也千差万别。在为数不多的描写音乐的高手中，尤其值得关注的是有"诗鬼"之称的晚唐诗人李贺，他常常借助一些神奇怪异的传说和大胆夸张的想象来描写音乐，他笔下的音乐形象瑰丽神奇，多姿多彩，具有惊心动魄、引人入胜的艺术效果。其最有名的作品是《李凭箜篌引》，诗中这样描写音乐：

> 吴丝蜀桐张高秋，空山凝云颓不流。
> 江娥啼竹素女愁，李凭中国弹箜篌。
> 昆山玉碎凤凰叫，芙蓉泣露香兰笑。
> 十二门前融冷光，二十三丝动紫皇。
> 女娲炼石补天处，石破天惊逗秋雨。
> 梦入神山教神妪，老鱼跳波瘦蛟舞。
> 吴质不眠倚桂树，露脚斜飞湿寒兔。

诗歌用湘水女神泪洒斑竹的传说形容音乐的悲伤感人，用神灵昆山美玉破碎比喻音乐的清脆激越，用凤凰鸣叫比喻音乐的婉转高雅，用荷花带露摹写琴声的悲抑，用香兰微笑显示琴声的欢快。如此绘声绘色，描情状态，耳可以闻，目可以睹，心为之动，神为之悦。这种表现手法，真有形神兼备之妙、勾魂摄魄之奇！诗歌后半部分描写音响效果，则更为浪漫夸张，异想天开！森森宫门的冷气寒光，全被乐声消融殆尽；高高在上的玉皇大帝也闻声而目瞪口呆；正在炼石补天的女娲听得入了迷，竟然忘记了自己的工作，以致石破天惊，秋雨滂沱；善弹箜篌的女神也迷离恍惚，心动神摇；老病的鱼和瘦弱的蛟龙也伴随着乐曲跳跃起舞；乐声传到月亮，整日砍伐桂树而劳累不堪的吴刚竟然也忘了睡觉，倚在桂树上久久回味；甚至连玉兔也入神地蹲在一旁，露水打湿了身子也全然不知，不愿离去。这些出其不意、变幻莫测的形象联翩而至，新奇瑰丽，令人目不暇接。李贺就是这样借助于神话传说把自己对音乐的独特感受表达得离奇生动、悦目赏心。

感同身受，传情言志。音乐是情感的艺术，也是想象的艺术，善于欣赏音乐的人总是能够调动自己的情感体验和生活经历去补充、完善演奏者所创造的艺术空间，达到主体和客体情感的沟通和心灵的共鸣。白居易从琵琶女声情并茂的演奏中，听出了人物坎坷曲折的人生命运和哀愤无告的心灵忧伤，又联想到自己仕途失意的人生际遇，从而发出"同是天涯沦落人，相逢何必曾相识"的叹息，并感动得泪湿青衫。韩愈在其描写音乐的名篇《听颖师弹琴》中这样写道：

> 嗟余有两耳，未省听丝篁。
> 自闻颖师弹，起坐在一旁。
> 推手遽止之，湿衣泪滂滂，
> 颖乎尔诚能，无以冰炭置我肠！

诗中说自己不大懂音乐，但听了颖师的琴声，总觉得心中一会儿冷若冰雪，一会儿又热如炭火，情感上受到强烈的刺激，无法承受，先是坐立不安，然后是泪如雨下，急忙用手制止颖师，不忍再听。很显然，韩愈从自身的体验、感受入手来表现颖师演奏技艺的精湛、高超，显得十分亲切、自然。

有花堪折直须折

——一首唐诗,两种意蕴

"诗无达诂"对于鉴赏唐诗来说,是一种非常普遍的现象。可是有些唐诗,鉴赏者从不同的角度去品析,竟然可以得出完全不同甚至相反的理解,这就有几分奇怪了。

杜甫的《绝句漫兴九首》(其三)这样写道:

熟知茅斋绝低小,江上燕子故来频。
衔泥点污琴书内,更接飞虫打着人。

这首诗写频频飞入草堂书斋里的燕子扰人烦人的情景。诗人以拟人化

的笔调来描绘江上燕子。它非常熟悉傍江而立的草堂，低矮狭窄，适宜筑巢安居，所以频频来访。这一"故"字，明点燕子来者有心，暗示主人见者意烦，似有故意作对、欺生扰人之嫌。尤其可恨的是，正当主人临窗面江、展书细读之时，燕子衔泥筑巢，点污琴书，追捕飞虫，冲撞主人，如此突如其来、莽撞无礼的举措令诗人大吃一惊，怒涌心头——原来幽静闲适的读书生活，就这样被一只小小的燕子给破坏了。全诗以明白如话的口语，对江燕扰人的场景做了细腻生动的刻画，给人以亲切逼真的感受；而且透过感受，使人联想到这低小的茅斋，由于江燕的频频打扰，主人也难以容身了，从而写出了草堂困居时诗人心烦意乱的情态。显然，在心绪不宁的诗人心目中，江上燕子是欺人的，讨厌的，可恶的。

其实，我们也可以从相反的方面来理解此诗的意趣，诗歌通过描绘江燕扰人的有趣的生活场景，抒发了诗人热爱自然、热爱生活的思想感情。你瞧，这江上燕子对成都草堂非常熟悉，有情有意，频频来访，就好像游子回到老家，朋友见到朋友一样，格外高兴；尤其淘气可爱的是，它衔泥筑巢，一不小心，掉下污泥，弄脏了主人的琴书，打扰了主人的阅读，甚至有时，它还追捕飞虫，碰着了诗人。它飞来飞去，追追打打，完全不把主人放在眼里，更不会顾及主人的内心感受。多么调皮！多么天真！这种细致入微的描写让我想起了自己的读书生活，每当自己聚精会神地伏案读书、写作的时候，冷不防五岁的儿子跑进书房，从背后跳起，抱住我的脖子猛亲一口，这情景真叫人可恼又可笑啊！杜甫有滋有味地描绘朝夕相伴的江燕，写得如此细腻逼真，正流露出诗人了无心机、热爱自然、热爱生活的情趣。这是战乱年间来之不易的短暂的温馨祥和的生活啊！显然，在清闲、愉悦的杜甫心目中，江上燕子是一个淘气可爱、活泼好玩的小精灵！

韩愈写过一首颇有奇趣的小诗《晚春》：

草树知春不久归，百般红紫斗芳菲。
杨花榆荚无才思，惟解漫天作雪飞。

对于此诗的旨趣特别是"杨花榆荚"形象的评说，历来有不同的解说，这里列举两种相反的观点。

一是讽喻说。论者认为《晚春》意境中有一个不可忽视的细节对比，那就是草树群芳与"杨花榆荚"不同风范的对比。草树群芳争奇斗艳，姹紫嫣红,隐喻诗坛文采风流,才思横溢;"杨花榆荚"则因风起舞,胡搅蛮缠,大煞风景,隐喻诗坛庸劣粗俗,才思贫乏。两种景致,两种风范,一雅一俗,一高一低,一庄一谐,对比明显,讽喻自见。作者意在以文采出众、超迈趋时来讽刺无才无思、愚不可及之人,劝喻人们(特别是文人)立身处世既要知人,更要自知,不可自命不凡,莽撞行事,以免贻笑大方。

二是赞誉说。诗歌借花喻人,托物言志,巧妙地抒发了诗人的人生感喟。从韩愈的生平为人来看,他既是"文起八代之衰"的宗师,又是匡矫元和轻熟诗风的奇险派的开山人物,颇具胆力。他能欣赏"杨花榆荚"的勇敢不俗,是有原因的。首先,是托物自况。"杨花榆荚"不因"无才思"而藏拙包羞,不畏芳菲红紫而"班门弄斧",避短扬长,争鸣大放,为"晚春"增辉添彩,诗人借无畏、不俗的"杨花榆荚"来比说自己在群芳斗艳的元和诗坛标新立异、特立独行的诗风。其次,是奖掖新人,鼓励创造。元和诗坛不为人们重视的孟郊、贾岛,苦心孤诣,营构佳篇,诗风瘦硬奇僻,也是当时的诗坛别调,不也属于"杨花榆荚"之列吗?韩愈创造"杨花榆荚"形象,既是孤芳自赏、砥志自勉的写照,又是击节叹赏、扶掖后生的宣言。

罗隐写过一首寄慨遥深的小诗《蜂》:

不论平地与山尖,无限风光尽被占。
采得百花成蜜后,为谁辛苦为谁甜?

关于这首诗的寓意,历来众说纷纭,这里介绍两种相反的理解。

一是讽刺说。诗歌前两句以矜夸的口吻,说无论是平原田野还是崇山峻岭,凡是鲜花盛开、风光无限的地方,都是蜜蜂的领地,可见蜜蜂占尽风光的自豪荣耀。后两句议论叹惋蜜蜂历经艰辛,费尽心机,采花酿蜜,却不知自己酿制的甜蜜和幸福归谁所有,言下之意是说,辛苦钻营,劳碌一生,不值!显然,诗人是借蜜蜂之劳心劳力讽刺世人蝇营狗苟,追名逐利,其结果必定是竹篮打水一场空!

二是赞颂说。蜜蜂飞越千山万水,历尽无限艰辛,采摘万千花朵,才好不容易酿成蜂蜜;更让人赞叹的是,自己辛辛苦苦酿制的甜蜜不是自己占有,而是无私奉献给别人。"为谁辛苦为谁甜"一句饱含无限钦佩、赞美之情。显然,诗人笔下的蜜蜂实际上是勤劳一生的劳动者的化身,他们那种辛苦自己、幸福他人的奉献精神,是永远值得歌颂的。当然,与此相反,诗歌也含蓄地批判了那些不劳而获的剥削者。

唐代无名氏的《金缕衣》这样写道：

> 劝君莫惜金缕衣，劝君须惜少年时。
> 有花堪折直须折，莫待无花空折枝。

关于此诗的意旨，向来有两种截然相反的说法。

一是"惜时进取"说。诗歌一、二两句以价值昂贵的金缕衣和无价之宝的少年时来比照，奉劝人们珍惜时间，珍惜青春，积极进取，有所作为，不要沉迷物质诱惑而沉沦，不要贪图生活奢华而丧志。三、四两句又以春花为喻，告诫人们，花开无重日，青春不再来，赏花折花当在春花烂漫之时，切勿错过良机，懊悔不及；人生进德修业，立志向学，理当抓住青春时光，勤奋努力，锐意进取，不可"白了少年头，空悲切"。全诗劝勉年轻人珍惜光阴，及时努力，不可荒废青春，一事无成。调子比较积极向上。

二是"及时行乐"说。一、二两句还是劝告人们珍惜少年时光，每个人的青春只有一次，时不再来，远比物质利益重要；三、四两句中，用"花"比喻青春欢爱或是美貌女子，"采花""折花"则暗喻享受青春，风流快意，"莫待无花空折枝"，意味着不要等到青春已逝，美好不在，才去后悔，要抓住时机享乐。这种理解，情思比较低俗，但亦有其合理性。

杜牧当年有这样一次经历，诗人在游湖州时，遇到一位民间女子，年十余岁，杜牧一见钟情，与女子的母亲相约过十年来娶。十四年后，杜牧果然当了湖州刺史，女子却已嫁人三年，生二子，诗人后悔不已，写了一首诗《叹花》来表达自己的人生感叹：

> 自是寻春去校迟，不须惆怅怨芳时。
> 狂风落尽深红色，绿叶成阴子满枝。

诗歌表达了一种寻芳不在、伊人难求的惆怅，流露出后悔与怨叹，与《金缕衣》情调基本一致，可以作为《金缕衣》的一个注脚吧。

一树春风千万枝

——唐代诗歌的柳姿美

章台柳,其名源自唐代诗人韩翃的著名词作《章台柳》:

章台柳,章台柳!昔日青青今在否?
纵使长条似旧垂,也应攀折他人手。

此词诞生于唐末动乱年代的一个凄婉故事。据唐人孟棨《本事诗·情感》记载,韩翃系南阳人,写得一手好诗,名声很大。柳氏,长安女子,后为韩翃朋友李生的爱姬,色艺双全,冠绝一时,才思敏捷,能歌善舞,非常仰慕韩翃的才华。李生知道她的心意,就请韩翃喝酒,叫柳氏作陪,三人谈诗论文,情意融融。席间,李生忍痛割爱,慷慨出手,将柳氏赠配给韩翃。后来,韩翃考中进士,回家省亲,柳氏留在长安。天宝末年,安史之乱爆发,长安沦陷。柳氏因为姿容出众,惧怕乱军羞辱,乃剪发毁形,寄居尼庵。此时,韩翃在淄青节度使侯希逸幕中任职。八年过后,长安收复,韩翃返回长安,派人寻访柳氏,携去一囊金并题写了这首《章台柳》。柳氏捧金呜咽,回报以《杨柳枝》词:

杨柳枝,芳菲节。所恨年年赠离别,
一叶随风忽报秋,纵使君来岂堪折!

这两首词反映了乱世男女的悲苦遭遇,动人肺腑,催人泪下。

韩词以柳喻人,借柳诉情。章台柳,一语双关,既指长安一条热闹街道两旁的杨柳,又指词人朝思暮想的柳氏,章台乃柳氏住处。"章台柳,章台柳!"声声呼唤,念念不忘,无奈就是不明去向,不见踪影。忆当初,年轻美貌,缱绻多情,小两口情投意合,甜甜蜜蜜;想如今,社会动乱,邪恶猖獗,柳氏单身独处,境况堪忧;忧柳氏,青春仍在,美丽犹存,只怕时运不佳,遭人摧折。全词抒发了对柳氏的刻骨相思和深远忧虑。

柳氏答词也托柳自喻，诉说苦情。春柳枝繁叶茂，生机勃勃，却无人与赏，任人摧折，可恨可怜；秋柳历经风雨，凋零破碎，纵使夫君有心折柳，却又无从下手，可喜可悲。春柳喻女子青春华年、姿容艳美的时光，秋柳喻女子人老珠黄、憔悴难辨的处境，秋风忽至，暗扣安史之乱女子遭遇变故的人生经历。"韩柳"曲折凄艳的爱情故事和他们呜呜咽咽的诗词倾诉，给章台柳涂上了一层哀怨而悲凉的色彩。

永丰柳，得名于白居易的《杨柳枝词》。据唐人孟棨《本事诗》载："白尚书姬人樊素善歌，妓人小蛮善舞，尝为诗曰：'樱桃樊素口，杨柳小蛮腰。'年既高迈，而小蛮方丰艳，因为杨柳之词以托意。"全诗这样写道：

一树春风千万枝，嫩于金色软于丝。
永丰西角荒园里，尽日无人属阿谁？

诗歌很快流传开，到了宣宗朝，宫廷里的乐师演唱这首诗，宣宗问诗歌作者是谁？词中提到的"永丰"在何处？左右据实以答。宣宗便命取永丰柳两枝，栽植于禁院之中。白居易得知此事后，颇感荣幸，又赋诗一首，其末句云："定知此后天文里，柳宿光中添两星。"

《杨柳枝词》同样以柳喻人，托柳言志。春风和煦，万千柳枝绽放绿叶嫩芽，远望一片嫩黄；春风吹拂，柳枝飘扬，随风起舞，柔软细嫩，多姿多态。开头两句诗把垂柳之生机横溢，秀色照人，轻盈婀娜，写得生动传神。如此美艳的一株垂柳自然受到人们的称颂珍爱，可是它的处境却是一派荒凉冷落。"西角"背阳阴寒，"荒园"人迹罕至，婀娜多姿、风韵万千的杨柳，就是生长在这样的环境里，无人知遇，更无人欣赏，只好终日寂寞！与此相反，那些不如此柳的，因为生得其地，却备受称赞。孤寂落寞的处境与前面的动人风姿形成对比，表达了诗人的无限愤慨。

此诗实际上是对当时政治腐败、人才埋没的感慨。白居易生活的时期，由于朋党斗争激烈，不少有才能的人都受到排挤。诗人自己也为避朋党倾轧而自请外放，长期远离京城。此诗所写，亦隐含诗人自身的辛酸隐痛。

台城柳，其名来自晚唐诗人韦庄《台城》一诗：

江雨霏霏江草齐，六朝如梦鸟空啼。

无情最是台城柳，依旧烟笼十里堤。

此诗凭吊六朝古迹，抒发历史兴亡感慨。台城，旧址在今南京市鸡鸣山南，本是三国时代吴国的后苑城，东晋成帝时改建。从东晋到南朝结束，这里一直是朝廷台省（中央政府）和皇宫所在地，既是政治中心，又是帝王荒淫享乐的场所。昔日繁华的台城已是"千门万户成野草"了。台城柳，逢春吐绿，万古长青，不管朝代变幻和人事沧桑，不问人生感慨和富贵荣华，说它最是"无情"，恰恰反衬出诗人吊古伤今、感怀历史的沉痛心情。繁荣茂盛的自然景色和荒凉破败的历史遗迹，终古如斯的长堤烟柳和转瞬即逝的六代豪华，两相对比，触目惊心，隐含无限伤痛。台城柳被涂上了一层感伤沉郁的色彩。

灞陵柳。古时长安之东有灞河，河上有桥，两岸植柳，汉唐时期，行人由长安东去，常于灞陵折柳送别。诗词歌赋咏之者，数不胜数，灞陵柳由此得名。此柳专管离别相思，有诗为证。李白《忆秦娥》上片："箫声咽，秦娥梦断秦楼月。秦楼月，年年柳色，灞陵伤别。"李白有诗《灞陵行送别》："送君灞陵亭，灞水流浩浩。上有无花之古树，下有伤心之春草。我向秦人问路岐，云是王粲南登之古道。古道连绵走西京，紫阙落日浮云生。正当今夕断肠处，骊歌愁绝不忍听！"无花古树之下隐藏多少断肠离别，谁说得清楚呢？

戎昱《途中寄李二》如此咏柳："杨柳含烟灞岸春，年年攀折为行人。好风若借低枝便，莫遣青丝扫路尘。"韩琮《杨柳枝词》这样咏柳："枝斗纤腰叶斗眉，春来无处不如丝。灞陵原上多离别，少有长条拂地垂。"……灞陵柳，演绎千年风情，悲欢离合道不尽，留给后人永恒的思念。

大漠长河落日圆
——唐代诗歌的黄昏美

在浩如烟海的唐诗中，黄昏可以是一段时间，一片空间，一种心境，一段感情，一幅风景，一份期盼，一道哀伤……黄昏不再是一个纯粹的时间概念，而是演变为一个文化概念。品味唐诗，走进黄昏，阅读黄昏的山山岭岭，感受人生的风风雨雨，我们会变得纯粹而清明，我们会懂得沧桑和痛苦。是黄昏带给我们夕阳的温暖，是黄昏带给我们心灵的感动，也是黄昏给予我们灵魂的震撼。下面，让我们跟随唐代诗人的步履，走进他们绚丽多彩的"黄昏"世界。

黄昏是什么？黄昏是一次目断神痴的登楼眺望。王之涣来到黄河之滨的鹳雀楼，他看到了天地间最壮丽的景观：连绵起伏、苍苍茫茫的群山之上，一轮红日缓缓西沉，红霞满天，金光万道；巍巍耸立、傲视万物的高楼之下，九曲黄河滚滚东流，波飞浪涌，一泻千里。王之涣为日落山川的壮丽辉煌而心潮澎湃，也为惊天动地的神奇发现而豪情勃发，同时，他又不忍心日落西山，余光渐尽，更不满足黄河东流，一去不返，他内心深处萌生了一股豪情：他要学夸父，驱风为马，披虹为裳，追赶太阳，留住辉煌；他要学河伯，与水同流，与山同奔，投向大海，拥抱自由；他要调动自己全身心的能量，包括他的智慧、激情、幻想和信念，与太阳竞赛，与黄河比试。在他看来，纵然日行万里，水转千年，也始终跳不出自己的广阔心胸。

"欲穷千里目，更上一层楼。"放手一搏，迈步一越，更上层楼，居高远眺，自然可以极目千里，心纳万象，境界为之开阔，心神因之振奋。王之涣看到了什么？在这个流光溢彩、激情四射的黄昏，他看到了一种江河万古流转、天宇健步不居的生生活力，他体悟到了一种君子自强不息、志士坚持不懈的人生风范。这个黄昏定格成了王之涣心目中一道永恒的人生风景线。

黄昏是什么？黄昏是一次愁思浩茫的羁旅停泊。孟浩然《宿建德江》这样描写：

> 移舟泊烟渚，日暮客愁新。
> 野旷天低树，江清月近人。

孟浩然乘一叶孤舟漂泊至建德江，他感受到了天地间最浓重的愁思。和天下士子一样，孟浩然求官不成，落魄失意，本想借游山玩水来消愁解闷，没想到，他赶上了一个凄迷冷清的黄昏，多愁善感的心又隐隐作痛起来。站立舟头，他看到了什么？近处，烟水迷茫，小洲凄冷，暮霭沉沉，落日将尽；远处，平野旷莽，天幕低垂，江树孤寒，暗影朦胧；天上，明月当空，银辉四射；水面，江水悠悠，波光粼粼；远近高低，江天月树，组成了一幅空旷无垠、烟水朦朦的画面，置身其中，孟浩然真真切切地感受到：旅况孤寂，唯有月映江波，似与游子相亲；仕途失意，纵然天高地阔，全是冷漠绝情！孑然一身的孟浩然，面对这四野茫茫、江水悠悠、明月皎皎的无边景色，涌上心头的是羁旅惆怅，故园思恋，理想幻灭，人生坎坷……千愁万绪，弥漫开来，融化在眼前这个清冷空旷的世界里，浩然之心真有一股"浩然"之愁啊！这个黄昏，一颗漂泊的心没有找到停泊的港湾。

黄昏是什么？黄昏是一种世无知音的人生遗憾。王绩在《野望》中写道：

> 东皋薄暮望，徙倚欲何依。
> 树树皆秋色，山山唯落晖。
> 牧人驱犊返，猎马带禽归。
> 相顾无相识，长歌怀采薇。

王绩登上东皋，纵目四望，他看到了什么？远方，千山万岭，落木萧萧，秋风瑟瑟，夕阳残照；近处，牛羊归栏，牧人回家，猎马返槽，满载而来。到处弥漫着田园牧歌式的氛围。山光日影，声态动静，交织成一幅温馨而又苍凉、灵动而又沉寂的山居晚归图。诗人置身其中，体会不到陶潜式的恬然自安、逍遥自在，相反，一种彷徨无依、心神不定的感觉涌上心头，他举目四顾，无人相识，长歌当哭，痛定思痛，只好回归内心，回归远古，在伯夷、叔齐那样的隐士高人身上找到一种久违的心灵慰藉。心怀采薇，思慕千古，是激扬人生、追怀理想的体现；尘封自我，与世隔绝，是英雄无主、世无知音的回归。这个黄昏，虽然热闹温馨，虽然明丽苍凉，但留给王绩的只是一段沉郁悲凉的人生遗憾！

黄昏是什么？黄昏是一段刻骨铭心的相思苦恨。李商隐《代赠二首》（其一）如此描写：

> 楼上黄昏欲望休，玉梯横绝月如钩。
> 芭蕉不展丁香结，同向春风各自愁。

李商隐欣赏黄昏不像前面三位诗人那样直截了当，真真切切，他是通过一个女子的双眼来打量这个不同寻常的黄昏，因而他笔下的黄昏显得委婉含蓄、哀怨悱恻。一位为情所困的女子举步来到楼上，想去眺望远处，却又废然而止，她想望见谁呢？她又望见了什么呢？只见玉梯横断，无由得上，她明白，朝思暮想的情人今晚断然不来；月挂青天，残缺不圆，她清楚，孜孜以求的团圆之梦今夜注定破灭。浩荡春风中，残月映照下，芭蕉不展，丁香不开，"一种相思，两处闲愁"啊！这个黄昏，被断残的玉梯阻拦，被如钩的弯月割碎，被愁苦的丁香折腾，被悲哀的芭蕉困惑，可怜的女子，"独自守着窗儿"，如何挨到天明！

　　黄昏是什么？黄昏是王维单车赴边、夕照大漠的雄浑壮阔。王维边塞诗《使至塞上》如此写道：

> 单车欲问边，属国过居延。
> 征蓬出汉塞，归雁入胡天。
> 大漠孤烟直，长河落日圆。
> 萧关逢候骑，都护在燕然。

　　王维肩负朝廷使命，千里西行慰劳边关将士，单车匹马，风尘仆仆，像一束孤蓬，随风飘飞，远离大唐中央王朝；像一只孤雁，高飞云天，出入塞外大漠边关。内心不免有些悲凉，有些落寞。不过，雄心勃勃、诗意满怀的诗人却在这天高地阔、暮霭苍凉的黄昏时刻，看到了一幅惊心动魄、气势磅礴的图画。茫茫大漠深处，一缕孤烟拔地而起，直插云霄，劲健挺拔，坚毅刚直。一条大河，自西而东，横贯大漠戈壁，飞花溅玉，奔腾咆哮，滚滚向前，势不可当，给空旷辽远的塞外增添许多生动气势。西天落日，缓缓沉降，散发出万道光芒，染红了天边，染红了大漠，也照亮了长河，照亮了边关。不见苍凉如血，晚风瑟瑟，不见山峦起伏，林木耸翠，不见水草丰茂，牛羊成群，远去了世人的渴盼和梦想，远去了边塞的苍凉与苦寒。王维发现，这里的天更像天，这里的地更像地，诗人心中热血沸腾，豪情翻涌，为大唐蒸蒸日上的国力而兴奋，为边塞雄浑壮阔的风光而震惊。个人的功名权位，个人的荣华富贵，个人的成败得失，全都算不了什么，全都不值一提，唯有江山壮丽，万古如斯，唯有大漠，气盖云天，才是豪迈诗人的永恒追求。

黄昏是什么？黄昏是昭君独留青冢、心向故国的一腔思念。杜甫曾经写诗咏叹昭君的孤凄悲凉的命运，《咏怀古迹》其三这样写道：

> 群山万壑赴荆门，生长明妃尚有村。
> 一去紫台连朔漠，独留青冢向黄昏。
> 画图省识春风面，环佩空归月夜魂。
> 千载琵琶作胡语，分明怨恨曲中论！

王昭君在汉朝和匈奴官员的护送下，离开了长安。她骑着马，踏着大漠，冒着刺骨的寒风，千里迢迢到了匈奴，做了呼韩邪单于的阏氏，受封"宁胡阏氏"，希望她能为匈奴带来安宁和平。昭君远离自己的家乡，长期定居在匈奴。她劝呼韩邪单于不要去发动战争，还把中原的文化传给匈奴。打这以后，匈奴和汉朝和睦相处，有六十多年没有发生战争。难能可贵的是，当呼韩邪单于去世后，她又从胡俗，再嫁给呼韩邪单于的大阏氏的长子，虽然这和中原的伦理观念相抵触，但她从大局出发，珍惜汉与匈奴的友谊。王昭君在匈奴生一男二女。昭君的死年和死地，史书没有记载。但是她深受人民敬仰，著名的昭君墓，每年游客如织。杜甫这首诗歌不去表彰一个柔弱女子的顾全大局，安边和亲的巨大贡献，不去诉说一个内地女子远嫁塞外、饱经风霜的艰难困苦，甚至不去夸赞昭君一代巾帼丝毫不让须眉的英雄气概，还原昭君的儿女情长，回位昭君的家国情怀，一派愁怨哀苦，一派相思缠绵，感天动地，惊心动魄。那个黄昏，天似穹庐，笼盖四野，晚风凄凉，天地寂寥，一座孤坟耸立大漠旷野，无言诉说多少风霜雨雪，多少大漠沙尘之后的凄苦思念。那个夜晚，天高云淡，四野苍茫，万籁无声，大漠肃穆，一个凄艳鬼魂，衣袂飘飘，环佩叮当，走过大漠，奔向大汉。千年以降，万代同歌，歌唱生死不渝、浩渺无边的故国情怀，歌唱身留塞外，魂归故里的家乡思念。山川为之奔涌不息，风云为之翻滚变幻，天地为之默然无语，于是，我们记住，昭君孤魂唱着哀歌，向我们走来，向这片美丽的江山走来。

黄昏是什么？黄昏是崔颢"日暮乡关何处是，烟波江上使人愁"的惆怅叹息；黄昏是刘长卿"日暮苍山远，天寒白屋贫"的欣慰惊喜；黄昏是贾岛"怪禽啼旷野，落日恐行人"的触目惊心；黄昏是李白"西风残照，汉家陵阙"的兴亡之感；黄昏是白居易"一道残阳铺水中，半江瑟瑟半江红"的美丽颂歌……黄昏是生命不得自由，理想不得寄托，心灵不得安顿，情感不得倾吐的精神苦闷；黄昏是文人纵贯古今、横跨千里的精神寄托。解读黄昏，品味黄昏，可以使我们漂泊不定的心灵趋向安宁，回归幸福。

黄金不多交不深

——唐代诗歌的世态味

唐诗一般以文采飞扬、意韵悠长著称，但也有不少讥讽世道、针砭人心的议论佳作，这些作品往往给人以处世智慧和生存经验，对于我们安身立命、与世相融，极有警示意义。

诗圣杜甫一生颠沛流离，历经坎坷；太多的生活磨难和动荡变幻的人生世相炼就了他的一双火眼金睛，看世道，看人心，一个字：准！《贫交行》怒斥世风轻薄，人心不古：

> 翻手为云覆手雨，纷纷轻薄何须数。
> 君不见管鲍贫时交，此道今人弃如土。

结朋交友，贵在情义，如果掺杂名利富贵，势必玷污友谊，如果充斥阴谋算计，势必破坏情义。贫贱方能见真交，患难方能显真情，而富贵之交则未必可靠。君不见，如今世道，交朋结友，得意时便如云之趋合，失意时便如雨之纷散，翻手覆手之间，忽云忽雨，时阴时晴，变化无常，令人捉摸不透。势利交往，实在可怕！但是更可怕的是，人们阳奉阴违，心口不一，谈的是一派清风，行的是功利往来，如此现象，泛滥成灾，数不胜数！君又不见，古代的管鲍之交，至真至诚，知心知性，实在动人肺腑。据《史记》载，管仲早年与鲍叔牙交游，鲍知其贤。管仲贫困，曾欺负鲍叔牙，而鲍始终善待之。后来鲍辅佐齐国的公子小白（即后来的齐桓公），又举荐管仲。管仲遂佐齐桓霸业，他感喟说："生我者父母，知我者鲍叔牙也。"管鲍之交，贫富不移，矢志不渝，传为千古美谈。古人以友情为重，重于磐石；今人以利势为重，重于泰山：孰优孰劣？昭然若揭。老杜辛辣老到的一句"此道今人弃如土"，鲜明地表达了他的隐痛之心和愤怒之情。显然，杜甫，也像今天的我们，多么希望，在这个功利纷争的社会里，人与人之间能够保持一份情义，一份纯洁，人心的高贵不能丢啊！

江湖凶险，暗藏杀机，人间诡诈，险象环生，做人做事，不得不小心翼翼，多加留心。唐代诗人李群玉在《放鱼》中就表达了这样的顾虑：

早觅为龙去，江湖莫漫游。
须知香饵下，触口是铦钩！

诗人劝这条被放生的鱼，赶快离开这里吧，早一点儿寻觅到一个广阔自由、没有心机、没有危险的世界；江河湖海，凶多吉少，不可漫游。你可知道，到处都是诱人的香饵，到处都是致命的铦钩！诗人是在对鱼说话，又分明是在警告世人，社会险恶，机关重重，稍不留心，就会像鱼上钩一样惨遭厄运。

君子之交重情重义，至真至诚；小人之交重钱重势，至浅至薄。唐代诗人张谓真诚地告诫人们，结交朋友要擦亮眼睛，看准人心，不要相信喧天大话，不要相信虚情假意。其诗《题长安壁主人》这样警醒世人：

世人结交须黄金，黄金不多交不深。
纵令然诺暂相许，终是悠悠行路心。

在繁华喧嚣的商业社会里，友谊的宝塔完全建立在黄金的地基上，没有黄金这块奠基石，马上就会垮台。黄金成为衡量世人结交的砝码：这边黄金不多，那自然交情不深。非常简单，社会就遵循这么一条世俗而功利的准则。

俗话说，穷在闹市无人问，富在深山有远亲。世人多的是趋炎附势，拍马钻营，大多缺乏真正出自道义、出自良知、出自内心的对他人的关爱和悲悯；就是一家人之间，这种利益至上、见钱眼开、淡薄亲情、贱视人伦的现象也时有存在。

唐代僧侣王梵志对此尤为深恶痛绝。他在《吾富有钱时》描写了这种认钱不认人、见利忘义的丑陋现象：

> 吾富有钱时，妇儿看我好。
> 吾若脱衣裳，与吾叠袍袄。
> 吾出经求去，送吾即上道。
> 将钱入舍来，见吾满面笑。
> 绕吾白鸽旋，恰似鹦鹉鸟。
> 邂逅暂时贫，看吾即貌哨。
> 人有七贫时，七富还相报。
> 图财不顾人，且看来时道。

拥有钱财的时候，一切都好，妻室儿女也显得十分殷勤。假如要脱衣服，很快就会有人把脱下的袍袄折叠得整整齐齐；假如离家出外经商，还要一直送到大路旁边。当你携带金钱回到家中时，一个个笑脸相迎，像白鸽那样盘旋在你的周围，又好似学舌的鹦鹉在你耳边喋喋不休。如此势利、浅薄，如此见钱眼开，诗人愤慨不已，厉声质问，当我偶然陷入贫穷之时，你们的脸色为何变得这样难看，要知道，人在最穷的时候，也可能有极富的机会。他直接警告那些庸俗的贪财者，如果只为贪图钱财，而毫不顾及人的情义，那就看看"来时"的报应吧！全诗厉声热骂，直击人心，警诫之语，震撼后世！

家家扶得醉人归

——唐代诗歌的节日美

传统节日是民族文化的一种积淀，也是人文情怀的一种表达，更是古代诗人生命情趣的一种展示。从节日入手解读唐诗，可以使我们对那个繁华富丽而又自由奔放的时代，以及生活在那个时代的意气风发、个性张扬的诗人有一个全新的了解。

韩愈：惊喜的春节。《春雪》绘景传情，虚实相生，抒写诗人对于春色初来乍到的惊讶和欣喜。

> 新年都未有芳华，二月初惊见草芽。
> 白雪却嫌春色晚，故穿庭树作飞花。

新年即农历正月初一，这时不见百花盛开，不闻芳香四溢，"都"表现出诗人于漫漫寒冬中久盼春色的焦急、迫切。时至二月亦无花开，"初"表现出诗人对春来过晚、花开太迟的遗憾不满。即便如此，春草吐绿、万象将新，亦令诗人惊喜不已。"惊"字写活了诗人摆脱寒冬、迎来新绿的新奇、惊讶和欣喜。一、二两句亦无亦有，绘色摹态，状芳华迟来、草芽先到的春色之喜。三、四两句触景生情，妙想成趣。一个盼望春天的诗人，自然界还没有春色，他可以幻化出一片春色来。白雪似通性灵，嫌迟恨晚，竟然按捺不住，纷纷扬扬，穿树飞花，装点出一片"千树万树梨花开"的大好春色来。透过漫天飞舞、热闹缤纷的雪花，诗人似乎看到了一个姹紫嫣红、绚丽多彩的春天，我们也不难体会到诗人手舞足蹈、欢呼春天的愉悦之情。全诗描草绘雪，亦虚亦实，亦动亦静，于冷落中见热闹，于平常中翻新奇，别开生面，意韵悠长。

苏味道：热闹的元宵。《正月十五日夜》描写长安城里欢度元宵的热闹景象。

> 火树银花合，星桥铁锁开。
> 暗尘随马去，明月逐人来。
> 游妓皆秾李，行歌尽落梅。
> 金吾不禁夜，玉漏莫相催。

一、二两句从大处落笔，鸟瞰全城。大路两旁，园林深处，只见处处张灯结彩，万紫千红，简直就像明艳耀眼的朵朵奇葩，花团锦簇，色彩缤纷。平日黑影沉沉的桥，今天也换上节日的盛装，上面点缀着无数的明灯,灯光闪烁,波光粼粼。城池犹如天上银河,熠熠生辉,壮丽辉煌。中间四句绘月写人,绘声绘色,点面结合,动静相衬,凸现出世俗生活的情趣。皓月银辉之下,灯火灿烂之中,人山人海,熙熙攘攘;马蹄声声,尘土飞扬;佳丽如云,浓妆艳抹,彩绣辉煌;歌声如雨,婉转动听,酣畅淋漓。结尾两句写军"不禁夜",时"莫相催",表达了一种沉醉不归,欢娱日短的感觉,具有余音绕梁、三日不绝之功效。通观全诗,不难看出,这个元宵节是全城同庆,万众同歌,军民同乐,灯月同辉,显示出盛唐繁华富丽、蒸蒸日上的豪华气象,我们也可由此窥知诗人置身其中欢欣鼓舞的豪迈情怀。

杜牧:断魂的清明。《清明》抒写羁旅愁思。

清明时节雨纷纷,路上行人欲断魂。
借问酒家何处有,牧童遥指杏花村。

诗歌以意境的凄迷、美丽取胜。清明节本该是家人团聚，或游玩观赏，或上坟扫墓的节日，可是诗人却漂泊在外，孤身赶路，触景伤怀，百感交集，再加上细雨蒙蒙、春衫尽湿，又平添了一分愁绪。这添愁惹恨的纷纷细雨，分明就是诗人凄迷纷乱心境的形象写照。"断魂"写尽了离愁苦恨和莫名惆怅。诗人想找一处酒家，一来歇歇脚，避避雨，二来小饮几杯解解料峭春寒，暖暖被雨淋湿的春衫。最要紧的是，借此也能散散心头的愁绪。于是，诗人问路边的牧童，"哪里有酒家？"牧童以指代答，不言不语，给诗人也给读者留下了一个遥远而模糊的想象空间。遥而可及，望而心动，红杏枝头，酒旗飘飘，结尾一句借牧童指点写古朴人家，流露出诗人如获至宝、喜出望外的情怀。这也就从一个侧面反衬出辗转漂泊的艰辛不易。四句诗绘景绘情，以景映情，以喜衬悲，悲喜相生，巧妙地烘托出清明时节行旅之人的断魂愁思。

王驾：欢庆的社日。《社日》略去正面，落笔侧面，通过典型细节和形象，反映农村社日人们欢庆丰收、兴高采烈的情景。

鹅湖山下稻粱肥，豚栅鸡栖半掩扉。
桑柘影斜春社散，家家扶得醉人归。

前两句明写村居风光，暗示五谷丰登，六畜兴旺。鹅湖山下鹅鸭成群，鱼虾满塘，山明水秀，风光迷人。纵目远眺，只见田间郊外，稻粱肥熟，长势喜人。走进村内，只见家家户户，猪肥满圈，鸡群满坪。村外村内，到处是一片丰收富庶的景象。"半掩扉"暗示全家出动，人去屋空，一者，可见社日欢庆的热闹缤纷，引人入胜；二者，显示民风淳朴，丰年富足。三、四两句不写春社表演的热闹场面，单写春社散后醉人归家的情景，意蕴深长，耐人回味。夕阳西下，树影斜长，一些为庆祝社日而喝得酩酊大醉的村民，在家人邻里的搀扶下，东倒西歪、摇摇晃晃地回家，他们心里高兴，才会狂歌纵饮，而这种高兴又是与国泰民安、丰衣足食密不可分的。全诗无论是写稻粱肥熟还是写树影横斜，无论是写鸡飞猪叫还是写村民醉归，字里行间无不洋溢着一种欢庆丰收、享受生活的情绪。

杜牧：祈盼的七夕。在我国，每年农历七月初七的夜晚，地上草木飘香，天上繁星闪耀，一道白茫茫的银河横贯南北，银河的东西两岸，各有一颗闪亮的星星，隔河相望，遥遥相对，那就是牵牛星和织女星。相传每年这个夜晚，喜鹊搭桥，牛郎、织女鹊桥相会，这就是人们俗称的七夕节。杜牧的《秋夕》写一个失意宫女的孤独生活和凄凉心情。

　　　　银烛秋光冷画屏，轻罗小扇扑流萤。
　　　　天阶夜色凉如水，坐看牵牛织女星。

　　前两句描绘宫女的孤独寂寞，凄清无聊。深宫高墙大院屋内，流萤飞舞，秋意寒凉，银烛泛黄，秋光暗淡，女主人公正用轻罗小扇扑打飞来飞去的萤火虫，围绕在她周围的是挥之不去的孤单落寞。"轻罗小扇"暗示了她被遗弃、遭冷落的悲苦命运。三、四两句将描写视角从室内转移到室外。秋夜深沉，寒意袭人，本该进屋休息了，可是宫女依旧坐在石阶上，举首仰望银河两旁的牵牛星和织女星，也许牛郎织女的故事触动了她的情怀，使她想起了自己的不幸身世，也使她产生了对于真挚爱情的向往。举首仰望之中，饱含了多少祈盼、多少悲凉啊！七夕节留给她的有伤痛，也有憧憬。

　　张九龄：怀思的中秋。张九龄的《望月怀远》是望月怀思的名篇：

　　　　海上生明月，天涯共此时。
　　　　情人怨遥夜，竟夕起相思。
　　　　灭烛怜光满，披衣觉露滋。
　　　　不堪盈手赠，还寝梦佳期。

　　诗人望见明月，立刻想到远在天涯的亲人，此时此刻正与我同望，有怀远之情的人，难免终夜相思，彻夜不眠。身居室内，灭烛望月，清辉满屋，更觉可爱；披衣出户，露水滋润，月华如练，益加陶醉。如此境地，忽然想到，月光虽美却不能采撷以赠远方亲人，倒不如回到室内，寻个美梦，或可期得欢娱的约会。全诗意境清幽而美丽，语言清新明快，细细品味，如尝橄榄，余味无穷。

　　王维：思亲的重阳。《九月九日忆山东兄弟》是王维十七岁时的作品。当时，他大概正在长安谋取功名。帝都的繁华热闹、人海茫茫使王维倍感孤独无助，重阳节触发了他思亲怀乡的情绪，于是挥笔写下了这首诗。

独在异乡为异客，每逢佳节倍思亲。
遥知兄弟登高处，遍插茱萸少一人。

前两句直抒胸臆，用"倍"表现出思亲念家的深切、强烈。第一句两个"异"字，极富暗示性，让人联想到诗人异地谋生，诸多不适，辗转漂泊，孤孑无靠，也烘托出诗人思亲的急切、窘迫。后两句不写自己思念兄弟，而是遥想兄弟登高望远、佩戴茱萸的时候发现少了一人。这种写法给人的感觉是：好像遗憾的不是自己未能和故乡的兄弟们共度佳节，反倒是兄弟们佳节未能完全团聚；似乎自己"独在异乡为异客"的处境并不值得诉说，反倒是兄弟们的缺憾更需要体贴。对面落笔，行文曲折，出乎常情，却更见韵致。以人思己写己思人，则更见思人之深也。这个重阳节，王维过得的确很艰难。

千树万树梨花开

——岑参诗歌的风景美

在西部，猎猎北风是一阵风景，萧萧骏马是一匹风景，万树梨花是一团风景，莽莽黄沙是一片风景，纷纷大雪是一场风景，半卷红旗是一面风景，熊熊火山是一座风景，滚滚乌云是一簇风景……大漠长空，山川万象，凡目之所睹，耳之所闻，心之所动，情之所发，皆为风景。唐代成百上千诗人中，首推边塞诗人岑参为风景写生高手。岑参满怀壮志激情，投身边疆大漠达六年之久，生性好奇，尤喜自然风光，他以好奇的眼光去搜寻和发现，以豪迈的情怀去点染和涤荡，以粗犷的笔墨去涂抹和挥洒，创造了一幅幅神奇壮丽的西部风光图。品读、欣赏，令人心神激荡，豪情勃发，顿生积极进取、乐观向上的大唐情怀。

《白雪歌送武判官归京》这样描写边地早寒奇苦：

> 北风卷地白草折，胡天八月即飞雪。
> 忽如一夜春风来，千树万树梨花开。

八月高秋，内地骄阳似火，热浪逼人，可是胡地边关却是冰天雪地，一派苦寒。北风凛冽，卷地而来，摧折坚韧如铁的白草；大雪纷飞，铺天盖地，涂抹银装素裹的世界；面对如此恶劣奇苦的自然环境，诗人没有叫苦连天，回避退让，而是勃发浪漫情怀，忽发奇想，认为一夜之间，白雪就铺天盖地，整个世界都是白茫茫的，好像一阵春风吹来，吹开千树万树的梨花。诗歌将苦寒逼人的冰雪世界描绘成春意盎然、生机勃勃的奇丽景象，具有强烈的艺术感染力。

这首诗还善于从不同的角度来渲染边地的苦寒氛围。如：

> 散入珠帘湿罗幕，狐裘不暖锦衾薄。
> 将军角弓不得控，都护铁衣冷难着。

片片雪花，飘飘而来，穿帘入户，沾湿罗幕，慢慢消融，将士身穿狐裘感觉不到一点儿暖意，连裹着软和的"锦衾"也只觉单薄。"一身能擘五雕弧"的边将，居然拉不开角弓；平素是"将军金甲夜不脱"，而此时则是"都护铁衣冷难着"。通过人的感受来形象而真切地突出苦寒，给人如临其境、如睹其状之感。"瀚海阑干百丈冰，愁云惨淡万里凝。"沙漠浩瀚无垠，冰雪遍地；天空雪压冬云，万里愁惨！语极夸张，气势磅礴，暗含前路茫茫，艰辛坎坷。视觉和意觉沟通，突出苦寒给人的异常感受。"纷纷暮雪下辕门，风掣红旗冻不翻。"两句特写红旗：大雪纷飞，狂风呼啸，辕门上的红旗却一动不动——它已被冰雪冻结了！这一生动而反常的细节，传神地写出了天气的奇寒。

> 轮台东门送君去，去时雪满天山路。
> 山回路转不见君，雪上空留马行处。

这四句写送别朋友之后诗人低回惆怅的情景，山回路转，风雪弥漫，马蹄阵阵，犹闻耳畔，雪山和马蹄合奏出一支耐人寻味的感伤曲目。

《走马川行奉送出师西征》一诗中描写边地风光也非常奇特：

君不见走马川，雪海边，平沙莽莽黄入天。
轮台九月风夜吼，一川碎石大如斗，随风满地石乱走。

走马川，即现在的车尔臣河，在新疆维吾尔自治区境内。雪海，就是大西北，由于遍地皆雪故称为雪海。轮台，也地处新疆。地名入诗，不仅点明地域环境，更有暗示联想、开阔时空的妙处。这里，黄沙苍茫，一望无际，外与天接，狂风怒卷，把斗大的石头吹得满地乱滚。多么猛烈！多么奇特！诗中还这样写道："马毛带雪汗气蒸，五花连钱旋作冰，幕中草檄砚水凝。"战马在寒风中奔驰，那蒸腾的汗水立刻在马毛上凝结成冰，丝丝直立，形同刺猬，此为一奇；二奇是，军帐中起草檄文时，发现无从下手，连砚水也结冰了。奇特的细节不仅突出天气之严寒，更反衬出大唐勇士斗风傲雪的战斗豪情。

《天山雪歌送萧治归京》也多有对边地苦寒景象的描写：

天山雪云常不开，千峰万岭雪崔嵬。
北风夜卷赤亭口，一夜天山雪更厚。
能兼汉月照银山，复逐胡风过铁关。
交河城边鸟飞绝，轮台路上马蹄滑。
晻霭寒氛万里凝，阑干阴崖千丈冰。

这里遍地是雪，北风呼啸，冰封千里，白雪皑皑，飞鸟绝迹，日色暗淡，路滑难行，景象奇绝，气势磅礴！

岑参笔下的边塞不仅是严寒，还有酷热。《火山云歌送别》就是一个典型例子：

火山突兀赤亭口，火山五月火云厚。
火云满山凝未开，飞鸟千里不敢来。
平明乍逐胡风断，薄暮浑随塞雨回。
缭绕斜吞铁关树，氤氲半掩交河戍。
迢迢征路火山东，山上孤云随马去。

盛夏，在灼热阳光的照射下，红色山岩热浪滚滚，绛红色烟云蒸腾缭绕，恰似团团烈焰在燃烧，读之真是热浪逼人，大汗淋漓。

另一首诗《经火山》描写火焰山：

> 火山今始见，突兀蒲昌东。
> 赤焰烧虏云，炎氛蒸塞空。
> 不知阴阳炭，何独燃此中？
> 我来严冬时，山下多炎风。
> 人马尽汗流，孰知造化功。

火山突兀，烈焰腾空，热浪滚滚，酷暑难当，几近让人想起《西游记》中的火焰山来。冬天的火焰山热得如此诡异！

还有《热海行送崔侍御还京》描写热海，更是闻所未闻，见所未见：

> 侧闻阴山胡儿语，西头热海水如煮，
> 海上众鸟不敢飞，中有鲤鱼长且肥。
> 岸旁青草长不歇，空中白雪遥旋灭。
> 蒸沙烁石燃虏云，沸浪炎波煎汉月。
> 阴火潜烧天地炉，何事偏烘西一隅。
> 势吞月窟侵太白，气连赤坂通单于。
> 送君一醉天山郭，正见夕阳海边落。
> 柏台霜威寒逼人，热海炎气为之薄。

奇情异彩，令人大开眼界！

岑参曾经在西北边塞任职达六年之久，对边地风光情有独钟，娓娓写来逼真生动，震撼人心。无论是浩瀚沙漠，还是卷地北风，无论是漫天飞雪，遍地坚冰，还是烈焰冲天的火山，滚滚沸腾的热海，在他笔下，都显得神奇动人，具有非同寻常的艺术魅力。

巴女骑牛唱《竹枝》

——唐代诗歌里的"三头牛"

翻遍《唐诗鉴赏辞典》（上海辞书出版社出版），发现近千首唐诗中竟然没有一首诗直接歌咏牛的，把牛当作陪衬，间接写到牛的诗歌也只有三首：于鹄的《巴女谣》、杜牧的《清明》和白居易的《卖炭翁》。于是，我替牛埋怨不公，替牛鸣冤叫屈，也许是因为牛忠厚老实、不善声张的缘故，也许是由于牛沾泥带土、艰苦耕耘的缘故，也许是由于牛默默忍耐、无怨无求的缘故……牛与文学、与文人雅士保持了一定的时空距离和心理距离，自然以牛入诗、托牛传情的诗歌就少得可怜。在这种情况下，来品味唐代诗歌中这三首有意无意写到牛的诗作，就显得尤有必要。先看《巴女谣》：

巴女骑牛唱《竹枝》，藕丝菱叶傍江时。
不愁日暮还家错，　　记得芭蕉出槿篱。

诗歌描绘了一幅恬静闲适、富于乡村生活气息的巴女放牛图。夏天的傍晚，夕阳西下，烟霭四起，江上菱叶铺展，随波轻漾，一个天真伶俐的巴江女孩，骑在牛背上面，高声唱着山歌，沿着江边弯弯曲曲的小路慢慢悠悠地回家去。天色渐渐晚了，这个顽皮的小姑娘还是一个劲地歪在牛背上面唱歌，听任牛儿不紧不忙地踱步。路旁好心的人催促她快些回家，要不待会儿天黑下来，就找不到家门了！没想到这个小姑娘不以为然地说道：我才不怕呢，只要看见那些伸出木槿篱笆外面的大大的芭蕉叶子，那就是我的家了！

事实上，木槿入夏开花，花色灿烂，芭蕉伸展，浓绿逼人，这些都是川江一带农家住房四周的常见景物，家家如此，不足为奇，更不能以之当作辨认家门的标志。但是这个小女孩偏偏要如此炫耀，而且还不慌不忙，自信满满，什么原因呢？除了可以看出小女孩对家乡、对生活的热爱之外，关键是诗歌前面提到的那头牛。我愿意相信，那是一头老水牛，小女孩放牛多年，与它相依相伴，感情十分融洽，骑牛而歌就是明证。

古代有个成语叫"老马识途",结合这首《巴女谣》描述的情况,可改为"老牛识途",这头牛像川江百姓一样,也是日出而作,日落而息,熟悉这方山水,熟悉大小路径,熟悉它的主人,天再黑,路再远,它都不怕,它都能找到回家的路。有了这位老朋友的指引、带路,小女孩还有什么担心的呢?倒是路旁好心人的善意提醒显得多此一举。这首诗中,牛是安详的,慈爱的,悠闲的,富于智慧的,像一位白胡子老大爷,疼爱自己的孙女,让她歌唱,任她顽皮,和她一起走夜路,走了一千年,一直走进我们的生活。

再看杜牧的《清明》:

清明时节雨纷纷,路上行人欲断魂。

借问酒家何处有?牧童遥指杏花村。

诗歌描写细雨纷纷的清明时节两种人的生活状态:一种是行人,肝肠寸断,愁思满怀;另一种人是牧童,悠闲自在,怡然自乐。其中写牧童带出了一片风景。近处,芳草萋萋,细雨纷纷,小男孩骑牛吹笛,笛声嘹亮,回荡在空蒙细雨之中。远处,竹篱茅舍,杏帘在望,有一处酒家招待过往的路人。行人问路,牧童不答,只是遥指示意,为什么呢?大概因为牧童正在专心致志地吹奏笛子,生怕路人的声音打扰了自己,故而用手一指,无声暗示,让路人看到杏花村,让自己好声不断、好梦不醒吧。这个小孩是聪明的,也是好心的。他的一片好心和他的悠扬笛音,他的老水牛,他的悠闲姿态一并嵌入风景画中,构成了读者心中一片永不褪色的亮丽风景。

我总在想:牧童何以如此逍遥?他真是一位牧童吗?答案只能从那头老水牛身上找。我同样相信,这也是一头老爷爷级别的水牛,它沐浴春雨,咀嚼细草,甩甩尾巴,抬头望望,和背上这位孙子辈的小男孩一样,沉浸在朦胧而轻柔的春雨中,它似乎听得懂笛音,不然,为什么表现得如此安详宁静?它似乎通晓人意,不然,又为什么如此默契地配合小男孩?它应该是小男孩的老朋友,疼爱、呵护、体谅、关心小男孩,与其说是牧童一个人在演奏竹笛,倒不如说是这两位好朋友在共同完成一次令人陶醉的音乐演奏。在雨中踱步,在雨中放歌,在雨中陶醉,一头老水牛,一个小男孩,共同演绎了一种极富田园诗意的生活,令人羡慕,令人向往。

如果说《巴女谣》中的老水牛是指点迷津、引人回家的长者，《清明》中的老水牛是善解人意、富有灵性的智者的话，那么，白居易笔下的老水牛则是一位饱经沧桑、历尽苦难的老者。请看诗人笔下的老水牛吧：

卖炭翁，伐薪烧炭南山中。
满面尘灰烟火色，两鬓苍苍十指黑。
卖炭得钱何所营？身上衣裳口中食。
可怜身上衣正单，心忧炭贱愿天寒。
夜来城外一尺雪，晓驾炭车辗冰辙。
牛困人饥日已高，市南门外泥中歇。
翩翩两骑来是谁？黄衣使者白衫儿。
手把文书口称敕，回车叱牛牵向北。
一车炭，千余斤，宫使驱将惜不得。
半匹红绡一丈绫，系向牛头充炭直。

这头老水牛的遭遇就是卖炭翁的遭遇。人和牛一样，艰辛劳作，苦不堪言。牛陪伴他的主人，生活在南山这个豺狼出没、荒无人烟的地方，披星戴月，给主人拖柴运炭。它走过山山岭岭，走过坑坑洼洼，哪怕冰天雪地，为了生存，迫于压力，也得要冒险出行，把炭运到城里卖掉。主人忍饥挨饿，老牛也忍饥挨饿，主人疲惫不堪，老牛也气喘吁吁，主人遭遇皇宫爪牙强盗式的抢劫，老牛只有眼睁睁看着毫无办法。那些欺行霸市、蛮不讲理的皇宫爪牙，吆喝着老人把牛车赶往皇宫里去，老人痛心又无奈，老牛看在眼里，急在心头。一车炭，千余斤，就只能换回"半匹红绡一丈绫"，不公平！不合理！欺人太甚！可是又能怎样呢？

一位老人和一头老牛，典型的弱者！这头忠心耿耿的老牛陪伴主人艰难度日，见证了艰难险阻，见证了世道不公，见证了人心诡诈，最后落得个"两泪涟涟"、哀哀无告的窘境。白居易通过老人和老牛的处境控诉了那个社会的以强凌弱、见死不救的罪恶。这头老牛，拖着千斤重炭，在崎岖的道路上艰难行走，一直走到今天，一直摇晃在我们眼前。

十年一觉扬州梦

——杜牧诗歌的风流味

古代文人仕途失意之后通常有两种选择，或者寄身佛门，归隐山林，或者是醉心风月，寻花问柳。唐代大诗人杜牧曾在扬州为官十年，官小职卑，郁闷不展，经常出入秦楼楚馆，与美女娇娃相依，与琴棋歌舞相伴，留下了许多风流潇洒、浓艳生辉的艳情诗。解读杜牧，绕不开他这些浮艳华靡之作，下面挑选几首稍作剖析。

最能反映杜牧扬州十年风花雪月生活的作品当推《遣怀》，诗歌这样写道：

> 落魄江湖载酒行，楚腰纤细掌中轻。
> 十年一觉扬州梦，赢得青楼薄幸名。

这首诗其实是诗人风流生活的自画像。尽管时过境迁、"大梦"初醒之后，作者感到后悔、愧疚、懊丧、自责，但是字里行间还是不难读出他对过去生活的怀念和留恋。因为才华横溢，壮志满怀，更因为时运不济，杜牧只好放浪形骸，沉湎酒色，颇有几分"破罐破摔"的味道。潦倒江湖，以酒为伴，浪迹妓院，美女相依。这种生活表面看来实在是风流快活之至。"楚腰纤细掌中轻"一句，虽用古典却掩饰不住诗人对歌妓美女的欣赏、把玩。玉肢纤腰，婀娜多姿；花容月貌，翩翩起舞。诗人笔下的女子是如此色艺双全，如此美貌多姿，怎能不叫人心旌摇荡呢？

杜牧有位特别相好的歌妓，长得如花似玉，无人能及，他曾写过一首诗来热情赞美自己的意中人。

> 娉娉袅袅十三余，豆蔻梢头二月初。
> 春风十里扬州路，卷上珠帘总不如。

这位女子芳龄十三，身材苗条，姿态轻盈，如弱柳扶风，似娇花照水，更像豆蔻花开，含情脉脉，楚楚动人。诗歌一、二两句用虚笔描绘，融比喻和想象于一体，极尽空灵神妙之能事，留给读者无尽的回味空间。你想象得出，女子有多美，她就有多美；你想象得到，女子多么吸引人，她就多么吸引人。诗歌三、四两句采用众星捧月、弱彼强此的手法，简直把女子的倾城倾国之貌写到了无以复加的程度。温柔富贵之乡的扬州，十里长街车水马龙，花枝招展，美女如云。但是"卷上珠帘"发现，成百上千的红衣翠袖，没有一个比得上自己的豆蔻花开。贬低全扬州所有美人来突出诗人的意中人之美，她简直美到了无与伦比的程度。品读这些诗句，我们不难感受杜牧的痴心迷恋之态和心花怒放之情。说杜牧的文思灵感是此等灿若天仙的女子所激发出来的，一点儿也不过分。

　　风月场上的杜牧也有失意的时候。民间有这样一个传说：有一次，杜牧到湖州去游玩，湖州刺史在水上搭戏台，让杜牧一览戏子的风采，杜牧看上了其中一个十多岁的小戏子，与其母相约过十年来娶。十四年过后，杜牧来当湖州刺史，发现女子已出嫁三年，生有两个小孩，杜牧大为感叹，写了一首诗《叹花》，抒发寻花不遇的惆怅懊丧之情。诗歌是这样写的：

　　　　自是寻春去校迟，不须惆怅怨芳时。
　　　　狂风落尽深红色，绿叶成阴子满枝。

　　首句自叹，叹寻春赏花已迟，以致春尽花谢，流露出一种自怨自艾、懊悔莫及的心情。次句自解，表示对春暮花谢不用惆怅，无须嗟怨，其实是无可奈何之语。后两句写自然界的风风雨雨使鲜花凋零，红芳褪尽，绿叶成荫，结子满枝，硕果累累，春天早就过去了，更像秋天的景象。诗句似乎纯客观写景，其实蕴含着诗人深深惋惜的感情。花谢花开，绿树成荫，结子满枝，隐喻结婚生子，人老珠黄，青春不再，和十多年前的光鲜亮丽、熠熠生辉相比，怎不令诗人感慨万千、追悔莫及呢？时间和杜牧开了一个玩笑，诗人有不老的心，却再也找不回那张姿容俏丽的面庞。

　　和心爱的人分手也是一件令人伤心痛苦的事情，杜牧也有这样的经历。他写过一首《赠别》：

多情却似总无情，唯觉樽前笑不成。

蜡烛有心还惜别，替人垂泪到天明。

　　这首诗抒写诗人对妙龄歌女的留恋惜别之情。离别宴席上，情人凄然相对无语话别，貌似无情其实多情，强颜欢笑却又笑不成欢，这种不忍离别却不得不别的煎熬该是何等痛彻心扉，以至于在诗人看来，眼前那支彻夜燃烧的蜡烛一滴一滴地掉泪，都像是在替即将分别的一对情人惋惜伤心呢。从这种有心垂泪、无意分别的描写可以看出，离别有多艰难、多复杂。人生也许正是在这种缠绵悱恻的离情别意当中，才更显得沉重而珍贵吧。

　　有人说过，风流艳情的深浅，是一个文人生命力的体现，我不知道这句话对不对，但我觉得，杜牧的文采才华、情思灵感，乃至他的真情至性，却在这些活灵活现的艳情诗中，得到了较好的体现，或许，我们理解杜牧的时候，补上一笔艳情诗，才会更真实、更丰富吧。

寂静之中蕴生机

——王维诗歌的意境美

　　唐代大诗人王维是禅学、庄学的忠实信徒，他的山水诗典型地体现了禅宗所追求的隐遁空门、虚无寂灭的境界和老庄道家寄意山水、纵情自然的精神观念。禅宗佛理和老庄道学的有机融合，铸就了王维山水诗天人合一、物我浑融的艺术风格。王维对待自然的态度远不同于对待人生，庄子的一个故事很能说明他的"以自然的方式观照自然"的态度。

　　《庄子·达生》记叙了一个鲁君养鸟的故事。从前有一只鸟落到鲁国郊外，鲁君喜欢它，杀牛宰羊来喂它，演《九韶》的乐曲来使它快乐。鸟开始头晕眼花忧虑悲伤，不敢吃东西，这叫作"以人观物"，用人（自己）

的办法养鸟。庄子公开反对"以己养养鸟",主张"以鸟养养鸟"。他说:"若夫以鸟养养鸟者,宜栖之深林,浮之江湖,食之以委蛇,则平陆而已矣。"如果用养鸟的方法养鸟,就应该让它住进深林,或在江湖上飘游,给它吃小鱼泥鳅,让它随着鸟群,自由自在地居住,那样的话,平常的一块陆地就能使它安居。鸟害怕的就是听到人声,《九韶》《咸池》这些音乐只会使它感到恐怖和不自在,这些音乐假如在旷野上演奏,鸟听到就会高飞。

这个故事告诉我们,在如何处理人与自然(鸟)的关系的问题上,庄子反对"以己养养鸟","以人观物",主张"以鸟养养鸟","以物观物"。这一正一反两种态度恰好就是王维山水诗中体现出来的"有我之境"和"无我之境",亦即王维对待自然山水景物的两种态度。对此王国维在《人间词话》中有过精辟的论述: 有有我之境,有无我之境。"泪眼问花花不语,乱红飞过秋千去。""可堪孤馆闭春寒,杜鹃声里斜阳暮。"有我之境也。"采菊东篱下,悠然见南山。""寒波澹澹起,白鸟悠悠下。"无我之境也。有我之境,以我观物,故物皆着我之色彩。无我之境,以物观物,故不知何者为我,何者为物。

王维那些追求空灵虚寂、幽静充盈境界的山水诗,正好体现了王国维"有我之境"和"无我之境"的区别和联系,下面我将结合王维的几首典型诗歌加以剖析。

有我之境

诗人把自己潜心自然、寄情山水的主观情思寄寓在对自然景物的描绘之中,精选景物,个性描写,流露出诗人闲适自得、寂静自娱、清心自洁的高雅情致。字里行间处处可见孤独的诗人、凝思的心机。我们能感觉到,深山幽林中有静观默会的王维,有抚琴长啸的王维,有回光返照的王维。让我们跟随《鸟鸣涧》走进王维带给我们的这个远离喧嚣、弃绝尘俗、幽静洁净的世界:

人闲桂花落,夜静春山空。
月出惊山鸟,时鸣春涧中。

诗歌营造了一个宁静幽美、光洁素雅的意境,这里有桂花飘香,无声无息；有明月升空，银辉四射；有山鸟惊飞，鸣声不断；还有春山空旷、幽深、宁静。更重要的是，这一切全在乎于诗人的一份闲心，一双慧眼。和诗人误入官场遭遇到的名利纷争、尔虞我诈相比，走进空山明月的王维，早已弃绝凡尘，摒除俗念，无官一身轻，无"事"一心闲。有了这份逍遥自在，有了这份不为物累、不为俗缠的清闲轻松，一花一山、一月一鸟才如此情趣盎然，生意无限。可以说，《鸟鸣涧》启示我们，王维心中有一座空山，一轮明月。这又何尝不是现代社会的我们所朝思暮想的精神家园呢？

《竹里馆》展示了王维另一种更为诗意的生活。

    独坐幽篁里，弹琴复长啸。
    深林人不知，明月来相照。

幽竹深林，明月朗照，银辉四射；孤身独影，抚琴长啸，似通天籁。诗人以幽竹明志，修直玉立，高雅不俗；诗人以明月为友，肝胆相照，赤诚相知。诗人以深林为家，无须人知，自得其乐。坐一夜空山，拥一轮明月，抚一把方琴，啸一声自然，诗人完全沉浸在眼前的无边风月当中，对竹弹琴，对月抒怀，静静地享受无人所知的孤独和由孤独带来的恬静高洁。翠竹深林，夜空明月，亦师亦友，如梦似幻，诗人哪里还有一星半点的孤独呢？他简直是在向明月幽竹畅言自己的兴奋和愉悦，内心涌动着难以克制的勃勃兴致。幽深静美的自然环境，抚琴长啸的孤独诗人，不为人知也无须人知的清冷，似乎都让我们感觉到无言的虚无寂灭，可是，细细体味，却又发现，诗歌字里行间分明跳动着一颗如竹挺起、与月同飞的灵魂。这就是王维，阴冷孤清当中透露出一份热烈痴迷、一份高洁不俗！

《鹿柴》描绘的则是凄美冷寂的诗意。

    空山不见人，但闻人语响。
    返景入深林，复照青苔上。

一、二两句绘声，三、四两句绘色。傍晚时分的空山深林，杳无人迹，一片沉静，只是偶尔传来一阵人语，却看不到人影（由于山深林密）。这破"寂"而来的"人语"反衬出山林长久的空寂。空谷传音，愈见空谷之空；空山人语，愈见空山之寂。寂而无人，语而不见，更显孤清寒凉。

三、四两句承一、二两句描写空山传语进而写到深林返照，由声而色。深林青苔，本来就寂静幽暗，猛然间，夕晖返照，映射青苔，令人倍感眼亮心暖，多了一份生意、一线光亮，但细加体会，就会感到，一味的幽暗有时反倒使人不觉其幽暗，而当一抹余晖射入幽暗的深林，斑斑驳驳的树影映照在树下的青苔上时，那一小片光影和大片的无边幽暗所构成的强烈对比，反而使深林的幽暗更加突出。特别是这"返景"，不仅微弱，而且短暂，转瞬即逝。

　　如果说一、二两句用有声反衬空寂，那么三、四两句便是以光亮反衬幽暗，声光色影，明暗浓淡，都渲染出一种凄美冷寂的氛围，而这又正是诗人所钟情在意的。不然，人迹杳无的空山，转瞬即逝的余晖，幽暗清冷的青苔，枝繁叶茂的山林，又怎么如此会心解意地进入诗人的心灵视野呢？

无我之境

　　王维参禅悟理，学庄信道，使他在对待自然的问题上采取了一种遗世独立、忘却自我、以物观物、随缘任运的观照方式。他的这类诗歌描山绘水，摹写自然，常常是天人合一、物我浑融。和前一类"有我之境"的诗歌不同，在这类诗歌中，诗人忘却了自我，消融了自我，自我转变成了诗人笔下的山水草木、花鸟鱼虫。一花一世界，一草一人生。换句话说，诗人笔下那些活脱空灵、有情有性的自然景观无一不透露出王维的诗心慧眼，天机玄思。读王维，读自然，读性灵，读人生，我们会获得对王维更深一层的觉解。

　　《辛夷坞》只见花开花落，不见人来人往。

　　　　木末芙蓉花，山中发红萼。
　　　　涧户寂无人，纷纷开且落。

　　一、二句写花开。木末（枝梢）芙蓉花（辛夷花），含苞欲放，火红耀眼，似团团火焰，燃春花怒放，似云蒸霞蔚，显一派春光。三、四句写花落，山间沟谷，寂寞人家，不见人事俗尘，只见山中红萼纷纷扬扬，落英片片。深山幽谷的辛夷花不为人生，不为人谢，随缘应运，自生自灭，自开自落，诗人借此传达了一种依乎天性、顺应自然、该来则来、该去则去的处世思想。我们根本感知不到诗人的存在、自己的存在，或许诗人早就忘却了世俗，消融了自我，把自我融化到深山幽谷，变成了一朵芙蓉花。以花观花，花花相映，哪里还有孤寂的王维呢？可是，一枝一叶总关情，那些气韵流动、生生不息的山花草木，又有哪一处、哪一朵不是王维的诗性怒放之花呢？这正如陆游诗歌所云，"何方可化身千亿，一树梅花一放翁"。

如果说《辛夷坞》侧重静观默察、静态写实的话，那么《栾家濑》则侧重于空灵挥洒，动态凸现。

飒飒秋雨中，浅浅石溜泻。
跳波自相溅，白鹭惊复下。

一、二两句写秋雨飒飒，溪谷涨水，溅溅流泻。溪水透明清澈，轻快流畅。一溪山水写得灵动活脱。三、四两句写跳波相溅，白鹭惊飞，给人以空灵奇妙之感。试想，水石相击，飞花溅玉，驻足水中纹丝不动的白鹭被这突如其来的水花惊吓，"扑棱"一声，展翅迅飞。受惊而飞，飞而复下，虚惊一场！诗人不动声色，凝神注视眼前所发生的奇妙变化，心驰意往，一会儿随溅溅溪水而欢呼雀跃，一会儿为亭亭白鹭而惊魂未定……我们似乎觉得，诗人早已不是冷眼旁观的局外人，他简直就是一溪秋水、一朵浪花、一只白鹭，以自然神韵、勃勃生机展示自己的风姿，引动我们心灵的翅膀，让心灵翻飞在自然诗海的天空。

这倒令我想起庄子的濠梁之乐来。有一次，庄子和他的老朋友惠施一块出去游玩，来到一座木桥上。庄子看到溪流中的白鱼游来游去，便若有所思地说了一句："你看，河里那些鱼成群结队，自由自在，多快乐啊！"惠子说："你又不是鱼，你怎么知道鱼是快乐的呢？"庄子接着说道："你又不是我，你怎么知道，我不知道游鱼的快乐呢？"庄子能够体察到游鱼的快乐，是因为他把自己当作了一条鱼，一条置身水中、自由自在的鱼，以鱼观鱼，鱼我一体，不知何者为鱼，何者为我。所以，他知道鱼是快乐的，有生机的。惠子以人观鱼，人、鱼分离，所以他体会不到鱼和庄子的快乐。庄子观鱼的态度正好就是王维摹山绘水、描花写鸟的态度，这种忘我、无我、融浑的境界，王维营构得浑朴自然，了无痕迹。读王维这类诗，除了神游自然、放飞心灵之外，我们还有一声赞叹，诗性王维，自然之子，赤子之心！

综上所述，王维的诗歌不管是"有我之境"，还是"无我之境"，不管是静观万象，还是动态直击，都营构了一个封闭自足、与凡俗隔绝、天人合一、物我神会的艺术世界，这里没有争名于朝、争利于市的熙熙攘攘，没有尔虞我诈、挖空心思的拍马钻营，没有凡尘俗念、世道邪风，有的是山花流水、清风明月、桂花飘香、修竹茂林……诗人以山林为家，使游荡的灵魂得到安顿；以明月为友，使朋友之情肝胆相照；以桂花寄情，使清高的人格魅力四射；以翠竹明志，使高洁的志趣卓尔不俗；以山鸟说话，使天籁之音响彻心宇；以斜晖作画，使心灵的画图顿然生辉；以红花悟道，使困惑的人生豁然开朗；以白浪自喻，使跳荡的性灵轻舞飞扬。千古诗佛心，一脉任自然！

满船清梦压星河

——唐代诗歌的梦幻美

俗语说："日有所思，夜有所梦。"的确，梦幻是现实生活的一种曲折反映。较之于现实，梦幻更自然，更真实，更自由。有人在梦幻中倾诉相思离别之苦，有人在梦幻中控斥穷兵黩武之罪，有人在梦境中重温患难与共之情，也有人在梦乡中驰骋天马行空之想……凡此种种，不一而足，多姿多彩，魅力四射。唐代许多诗人喜欢以梦入诗，借梦传情，演绎了一个个精妙传神而又熠熠生辉的艺术世界。

梦幻写尽天涯离恨之思。岑参写过一首《春梦》，极尽飘逸飞扬之能事，把相思忆念写得刻骨铭心，动人肺腑。

洞房昨夜春风起，遥忆美人湘江水。
枕上片时春梦中，行尽江南数千里。

春回大地，万物一新，风入洞房，拨动心弦，深居内室的人面对这春暖花开、春风浩荡的美好季节，心中涌动着对远在湘江之滨的美人的思念，相距既远，相会自难。春天带给他的只能是寝食不安的痛苦和遥不可及的思念，用什么来安慰这颗孤独而寂寞的心呢？善良的诗人给他送去了一个美梦：在床头枕上片刻功夫的梦中，他已经飞越万水千山，抵达美人身边；尽管千里迢迢，风尘仆仆，身心劳顿，可毕竟天遂人愿，得见美人，心中喜悦自不待言。不过，这只是梦，是片刻的梦境，现实生活中的他仍然是孤身独处，相思难挨！

同样是梦游江南，追寻情人，张潮的《江南行》则抒写了一种思而不见、梦也成空的痛苦。

茨菰叶烂别西湾，莲子花开不见还。
妾梦不离江上水，人传郎在凤凰山。

一对情人在水枯叶落、寒风萧萧的时节离别。光阴荏苒，日月如梭，不知不觉又到了荷花盛开、春光无限的时候，可盼望的人儿还没有回家。到哪里去找他呢？天遥地远，音讯杳无，只能托之于梦了。梦中，她飘飞远去，寻寻觅觅，愁风愁水，百般牵挂，走遍江南山水江河，就是不见情人的影子！梦醒之后，突然有人捎来消息说，思念之人原来在凤凰山！她是喜还是忧，是乐还是愁，个中滋味一定非常苦涩难受。不知人已去，空有梦相随。时而在山，时而在水，行踪不定，寄语全无，便是梦中，又如何寻他得到……诗中暗含难言难诉之苦和隐隐怨艾之意。可怜的女子，何必对一个负心男子如此痴情梦想呢？

梦中相见或不见，毕竟还是有梦可寻，李端的《闺情》中的女主人公可是连梦也做不成，简直到了悲恸欲绝的地步。

月落星稀天欲明，孤灯未灭梦难成。
披衣更向门前望，不忿朝来鹊喜声。

月落星稀，天色转明，孤灯闪烁，诗中女主人公仍在那儿辗转反侧，不能成眠，也更难入梦。突然，窗外传来一阵喜鹊鸣叫之声，少妇急忙起床披上衣服，走到窗前张望。她以为，出门在外的丈夫快要回来了，俗话说，"乾鹊叫，行人至"嘛。可是，门外只有车尘马迹和稀稀落落的行人，哪儿有丈夫的影子呢？她伤透了心，有一种失望和被骗的感觉。可怜的人啊，彻夜不眠，好梦不成，又空欢喜一场！

梦幻也反映了边塞战争给人民带来的痛苦和灾难。陈陶的《陇西行》给我们描绘了一个悲壮感人、惊心动魄的艺术世界。

誓扫匈奴不顾身，五千貂锦丧胡尘。
可怜无定河边骨，犹是春闺梦里人。

唐军五千将士誓死杀敌，奋不顾身，结果全部壮烈牺牲，场面惨烈，这是背景渲染。诗歌后面两句写家中少妇的春梦苦思，是主体刻绘。闺中妻子不知征人已战死沙场，仍然满怀热切美好的希望，进入梦乡与丈夫相会，她不知梦中与自己相亲相悦的丈夫早已成为无定河边的累累白骨。现实的残酷和梦境的美好形成了强烈的反差，有力地烘托出女子的不幸命运。都是战争惹的祸啊！

和陈陶《陇西行》的梦境相比，金昌绪《春怨》的梦境，则多少充满了一点儿喜剧的色彩。

打起黄莺儿，莫教枝上啼。
啼时惊妾梦，不得到辽西。

少妇做了一个美梦，梦见了自己远在辽西服役的丈夫，两情相悦，恩爱缠绵，没想到黄莺鸣叫，破坏了她的美梦。她恨黄莺，是黄莺剥夺了她远赴辽西与丈夫相会的机会，是黄莺剥夺了她梦中享受片刻幸福的权利。我不知道，梦醒之后她的感受如何，但我想，黄莺有灵也应该同情她的处境而缄口不啼的。可是，我又想，没有黄莺的破坏，她的美梦就一定幸福吗？会不会也是"可怜无定河边骨"的结局呢？当战争的阴霾还没有消除的时候，她的梦永远只能是未知结局的梦而已，现实留给她的永远是残酷和不幸！

梦幻还可以折射出友情的真挚纯洁。唐代诗坛元稹和白居易的梦中情谊是千古传诵的佳话。元和四年（809），元稹奉使去东川，白居易在长安，与他的弟弟白行简和李杓直一同到曲江、慈恩寺春游，又到杓直家中饮酒，席上忆念起元稹，就写下了《同李十一醉忆元九》：

> 花时同醉破春愁，醉折花枝作酒筹。
> 忽忆故人天际去，计程今日到梁州。

故人相别，诗人忆念极深，以致计算对方行程远近，旅途情况，心驰神往，牵挂不断。白居易对元稹行程的计算是很准确的，当他写这首《同李十一醉忆元九》诗时，元稹正在梁州，而且做了一个梦，写了一首《梁州梦》：

> 梦君同绕曲江头，也向慈恩院院游。
> 亭吏呼人排去马，忽惊身在古梁州。

元稹对这首诗的注解是："是夜宿汉川驿，梦与杓直、乐天同游曲江，兼入慈恩寺诸院，倏然而寤，则递乘及阶，邮吏已传呼报晓矣。"奇怪，白居易写的真事竟与元稹的梦境完全吻合，两人的友谊已到了灵犀相知、神魂相悦的程度！

梦境更能展示出诗人的浪漫情思和心志追求。李白《梦游天姥吟留别》就是运用神奇瑰丽的笔法，描绘了一个变幻莫测而又引人入胜的梦境。试看其中两个片断。

片断一：

> 我欲因之梦吴越，一夜飞度镜湖月。
> 湖月照我影，送我至剡溪。

梦中的李白身长翅膀，脚踏祥云，沐浴月光，展翅高飞，一夜之间就抵达千里之遥的剡溪。像孙悟空一样可以日行千里万里，只有浪漫如李白者才想得出。

片断二：

> 洞天石扉，訇然中开。
> 青冥浩荡不见底，日月照耀金银台。

> 霓为衣兮风为马，云之君兮纷纷而来下。
> 虎鼓瑟兮鸾回车，仙之人兮列如麻。

洞天福地，光芒四射，李白闻所未闻，见所未见：蔚蓝天空，东风浩荡，深不见底；亭台楼阁，富丽堂皇，闪闪发光。云神披彩虹为衣，驱长风为马，驭虎为之鼓瑟，驱鸾为之驾车，奔赴仙山盛会而来。各路神仙列队两侧，欢迎大诗人李白的到来。多么盛大热烈的场面，多么壮丽辉煌的梦境，异彩纷呈，光耀照人！显然，梦中参加神仙聚会，这与李白热衷寻仙访道的思想是密切相关的。

唐温如的《题龙阳县青草湖》，写梦境有惝恍迷离、缥缈奇幻之姿。

> 西风吹老洞庭波，一夜湘君白发多。
> 醉后不知天在水，满船清梦压星河。

入夜时分，风停了，波静涛息，灿烂的银河倒映湖中。湖边客船上，诗人从白天到晚上，手不释怀，一觞一咏，怡然自乐，终至于醺醺然醉了，睡了。渐渐进入梦乡，他仿佛觉得自己不是在洞庭湖中泊舟，而是在银河之上荡桨，船舷周围见到的是一片星光灿烂的世界。梦境如童话般诱人，折射出诗人的浪漫天性和奇思异想。

无食无儿一妇人

——唐诗中的苦命人

优秀的作品多是泪水的结晶。品读唐诗，总是有太多的伤心和感动。我为那些旷夫怨女离散天涯而伤感，为那些羁旅游子归家无计而惆怅，为那些宦海沉浮壮志难伸的俊杰而惋惜，更为那些落魄潦倒无以为生的寡妇而哀痛。时过千年，那些绝望的灵魂依然在我耳畔呻吟，在我心间挣扎，良知和天性不允许我回避她们,我愿意用这支笨拙的笔和这颗忧郁的心,为今天诉说一个个悲伤的故事。

杜甫对黎民苍生的同情和悲悯不是停留在良知和天性上,也不是停留在道德人伦的层面上,而是体现在身体力行的生活实践上,他的《又呈吴郎》就是一首能够充分体现诗人宽厚仁爱、博济众生品格的杰作。

　　堂前扑枣任西邻,无食无儿一妇人。
　　不为困穷宁有此?只缘恐惧转须亲。
　　即防远客虽多事,便插疏篱却甚真。
　　已诉征求贫到骨,正思戎马泪盈巾。

杜甫寓居夔府瀼西草堂的时候,门前庭院栽种了一些枣树,每到秋熟时节,西边一位邻居老太太便常来扑枣,她太穷困了,无儿无女,孤苦伶仃,无以为生,只能靠扑几颗枣来苦度余生。杜甫很同情这位老太太,任随她前来打枣,想什么时候来就什么时候来,想扑多少就扑多少,损坏了树枝也不说她一句,因为她实在是走投无路了。可是后来杜甫搬家以后,就把草堂让给一位吴姓亲戚住着,没想到这位亲戚非常小气,毫无同情心。他搬来入住以后,就在枣树周边插上篱笆,为的是不让别人特别是那位西邻老太太扑枣。

老太太心怀恐惧,忐忑不安,老远跑去求助诗人杜甫,向杜甫诉说自己的遭遇和吴郎见死不救的行为,杜甫颇感伤心,写下这首诗来委婉地劝说吴郎。在这个兵荒马乱、烽烟四起的年代,大家活着都不容易,还是将心比心,设身处地,替别人想一想吧,正因为老太太濒临绝望,心怀不安,你反倒更应该对她亲善些,让她安心扑枣;几颗枣对你来说,也许算不了什么,但对于老太太来讲,可就是救命粮啊!你何必如此当真,像防贼一样防备这位老太太呢?同时,杜甫还从西邻老太太一个人的遭遇联想到天底下成千上万苦于战乱的百姓,不禁老泪纵横,伤心啜泣。

晚唐诗人杜荀鹤和杜甫一样,也是一位关注民生、心忧天下的诗人,他的《山中寡妇》描写一位为逃避苛酷沉重的徭役赋税而搬家到深山老林的寡妇的生活，触目惊心，惨不忍闻。

> 夫因兵死守蓬茅，麻苎衣衫鬓发焦。
> 桑柘废来犹纳税，田园荒后尚征苗。
> 时挑野菜和根煮，旋斫生柴带叶烧。
> 任是深山更深处，也应无计避征徭。

唐朝末年，朝廷上下，军阀之间，连年征战。战乱夺走了这位女子的丈夫，迫使她孤苦一人，逃入深山破茅屋栖身。她身着粗糙的麻布衣服，鬓发枯黄，面容憔悴，尽管还是青壮年妇女，可是外貌已显得十分苍老了。即便是这样一个孤苦的寡妇，统治阶级也决不放过对她的榨取。由于战争的破坏，桑林伐尽了，田园荒芜了，而官府却不顾人民的死活，照旧逼税和"征苗"。残酷的赋税剥削，使这位孤苦贫穷的寡妇何以为生呢？她经常挖来野菜，连菜根一起煮了吃；平时烧柴也很困难，燃生柴还要"带叶烧"。深山老林毒蛇猛兽出没，实在太危险了，可是，相对于官府苛敛重赋的压榨来说，寡妇宁可忍受深山毒蛇猛虎的威胁！全诗把寡妇的苦难写到了极致，揭示了造成这种苦难的社会原因，具有强烈的悲剧效果。苦难当中有绝望挣扎，同情当中更多血泪控诉！

李白是一个自命不凡、不可一世的人，在达官显贵面前表现得狂傲不逊，可是在农民老妈妈荀媪面前，他却谦恭得像一个犯了错误的小学生，腼腆不安，天真可爱。其诗《宿五松山下荀媪家》是这样写的：

> 我宿五松下，寂寥无所欢。
> 田家秋作苦，邻女夜舂寒。
> 跪进雕胡饭，月光明素盘。
> 令人惭漂母，三谢不能餐。

李白一个人到五松山上去游玩，玩累了，天也黑了，就投宿在一个荀姓老妈妈屋里。这个晚上，他看到了感动他一生也感动我们千百年的一幕。空山旷野农家村落，金秋时节丰收在望，本当洋溢着一片幸福喜庆的气氛，可是邻家女子却在寒凉秋意中挑灯舂米，白天辛苦了一天，晚上也不休息，还要加班加点，一声又一声的舂米声传入诗人的耳朵，令人感到冰冷寒凉。

诗人的游山之兴，欢乐之想，早已一扫而空，取而代之的是声声凄凉，寒意阵阵，心情变得无比沉重。

慈祥的老妈妈给诗人端来一碗雕胡饭，跪着进献，不是一般的米饭，而是用"茭白"做成的特别珍贵的一盘米饭，黄澄澄，香喷喷。可以想见她有多么的艰辛不易！山居人家，无儿无女，孤身一人，竟然把最珍贵的雕胡饭送给陌生的自己，李白感动了，他想起了淮阴侯韩信小时候的经历：少年韩信在河边钓鱼，一个到河边漂洗丝絮的老妈妈看见他饿得面黄肌瘦，就回家做了一碗米饭，拿到河边给他吃。后来韩信做了大将军，以万金答谢这位曾经给他一饭之恩的老大妈。李白想到这个故事，心情十分难受，他衷心感谢这位荀媪妈妈，又真切地体会到她的艰难困苦，说啥也不能接受这一盘雕胡饭。这哪里是一盘饭？这简直就是端出一颗金光闪闪的心啊！艰难困苦中这份给予陌生人的爱，让李白感动一辈子，也温暖我们的心千年万年！

念君怜我梦相闻

——唐代诗歌的友情美

翻阅《唐诗鉴赏辞典》，我发现一个有趣的现象，在所有抒写朋友之间深情厚谊的诗篇中，唯有大诗人元稹和白居易的友情之作数量最多，而且多是元稹思念好友白居易的肺腑之作。品读元稹这些凝结血泪深情的诗作，我们可以充分体会到宦海沉浮当中、世路凶险之时，友情的高贵和伟大、生命的坚强和圣洁。我们震惊于元稹和白居易之间那种超越生死、荣辱与共的友情，我们惊叹于元稹和白居易之间那份天各一方、灵犀相通的默契，是诗歌带我们走进了友谊的光辉殿堂，是人格为我们铸就了生命的华彩诗章。我乐意表达我的思考和感动，为元稹，为白居易，也为我们自己。

唐宪宗元和十二年（817），元稹贬官通州，白居易谪居江州，两地千里迢迢，通信十分困难。白居易写了一首诗，临风怀想，叙梦生情，诗歌有四句：

> 晨起临风一惆怅，通川溢水断相闻。
> 不知忆我因何事，昨夜三更梦见君。

诗人一大早起床，临风伤怀，心绪不宁，只是因为，朋友两地，音讯杳无。下一句，明点山环水绕，音书阻隔；暗示诗人思念老友，悲恸欲绝：其状愁苦，其情凄惨。一、二两句写晨起的见闻感受，可见诗人平日的相思难熬。三、四两句忆梦中情景，诗人不直说自己苦思成梦，却反以元稹为念，问他何事忆我，致使我昨夜梦君，双面落笔，表现了诗人对元稹处境的无限关心，也写尽了两人心心相印、灵犀相通的深情厚谊。

元稹收到白居易寄来的诗后，当即赋诗一首《酬乐天频梦微之》：

> 山水万重书断绝，念君怜我梦相闻。
> 我今因病魂颠倒，惟梦闲人不梦君！

和白诗用记梦抒念旧情不同，元诗一反其意，以不曾入梦，不能入梦来写凄苦心境。因为重病在身，心神恍惚，自己不能自主，梦见的全是些毫不相干的闲人，偏偏没有你！真是"愧君频相见，痛我病绝情"啊！诗人想念老友，朝朝暮暮，可是心有余而力不足，只好在希望和绝望之间挣扎，这番"病不梦君"的剖白，把元稹的凄苦惨痛写得入木三分。由此，我们也不难看出，忧患疾苦当中的友情多么执着，多么坚强！多么悲壮，多么高贵！

元稹还有一首诗《闻乐天授江州司马》，也是重病当中惊闻朋友被贬官降职的即兴之作。写得暗淡凄凉，惨不忍睹。

> 残灯无焰影幢幢，此夕闻君谪九江。
> 垂死病中惊坐起，暗风吹雨入寒窗。

元稹贬谪他乡，又身患重病，心境本来就不好，现在忽然听到挚友也蒙冤被贬，内心更是极度震惊，万般怨苦、离恨愁思一齐涌上心头，于是他眼中的景物刹那间全变得阴沉昏暗、冷清寒凉。"灯"是余光将尽，失去光焰的"残灯"；"影"是摇曳不定、昏暗阴森的灯影；"风"本无明暗之分，而今成了"暗风"；"窗"亦无寒热之别，而今也成了"寒窗"；"雨"是凄风苦雨，"夜"是漫漫长夜。风、雨、灯、窗又"残"又"暗"又"寒"，营造出一种沉重悲凉、凄神寒骨的氛围，巧妙地烘托出诗人的愁苦怨恨。"垂死病中惊坐起"勾画出诗人瞬间的动作情状。本来诗人重病在身，久卧在床，有气无力，垂死挣扎，没想到惊闻噩耗，竟然坐起！如此反常的动作表明：震惊之巨，无异针刺；休戚相关，感同身受。元、白二人友谊之深，于此清晰可见。

元稹另有一首诗《得乐天书》从家人的反映、猜想入手，抒写自己和白居易非同寻常的友谊。诗歌是这样写的：

远信入门先有泪，妻惊女哭问何如。
寻常不省曾如此，应是江州司马书！

全诗描绘接到千里之外的白居易的来信时，一家人恓恓惶惶，哭哭啼啼的场面。写自己，读完远信，泪流满面，泣不成声；写妻女，又惊又哭，忧心忡忡，困惑发问；写猜想，伤心激动，异乎寻常，情关乐天！元稹的朋友也是元稹一家的朋友，妻女的悬疑猜想，惊哭发问，从一个侧面展示出元、白友谊的情深似海，义重如山。没有什么事能使元稹如此激动，没有什么信能使元稹如此伤心，能够让元稹如此关心牵挂的人只有一个——白乐天！

患难见真情，日久见人心。元稹和白居易之间的友谊，在时空阻隔、宦海沉浮的考验之中，变得更加纯洁、更加牢固。当元稹听说朋友被贬官降职时，他病中惊起，愁苦万分；当元稹听说朋友梦中思念自己时，他病中梦非所想，悔恨交加；当元稹接到朋友千里来信时，他泣不成声，老泪纵横。他们这种肝胆相照、风雨同当的情谊，在钻营拍马、尔虞我诈的黑暗官场里，犹如一道闪电，放射出至真至纯的人性光辉！

跟着生活读唐诗

重来我亦为行人,长忘曾经过此门。去岁相思见在身,那年春,除却花开不是真。

——发初覆眉

晚岁当为邻舍翁

——柳宗元《重别梦得》赏读

抒写友谊需要真诚，唯真诚方能涤荡心灵，动人肺腑；读懂友谊需要时间，唯有时间才能通达性情，见证真心。柳宗元的小诗《重别梦得》就是这样一首抒写真情至性，倾吐心志意愿的佳作，诗歌是这样写的：

二十年来万事同，今朝歧路忽西东。
皇恩若许归田去，晚岁当为邻舍翁。

标题"重别梦得"告诉读者，这是诗人再别好友刘禹锡时的创作，重在抒写离别之难舍。之前有过离别，此次当为第二次。一再离别，且有诗相赠，一者见出人生缥缈，变幻莫测，二者见出友情依依，难舍难分。元和九年（814），柳宗元和刘禹锡同时奉诏从各自的贬所永州、朗州回京，次年三月，又分别被任命为远离朝廷的柳州刺史和连州刺史，一同出京赴任，至衡阳分路，一走南荒之地连州，一走西夷之地柳州。面对古道风烟，茫茫前程，二人无限感慨，相互作诗赠别，柳宗元写了这首诗，抒发人生万千感慨和朋友离别之深情，读来动人心肺，引人共鸣。

人生苦短，岁月不居，二十年是一个漫长的时段。诗人追忆，自己和朋友宦海沉浮，沧桑与共，蕴含苍凉和无奈，寄寓愤慨与不平。两人在贞元九年（793年）同时考中进士，入朝做官，迄今已过二十二个春秋，其间，二人都参与"永贞革新"，谋议唱和，力革时弊，后来形势巨变，风云莫测，二人同时遭难，远谪边地；十年之后，二人又一同被召回京，却再贬蛮荒。二人有共同的政治理想，不满时政，力革旧弊，救国救民，大志欲为；二人同遭不测，壮志沦空，人生蹉跎；二人同赴远方，艰难度日，愤愤不平，无可奈何；彼此理解各自的追求和抱负，彼此分担对方的痛苦和悲伤，可谓同声相应，同气相求。如今，歧路执手，各奔东西，抚今追昔，无限感慨。

人生如戏，太多的事情不由自己把控，太多的未来不由自己预测。飘忽不定、变幻莫测是常态，按部就班、循序渐进是异态，诗人和朋友二十年来的经历充分证明了这一点，诗人用一个"忽"字强化了这种难以把控、不可捉摸的飘忽感，也流露出在命运面前的软弱和无助，内里蕴含深沉的悲凉。

二十年对于人生而言，已经够长了，人生能有几个二十年呢？诗人和朋友的两起两落，让人感到，才华和理想，壮志和抱负，永远抗衡不过命运的安排，永远抗衡不过权贵的排挤，一个人置身官场，打拼前程，不由你的能力和愿望来决定，你的未来是一场梦，你的未来不由你来把握！诗人用二十年来的经历和今天的结局对比，暗示人生沧桑和变幻莫测，引发读者的无限感慨。

如何才能结束这种人在江湖，身不由己的命运呢？诗人天真地设想，如果有一天，圣明的皇上能够开恩，能够通达下官的心意，恩准二人告老还乡，躬耕田园的话，诗人发誓，一定要和老朋友为邻而居，白发相守。这种愿望来得真诚而执着，不是男女情侣间的海誓山盟，不是亲人间的休戚与共，而是朋友之间彼此理解、心意相通的默契和追求。

柳宗元知道，自己的心愿一定也是朋友的想法，自己的渴望一定也是朋友的期盼，因为两个人有太多的共同经历和共同思想。这种心愿的背后，有两层意思值得深味：一是诗人和朋友一样，现在都是官家之人，身不由己，难以归田，暂时只能寄居官场，只能苟且适应那种尔虞我诈、凶多吉少的生活；二是二人均有共同的体会，认识到了官场的沉浮不定，祸福未卜，认识到了自身的无能为力，无可奈何，也认识到了二人的前路茫茫，无所依靠。

因此，他们都是参透了人生、看破了官场的人，都希望全身远祸，脱离官场，他们都希望归隐田园，隐逸终身，这是大彻大悟，这是返璞归真。遗憾在于，现在不能，也不知道何时才能随顺心愿。诗歌在一种假设的愿望中结束，给读者留下无限的想象空间和揣测意味。

笔者喜欢这首诗，是欣赏两个同甘苦共患难的朋友之间的知心知性，知根知底，也欣赏两个朋友之间的志趣相投，心意相通。风风雨雨，人生几十年，可以改变很多东西，越是如此，那种建立在理解和默契基础上的友谊就越发宝贵。时间可以改变一切，时间也可以证明一切。从这首诗中，笔者读到了一种真心的呼唤，一种美好的希望，今生今世，朋友一场，我们做邻居，真的很好啊！

战争让女人痛苦

——陈陶《陇西行》赏读

有一部电影叫《战争,让女人走开》,我读唐代陈陶的《陇西行》,不由想起了"战争,让女人痛苦"这样一个标题,我觉得用它来概括《陇西行》的主题思想真是太恰当了。这是一首边塞诗,写了男人血洒边关,英勇杀敌,更写了女人梦断沙场,痛不欲生,读来震撼人心,催人泪下。诗歌是这样写的:

> 誓扫匈奴不顾身,五千貂锦丧胡尘。
> 可怜无定河边骨,犹是春闺梦里人。

标题叫《陇西行》，顾名思义，是描写边塞军旅题材的作品。陇西是大唐边关，常有匈奴大军入侵，人民不得安宁，生产生活受到严重影响。大唐亦有驻军，常常与匈奴交战。诗歌描写的应该是一次伤亡惨重的战斗。一、二两句正面直写大唐将士，战前发誓，气壮山河，扫荡匈奴，奋不顾身，保家卫国，视死如归，充分展示出大唐官兵英勇无畏、志在必胜的豪勇精神。

"扫"字掷地有声，力敌千钧，让人想到将士们风驰电掣突奔沙场，荡平敌军，大获全胜的壮阔场面。"誓"字也决不是一般的信誓旦旦，言行一致，而是声洪气壮，志薄云天，将士们效命疆场，杀敌卫国，不达目的誓不罢休，哪怕战死沙场，也无怨无悔。

年轻的生命交给战场，就是交给泱泱大唐！遗憾的是，这次战斗，唐军伤亡惨重，五千忠义之师，丧身沙场。这不是一般的军队，这是穿着锦衣貂裘的精锐部队，王牌部队；这样的部队，不仅装备精良，而且军纪严明，战斗力强，一般情况下，不轻易出击。但是，这次情况不同寻常，敌军异常凶猛强大，唐军非得出动虎狼之师迎战不可。顽强遭遇顽强，勇猛迎战勇猛，大唐将士全军覆灭，多么激烈的搏杀，多么惨重的伤亡！悲剧几乎令人难以承受，国家痛失一支宝贵的军队，万千家庭痛失宝贵的亲人，结局的确悲壮感人。

可是，从另一方面来看，五千将士，英勇杀敌，不投降，不退缩，横下一条心，为了边疆安宁，为了国家尊严，视死如归，这又是怎样惊心动魄的壮举啊！由此我们看到了大唐官兵忠勇顽强大义凛然的豪勇和血性！

诗歌三、四两句笔锋陡转，不写战争伤亡之后，后方家属的悲痛欲绝，而是别具匠心地编织了一个温馨得残酷，甜蜜得凄惨的梦。闺中妻子根本不知道丈夫早已战死沙场，早已白骨曝野，仍然在做着美梦。梦中，她正和生龙活虎的丈夫相亲相依，缠缠绵绵。

"闺梦"拒绝流血和死亡，拒绝战争和杀戮，应该是两情相悦，如胶似漆，应该是甜甜蜜蜜，恩恩爱爱，给人以幸福和平、无限美好的感受。"尸骨"则完全相反，拒绝青春和生命，拒绝幸福和快乐，它代表着生命的陨灭和青春的死亡，它代表着战争的凶残和伤亡的惨重，给人以毛骨悚然、心惊肉跳之感。"闺梦"和"尸骨"对比，形成了强烈的反差。想想看吧，年轻美貌的妻子正在盼星星盼月亮地盼望着自己的丈夫早日平安回家，相思心切的妻子正在香甜平和的美梦中与自己的丈夫相亲相偎；另一边却是沙场阴风惨惨，尸骨遍布原野：妻子不知道丈夫早已命归胡尘！灾难和不幸早已降临到身上，她不但毫无觉察，反而满怀热切美好的希望。这就是真正的悲剧，令人肝肠寸断，五脏俱焚！

这首边塞诗感情思想比较复杂，应该说对于大唐官兵保家卫国、英勇献身的大无畏精神，诗人是大加表扬；对于征人战死，亲人悲痛的悲惨遭遇则寄予深切同情。征人战死沙场，死得伟大，死得悲壮；女子春闺相思，思得缠绵，思得温馨。死者愈惨则生者愈痛，死者愈悲则美梦愈碎。一、二句的悲壮，是为三、四句的悲惨张本，三、四句的温馨反衬一、二句的凄冷。男人悲壮，令人感动；女人美梦，令人洒泪。战争夺去了无数年轻男子的生命，留给了无数年轻女子巨大的痛苦，这或许就是陈陶《陇西行》的咏叹基调吧。

一路思乡一路黑

——陈子昂《晚次乐乡县》赏读

游子出门在外，辗转奔波，日暮之际，投宿他乡，最容易想起的就是他的故乡、他的亲人，以及他和亲人昔日团聚、共享亲情的情景。唐代诗人陈子昂的诗歌《晚次乐乡县》就是这样一首行吟旅途、倾诉乡愁的作品。诗歌是这样写的：

> 故乡杳无际，日暮且孤征。
> 川原迷旧国，道路入边城。
> 野戍荒烟断，深山古木平。
> 如何此时恨，嗷嗷夜猿鸣。

诗题中的乐乡县，唐时属山南道襄州，故城在今湖北荆门北九十里，从诗中所写情况来看，本篇是诗人从故乡蜀地东行，途经乐乡县时所作。"次"是停留的意思，不是行程安排、预先计划好的歇宿，而是天黑难行、不得不停的滞留。"日暮"字面上交代夜幕降临时间不早，实际上暗含诗人一路辗转，天黑投宿的孤寂凄凉。"乐乡县"是异地他乡，给人以陌生感、疏离感，自然也比不得诗人自己的故乡。

俗话说，在家千日好，出门时时难。诗题中的几个字词，都含蓄地表达了诗人独向天涯、忧愁孤寂的特殊情感。还是沿着诗人的足迹和视线来品味一下诗作的浓浓乡思吧。

暮色苍茫之际，诗人还孤独地行走在陌生的道路上，不知走了多久，也不知走了多远，太阳渐渐沉落西边的山峦，大地一派昏暗，视野一片模糊，诗人朝故乡所在的方向翘首一望，空阔遥远，无边无际，哪里有故乡的影子？哪儿是亲人的身影？除了昏暗还是昏暗，除了空虚还是空虚，一个人就这样行走在暮色苍茫中，孤寂而焦急，不安而失落。

河水从眼前流过，平原映入眼帘，四野空旷，荒无人烟，这些陌生的景象，刺痛诗人的眼睛，触动诗人的情怀：故乡那熟悉的山水，故乡那亲切的小屋，故乡那期待的眼神，怎么都不见了？怎么都离我远去？怎么都随黑暗隐去？一条大道伸向一座偏远的小城，这里不见灯火辉煌，这里不闻丝竹管弦，这里不睹风物光华，一切都令人感到生疏、神秘、遥远、隔离。时间不早了，看来也只好在这里投宿。荒郊野外，楼台孤立，烽烟缥缈，这时已在视野中消失；深山古道，林木参天，浓荫蔽日，这时也是模糊一片。夜色笼罩了一切，黑暗吞噬了万物，烟非自断，而是被夜色遮断；木非真平，而是被夜色荡平。

"断"字响亮，触目惊心，画面给人以漆黑无边、如临深渊之感，声音宛见椎心泣血、毛骨悚然之痛。"平"字奇巧，似言夜色浓密，一无所见，实写诗人心情孤寂，乡愁浓重。

诗歌前面六句侧重写景，以时间为序，逐层展开，夜色渐浓，景物渐暗，心情渐苦，是视觉描写。诗歌最后两句侧重抒情，是听觉描写。诗人自问，如何此时此境内心充满了沉重不堪的离愁别恨？是离家久远、不见亲人，还是滞留异地、不适水土？是旅途凶险、朝夕不定，还是人生不顺、功业不成？说不清道不明，似乎也无须说清道明。深山密林中传来一声又一声猿鸣，声声刺耳，声声痛心！

诗歌就在这种自问自答中作结，而且以猿声作答，隐去具体写实，留下广阔的联想空间和思索余地。猿声在古代诗词中向来是渲染凄清气氛，烘托愁苦情思的一种意象，"巴东三峡巫峡长，猿鸣三声泪沾裳"，陈子昂特意强调猿声嗷嗷，黑夜森森，自然是在突出乡愁的沉重和悠长。

全诗四联八句，七句写景，一句抒情，"恨"是诗眼，辐射景物，盘活全诗。写景，色调暗淡，气氛凄清。山川平原，边城古道，荒野楼台，深山古木，缕缕烽烟，声声猿鸣，所见所闻，无不昏暗，无不愁惨；抒情，"恨"见乡愁，此恨何由来，此恨何时休，此恨何人解，此恨何身载……着一"恨"字，全篇生辉。离恨乡愁深深地烙在陈子昂心里，也深深地震撼着我们的心灵。

有一种送别叫向往

——李白《送友人》赏读

诗歌具有神奇的功能，可以涤荡心胸，陶冶性情；可以开阔视界，舒展心灵；也可以抑郁情怀，痛断肝肠；还可以添愁惹恨，怒气冲天。多读李白的诗，人会变得性情豪放，心胸豁达。李白一生走南闯北，行走天涯，总是离愁相伴，坎坷相随，但是，李白神奇，李白豪迈，自有其阔大胸怀和放旷性情去面对。其诗《送友人》是人生的写实，也是性情的流露。诗人高歌咏唱，情满天地，深深震撼读者心灵：

青山横北郭，白水绕东城。
此地一为别，孤蓬万里征。

浮云游子意，落日故人情。

挥手自兹去，萧萧班马鸣。

  诗人送别一位即将远行的朋友，按照传统老套的习俗，似乎应该选择秋天这个万木萧萧、色彩凝重的季节，似乎应该选择长亭古道、绿柳飘扬之地，悲伤笼罩时空。但是李白不是这样，诗歌一开篇就为我们创设了一个明丽生动、宏大开阔的时空背景。远处是苍翠群山，层层叠叠，起伏延伸，形成一条绿带，静静屹立在城池的北边。近处是碧绿河水，潺潺流淌，闪闪发光，环绕东城迤逦而去。诗人和朋友静立城边，远眺山水，离情别意弥漫天地。一个"横"字活现青山静立、生机逼人的情态，一个"绕"字凸显水环城去，城因水媚的神韵，一静一动，交相辉映，相得益彰，展现出一幅壮观而飘逸，静穆而活泼的图景。显然，透过这幅图景，我们读到了李白的浪漫和新奇，李白的多情和洒脱。没有凄惨，没有悲伤，没有难舍，没有犹豫。李白好"色"，李白善于着色，给山川涂色，给心灵涂色，让色彩淹没离情，让色彩透露欢乐。李白不像在送别一位朋友，倒是好像在和朋友津津有味地欣赏美丽的山水风光，似乎要把壮丽风光铭记心里，远走江湖。

  但是，诗人又是清醒的。他明白，就在这个地方，就在这一时刻，朋友即将启程，这一次分别，不知何时再相见。行走江湖，寄人篱下，身不由己，万般由命，万事由人，哪能想聚就聚，想见就见呢？这些情况，李白不会不清楚。在李白看来，朋友离别犹如狂风中的一根蓬草，远举高飞，漂泊不定，万里征程，万里羁绊，太多的不定、太多的未知等待着朋友。其实，朋友处境如此，诗人自己又何尝不是如此呢？谁能说得清楚，人生旅途有多少欢乐可以追逐，有多少悲伤不可避免。万里迢迢，是一段未知玄幻的旅途，也是一场无望迷茫的等待。不过，李白又因为清醒而旷达，因为离别而大度。你看，诗人笔下的"一"别"万"里，何等跨越，何等迅即，何等辽远。万里漂泊，万里飞跃，万里时空，万里豪迈。宏大气魄，流贯诗歌，豪放思情，激荡天地。你不得不佩服李白的神奇，灵机一动，大笔一挥，化孤寂为豪迈，化相思为奔放。面对这样的场景，吟咏这样的句子，我们几乎忘记了送别，忘记了忧愁，心中翻涌汩汩豪情，思绪飞越万水千山。

朋友要走了，天地为之色变，万物为之静穆。天空中的浮云，无根无蒂，随风飘飞，何等可怜。天空这么大，没有一朵浮云陪伴他；世界这么大，没有一处地方可以安身。漂泊是常态，孤寂也是常态。朋友也好，诗人也好，天下游子一般情意，不就像这无依无靠的浮云一样漂泊、游移，无助、凄凉吗？还有那轮太阳，发出耀眼绚丽的光芒，染红了天边，照亮了世界，可是它的灿烂无法抗拒夜幕的降临，它的温热抵挡不了黑暗的冷漠。它的辉煌后面是苍凉，它的火红之下藏着恐惧。诗人想到，朋友远去，犹如眼前夕阳，夕阳冉冉沉落，艰难不舍，恋恋不愿；朋友远走，离情依依，愁苦深深。这一轮夕阳啊，岂止是无情宣告黄昏降临，岂止是轻描淡写天地远去，更是深情表白游子离愁，更是浓重渲染难舍难分。李白懂了，天地这么大，他只为一轮夕阳感慨；人海茫茫，他只为朋友远去忧伤。他的忧伤离愁融入无边黑暗，包围着我们，缠绕着心灵。世界有多大，离愁就有多远。李白的离愁如秋风吹过大地，凋零了万木，也凋零了我们敏感的心。

徐志摩离开康桥，柔情似水，佳期如梦。"轻轻的我走了，正如我轻轻的来。我轻轻的招手，作别西天的云彩。"李白没有这份细腻柔情，李白没有这般诗情画意。他久久站立河边，风舞衣襟，目送飞鸿。他神往朋友远去的天涯，他幻想朋友走过的万水千山，他牵挂朋友停泊的长亭古道。他的心沉浸在夕阳黄昏之下，他的情凝固在举手投足之间，他的耳边回荡着萧萧马鸣。

飞雪迎春暖人心

——韩愈《春雪》赏读

在漫漫严冬中等待春天，总是令人焦急、令人孤寂的；在一草一木中发现春天，总是令人欣慰、令人惊喜的；在漫天雪花中迎接春天，总是让人倍感温暖的。韩愈的小诗《春雪》就描写了一种于春寒中发现温暖，于沉寂中看到生机的迎春之情，给人以鼓舞，给人以力量，也给人以哲理启示。全诗是这样写的：

新年都未有芳华，二月初惊见草芽。
白雪却嫌春色晚，故穿庭树作飞花。

标题曰"春雪"，顾名思义，是描写寒冷彻骨、迎春飞舞的风雪。但是，既然是飞舞在春季，这场春雪也就具有了不同于冬雪的特殊含义和特殊情感。其实，诗人是借春雪抒发了一种盼春、迎春，对春充满期待、充满希望的思想感情。

寒冬退去，新年已到，立春在即，大地尚未见到芬芳的鲜花，使得在漫漫寒冬中久盼春色的人们分外焦急。"新年"新气象，理当万物复苏，欣欣向荣，给人希望，给人鼓舞；同时，"新年"对应"旧年"，也意味着寒冬退去，春暖人间，可是，诗人却未看到百花含苞待放，草木抽枝长芽，怎不着急，怎不嗔怪？"都"字很耐人寻味，意味时节已到，理当如此，却未能如此，进而埋怨责怪，流露出不满，也含有难以久等、坚持不住的烦躁情绪，从一个侧面折射出诗人深陷寒冬，苦盼春天的焦急心情。

"芳华"很艳丽，色味俱全，生动如画，其味芳香四溢，扑鼻沁心，其色流光溢彩，灿烂夺目，其境光明亮丽，活力四射。只可惜，这样的春天，这样的景致，迟迟未来。结合全句想想看吧，"新年"已到，"芳华"不来，怎不令人焦急沮丧？怎不令人郁闷嗔怪？

正月已过，新年远去，二月到来，照样无花，照样失落。可是，和一月看不到春天的蛛丝马迹不同的是，诗人惊喜地发现草木抽枝长芽，一枝枝，一颗颗，鲜嫩油光，机灵可爱，这就是春天捎来的信息呀，这就是春天生意的展示啊，不用久等，一个万紫千红、生机勃勃的春天即将降临人间！诗人从一棵小草的嫩芽上发现了春天，从一株小树的幼苗上发现了春天，激动、惊喜、好奇、兴奋，犹如儿童发现了心爱的玩具一般。

"惊"字情思复杂，有二月才见草芽的吃惊、失望和困惑，也有在焦急等待中终于见到"春色"的激动、惊喜，还有觉察到草芽的天真、好奇，更有为草芽破土而出摆脱寒冬而高兴、欢呼……凡此种种，入情入境去想，你会觉得这个"惊"字真的惊心动人。"初"字含有春来过晚、花开太迟的遗憾、惋惜和不满的情绪。"草芽"是韩愈情有独钟的描写对象，春草长芽，细枝末节，难为人知，很多人也无心察看，可是，久盼新春的诗人却非常细心，非常敏锐，连一棵小草破土长芽这样细微的变化都察觉出来了，而且无比欢欣，大唱赞歌，可见，诗人对草木、对春天多么喜爱，多么渴盼。

韩愈曾在《早春呈水部张十八员外》中写道：

　　　天街小雨润如酥，草色遥看近却无。
　　　最是一年春好处，绝胜烟柳满皇都。

远看一片，近看稀疏，那些早春的草芽多么可爱，多么淘气，似乎会玩儿魔术，和诗人闹着玩儿呢！这首《春雪》中的"草芽"乍见新奇，活泼生动，同样给人欣慰，给人鼓舞！

　　诗歌一、二两句迟迟不见"春"，盼春之情愈加强烈，及至三、四两句，"春雪"现身，才把诗人的"盼春"之情推向高潮。在诗人看来，人倒还能等待迟来的春色，从二月的草芽中看到春天的影子，但是，白雪却等不住了，竟然纷纷扬扬，穿树飞花，自己装点出一派春色来。

　　雪本冷酷，亦是无情，春寒飞雪，也是再正常不过的自然现象。可是，诗人用"嫌""故"赋予它生命灵性和情思意趣，使得它们也和诗人一样，有爱有恨，有情有义。"嫌"春天迟迟没有到来，生气了，失去耐心了，等不住了，竟然也自作主张，满天飞舞，装点出一派美丽春色来。故意穿庭越树，故意漫天飞扬，故意和春天怄气，耍脾气，使性子，搞得天地之间，白茫茫一片，可恼可笑，可恨可爱，这就是春雪！

　　春雪如此盼春，如此扮春，如此机灵调皮，那隐藏在春雪后面的诗人呢？他同样是怀着一颗痴迷不改的童心，苦苦等待春天的到来。我们相信，有了这份热爱，有了这份执着，春天一定会到来的，其实，春天早已来到了诗人的心中，来到了每一个人的心中。眼前这漫天飞舞的雪花，不就是百花绽放的提前写照吗？从朵朵雪花中，我们感觉到了诗人怦然跳动的心，我们更体察到了春天带给人间的温暖和力量。

　　不见春天的心灵是寂寞的，不睹芳华的眼睛是憔悴的。看见一片草芽，目睹一场春雪，察觉春天的讯息，我们和诗人一样感到温暖，浑身充满力量，我们和诗人一样欢欣鼓舞，看到了生活的希望。

清风冷月白牡丹

——裴潾《裴给事宅白牡丹》赏读

牡丹花开，国色天香。姹紫嫣红者，人见人爱，因为它象征着吉祥喜庆，富贵发达；冰清玉洁者，备受冷落，因为它隐喻着孤高独傲，不合流俗。唐代盛行赏花习俗，其中浓艳灿烂的紫牡丹备受青睐，而冷傲清淡的白牡丹则不受重视。唐代诗人裴潾的小诗《裴给事宅白牡丹》就描绘了这种雅俗有别、冷热各异的习俗，而且诗歌还借花喻人，托花言志，吐露了诗人的人生感慨。诗歌是这样写的：

> 长安豪贵惜春残，争赏街西紫牡丹。
> 别有玉盘承露冷，无人起就月中看。

诗题"裴给事宅白牡丹"点明了描写对象，暗示诗人这位朋友裴给事独步俗世、孤芳自赏的性格情趣。他喜欢白牡丹，在住宅周围栽种了许多白牡丹。暮春时节，牡丹花开，洁白如雪，冷清如冰，裴给事流连观赏，兴致勃勃。他不羡慕达官显贵的热闹风光，他不追求大富大贵、功名利禄，他沉浸在冷月清风、不为人知的世界里，怡然自乐，孤傲不屈。这首诗完全可以说是诗人送给朋友的一曲颂歌。

一、二两句是侧面描写。先说京城长安的游赏风气。唐代京城长安有一条朱雀大街纵贯南北，将长安城分为东西两半，街西属长安县，有许多私人名园，每到牡丹花盛开的季节，那里都是车水马龙，游人如织，观者如堵。大家都争先恐后地去观赏灿烂的牡丹花，那种大红大紫、富丽辉煌的花色尤其受人们青睐，因为它迎合大众的审美心理和情趣喜好，牡丹彩绣辉煌，恍若仙子，象征雍容华贵，吉祥如意，也象征喜庆热闹，皆大欢喜，达官显贵喜欢，平民百姓也喜欢，这是一种普遍的民族文化心理。

今日，河南省洛阳市以牡丹为市花，每逢春秋两季，均有不同品种的牡丹开放，姹紫嫣红，蔚为壮观，从全国各地到洛阳赏花者络绎不绝。笔者曾于90年代初期游学洛阳、开封，恰逢金秋九月，牡丹绽放，跑遍了每一个公园，看尽了每一朵牡丹，每个公园都是人山人海，熙熙攘攘。可见，国人爱牡丹，有多热烈，有多痴迷。不过，如今赏花是大众行为，是老百姓物质生活富裕以后的精神追求。

而在裴潾这首小诗中，赏牡丹只限于长安显贵，他们衣食无忧，多的是闲暇，有的是精力，耽于逸乐，无日不奢华，无日不看花。桃杏方尽，牡丹又开，流连赏玩，极尽奢靡，诗人说他们"惜春残"，不是说他们忧叹春天的逝去，时光匆匆，花事不再，而是写他们怜惜牡丹，珍爱牡丹，争相观赏，因为牡丹开在"春残"，开在他们的名园中，也开在他们的生活里。

诗人说他们争赏"紫牡丹"，这里面暗含一种讽刺。紫牡丹，大红大紫，光艳四射，大众喜欢，权贵也喜欢。不过，它又未免浓艳庸俗，品位不高，情趣不雅，相对白牡丹的素洁冷峻而言，少了一些韵味。婉讽之意，不言而喻。

诗歌一、二两句的侧面描写从大处着眼，渲染紫牡丹的名贵，看似与题目无关，实则为后面三、四两句写白牡丹做有力铺垫。白牡丹静静开放，含霜带露，沐浴清辉，别有风味。其素静高洁远非紫牡丹的热闹平庸所能相比，其冷峻孤傲远非紫牡丹的迎合世俗所能相比，诗人描写朋友住宅的白牡丹，尽量选用一些冷色而又富有光泽的词语，正是为了烘托白牡丹的高洁、高傲和高雅。

"别有"，写白牡丹远离紫牡丹，自成气象，自成格调，自放光华。"玉盘"，洁白似玉，闪闪发光，极言白牡丹绽放，晶莹光洁，纤尘不染，不同于紫牡丹生于尘世，沾尘带垢。"露冷"，玲珑剔透，冷光凄凄，既赏心悦目，又楚楚可怜，透露出诗人对白牡丹的怜爱、珍惜之意。

月，是一个普通词语，却又是一个重要意象。有秋夜冷月的映照，才有秋空光明，万物清爽；有清辉四射，才有白牡丹的光洁素雅，风姿绰约。诗人强调无人月中看花，其实暗示朋友或诗人夜起，月中观赏白牡丹。这自然是不为人知、也不需人知的行为，但它代表了一种情趣，一种风骨。不像达官权贵争赏紫牡丹那般热闹，那般痴狂，而是静静地观赏，孤独地思考，无言地抗争，在清风皓月之下展示自己的风采，在冷露白霜之中铸造自己的风骨。诗人和诗人的朋友就像白牡丹一样，用冷傲来对抗世俗的浮华，用高尚来对抗世俗的浅薄，他们站在风中，站在月下，站在露中，站成了一道亮丽的风景。

全诗写牡丹，紫者大富大贵，人见人爱；白者无人问津，倍显孤独。紫者平庸俗艳，格调低下；白者幽雅脱俗，格调高雅。紫者万人争睹，光芒四射；白者默无声息，静处一隅。两相对照，泾渭分明。诗人不慕华丽，不尚浮艳，独喜冷艳，独爱高洁，把同情倾注给白牡丹，把赞美赠送给裴给事。一花一世界，一花一人生，读这首小诗，我不但领略了花光色影，还领略了别样的人生。谢谢诗人带给我的启迪！

几家欢乐几家愁

——李约《观祈雨》赏读

上海辞书出版社出版的《唐诗鉴赏辞典》只收录了唐代诗人李约的一首诗《观祈雨》，其实，我们记住李约，也是因为这首诗和诗中体现出的

悲悯之心和不平之声。我读古诗有一个偏好，总是对那些替下层劳苦百姓鸣穷叫苦、对那些达官显贵大加挞伐的诗人肃然起敬，我认为这些诗人身上流着道德和良知的血液，他们内心充满悲悯和关切，他们能够拿起笔，饱蘸感情，记录下生活的种种真相，唤起人们的思想共鸣。还是来看李约这首《观祈雨》吧，全诗是这样写的：

桑条无叶土生烟，箫管迎龙水庙前。
朱门几处看歌舞，犹恐春阴咽管弦。

标题"观祈雨"，揭示了诗歌的主要内容。祈雨是农民在久旱无雨的春季为保障农作物丰收而举行的一种求雨仪式，通常伴随有娱神祈福之类的活动。古人信神，龙王主水，人们认为敲锣打鼓，吹吹唱唱，可以恭请龙王赐雨人间，从而保证农作物丰收。谁观农民祈雨呢？从诗作内容来看，不是朱门大户、达官显贵，他们忙于欣赏歌舞，忙于花天酒地；也不是下层百姓，他们娱神迎龙，也忙得不可开交，内心充满焦虑和不安，无暇也无心观赏祈雨；看来只能是诗人了，诗人通过观察农民祈雨的场面和富豪歌舞的情景，抒发了自己同情劳苦、控诉奢靡的心声。

旱情非常严重，严重到什么程度呢？烈日暴晒，赤地千里，农民辛辛苦苦经营的庄稼大都枯死。土地龟裂，泥土中冒出阵阵热气，热浪滚滚，暑气逼人。原本郁郁葱葱的桑树，经烈日炙烤，叶片大都干枯萎缩，只剩下光秃秃的枝条。桑叶是蚕农喂蚕取丝的重要原料，春旱酷烈严重损毁了养蚕业，农民织布穿衣几无保障。

如此恶劣的自然灾害，让农民担心、恐惧。怎么办呢？唯一的办法只能求助于天，求助于神。于是，十里八村的农民汇集到水庙前，鸣笛吹箫，敲锣打鼓，表演各种各样娱神的节目，目的只有一个，希望这种仪式能够传达诚心，希望这份诚心能够打动龙王，希望龙王能够下雨救急。活动场面越是热热闹闹，就越能够看出农民的诚心诚意，也越能够反衬出饱受饥旱之苦的农民内心的焦虑、不安、恐惧和迷茫。如此热闹，如此虔诚，能求来雨吗？农民不知道，诗人不知道，我们也不知道。但我们和诗人一样，替苦命的农民们捏一把汗，他们以食为天，老天爷为什么不能同情弱者，救助饥荒呢？

诗歌三、四两句忽然撇开,去写另一种场面,貌似离题,然而却与题目有着内在联系。只见几处豪门,歌舞正欢,酒兴正浓,达官显贵正兴致勃勃地观赏歌舞。他们不知道农民受旱受饥,忧心如焚;他们不知道龙王庙前锣鼓喧天,求雨心切;他们不关心小民百姓的温饱疾苦,只管享受歌舞升平,醉生梦死。他们最担心的竟然是怕天气阴凉,丝竹受潮,声音喑哑,他们只希望高热天气持续不断,这样就可以高枕无忧,坐观歌舞了。

你看,一边是小民百姓,箫管追随,恭迎龙王,唯恐不下雨而忧心忡忡;一边是富贵人家手摇蒲扇,观赏歌舞,唯恐春阴,埋怨连连。一边是生死攸关的生计问题,一边是轻松愉悦的歌舞观赏。一边是深重的殷忧与不幸,一边却是荒嬉与闲愁。两相对比,意旨显豁,这是怎样不公平、不合理的世道啊!这又是怎样尖锐对立、水火不容的阶级矛盾!诗人不说什么,只描述了两幅画面,让读者去想象、去评判。

《水浒传》里有一首反映夏旱的民歌,主旨与李约这首诗类似:

> 赤日炎炎似火烧,野田禾稻半枯焦。
> 农夫心内如汤煮,公子王孙把扇摇。

此民歌明快直白,李诗蕴藉含蓄;民歌通俗晓畅,李诗则颇见字句锤炼之功力。对照来读,可以帮助我们加深对李诗的理解。

梦中难忘是美女

——武元衡《赠道者》赏读

诗人向来坦荡、率真,不受身份、地位的束缚,贵为宰相的唐代诗人武元衡写过一首记梦诗《赠道者》,内容大概是说,诗人在梦中邂逅一位白衣飘飘、笑意盈盈的美女,梦醒后一直耿耿于怀,不能释然。文人囿于思想礼教和社会舆论的压力,一般不会轻易直接向人谈起涉及个人隐秘内心世界的话题，而武元衡则是个例外，他把梦写成诗，毫不隐讳，让诗流传扩散，广为人知，体现了一个性情文人的赤子之心和火热胸怀。诗歌是这样写的：

麻衣如雪一枝梅，笑掩微妆入梦来。
若到越溪逢越女，红莲池里白莲开。

题曰"赠道者"，意思是诗人写诗歌赠一位梦中遇见的白衣美女道士。此道士到底具有怎样的魔力呢？何以让诗人神魂颠倒，念念不忘呢？还是让我们沿袭诗路，走进诗人的梦中世界吧。

美的极致应该是活色生香，形神兼备，诗人梦中这位美女就是如此。诗人先绘其神，以情动人。女子身穿一身雪白的衣裳，亭亭玉立，楚楚动人，恰似一株素洁高雅、清香迷人的白梅，她正含情脉脉地微笑着，姗姗来到诗人的梦境。素淡的色调，娇羞的动作，丰富的表情，凸显女子的美丽迷人，折射出诗人的心花怒放。如雪的衣裳已见洁白晶莹，亮丽天然。好衣配美人，女子自然应该是素颜朝天，白皙清亮。她的美是天生丽质，不加雕饰。诗人又把她比作"一枝梅"，洁白冷艳，清香溢远，自成格调，高雅不俗，这是气质之美，神韵之美。

更为迷人的是她的动作，她的情态。"微妆"是淡妆轻抹，略施粉黛，自有素朴雅致之美，不同于涂脂抹粉的浓妆，绝没有花里胡哨的做派，更不见浓艳媚俗的情调。"笑掩"，是含羞带涩的微笑，是"犹抱琵琶半遮面"的含蓄，是"千呼万唤始出来"的矜持。这位女子微微一笑，脉脉含情，令人心旌摇荡，意乱情迷。一点儿不张扬，一点儿不放肆，节制内敛，却娇羞迷人。

入梦来，自然也是衣袂飘飘，步履轻盈，自然也是笑意盈盈，风姿绰约。她正朝诗人走来，像一朵五彩祥云，亮丽了诗人的双眸；像一阵习习清风，滋润了诗人的肺腑；像一朵素雅兰花，拨动了诗人的心弦。她的身影，愈行愈近，愈来愈美；诗人的心愈来愈激动，愈来愈幸福。我们不知道后续的梦中发生了怎样的故事，我们只知道梦醒之后，诗人仍然久久回味，浮想联翩。

遇见美女总是让人激动、让人神往的，诗人梦醒之后又产生了哪些联想呢？眼前浮现出一幅极富诗意的美丽画卷：诗人仿佛看到这位美女来到越国的一条溪水边,走进一群穿着红色衣裳的浣纱女子中间。那风姿,那神韵,就像是开放在一片红色荷花中的一朵亭亭玉立的白莲。红莲衬白莲,越女衬道士,以美衬美,美者更美,美到极致。诗人的艳羡、倾慕之情也一并衬出。

注意"越溪""越女"这两个词语,"越溪"是春秋末年越国美女西施浣纱的地方,"越女"是越地美女,张籍诗《酬朱庆馀》云,"越女新妆出镜心,自知明艳更沉吟",李白诗《越中览古》云,"宫女如花满春殿,只今惟有鹧鸪飞"。钟灵毓秀,地灵人杰,吴越一带盛产美女,诗人把梦中这位美女置放在越女群中,更见婀娜,更见高洁。

另外,红莲、白莲之比也让人满眼绚烂,满心欢喜。红莲,粉红灿烂,光彩夺目;白莲,冰清玉洁,高雅脱俗。两相比较,各显其美,各有风致。不过,红莲满地,白莲一株,则顿显光彩,白莲之美,美到极致!

爱美之心,人皆有之。欣赏美女,迷恋美女,赞颂美女,这是人之常情。武元衡满怀激情,多方赞美,心驰神往,意乱情迷。一场梦隐藏了一段故事,同时也开启了一场追问。答案不重要,重要的是那种追索、品味、鉴赏、分享的过程,于是,千百年以后,我们还记得,那个梦境,那条小溪,那些美女,还有那朵白莲。

落尽东风第一花

——许浑《客有卜居不遂薄游汧陇因题》赏读

风景是心灵的写照,每一次花开花落,每一次风来风去,每一次日升日落,每一次燕飞燕舞,都在展示自然界的轮回更替,都流露出某种心灵的隐痛悲欢。读唐代诗人许浑的小诗《客有卜居不遂薄游汧陇因题》,我就有这种感觉。全诗是这样写的:

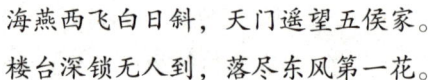

　　海燕西飞白日斜，天门遥望五侯家。

　　楼台深锁无人到，落尽东风第一花。

　　标题是诗歌的眼睛，许浑创作这首诗有其特定的缘由——为"客"而作。朋友"卜居"京师"不遂"，也就是到京城求取功名禄位没有成功，诗人有感于此而作。"卜居不遂"，心情不好，发发牢骚，悲叹命运，这很正常。于是"客"人就去长安西边的汧水和陇州一带游玩，借此散心，排遣心头的郁愤不平。

　　朋友如此境况，诗人敏感体察，将心比心，写下了这首诗。不知道是诗人自伤身世命运，还是在抒写他人的心情，抑或是二者兼而有之，这并不重要；重要的是，我们读这首诗，读这些诗中的风光景物，走进了一个失意不平的心灵世界。

　　"客"人此行，是离开京师，离开繁华喧闹却又找不到自己安身立命之处的京师，前往长安西边的汧州、陇州一带游玩，当然是带着失意和愤懑而去的。如果是金榜题名，或是被某位王公大人赏识拔擢，那么心情肯定不会像诗中的景物描写所流露出来的那么暗淡压抑。时间是日头西斜，将近夜晚，客人回头遥望，望到的是京都长安"五侯"之家。五侯是达官显贵的代名词。据史书记载，东汉时桓帝曾同日封宦官五人为侯。联系唐代历史来看，自安史之乱以后，宦官的权势越来越大，后来连军队的指挥、皇帝的废立等大权也落到他们手里。

　　诗人特意点出日落时分望眼五侯，一者见出失意之人对京都繁华、权位功名的眷恋不舍和无可奈何；二者暗含大唐帝国江河日下，国运颓废。尤其是宦官把持朝政，扰乱朝纲，致使朝廷一派乌烟瘴气。诗句貌似平和温婉，实则暗寓讽刺。

　　不独如此，诗歌三、四两句还在第二句的基础上，进一步扩展深化。在豪门大户，在高楼深院，失意之人想到（或许也是看到），重楼深院，无人居住，草木繁茂，无人欣赏，任春风吹落姹紫嫣红，任庭院荒芜几度春秋。何故？这都是统治者挥霍钱财、大兴土木的结果。诗人拈出楼台，任其废置，拈出花草，任其凋落，流露无限惆怅和惋惜，也有愤愤不平之意。杜甫曾经为天下寒士鸣穷叫苦，"安得广厦千万间，大庇天下寒士俱欢颜"（《茅屋为秋风所破歌》），许浑这里所写却是，有豪门深宅千间万间，却任其空置，无人居住，也不让天下寒士居住，世道不公，穷达悬殊，令人愤慨，令人失望！

再看看"客"人自己，诗中没有直接点明"客"人的处境，只是描写了日斜燕飞之景，其实是以景寓情，托景见意。周邦彦词《满庭芳》中"年年，如社燕，飘流瀚海，来寄修椽"几句以燕喻人，但周词中的"燕"还有修椽可寄，而许诗中所写的"燕"则因无椽可寄而孤飞远去。"西飞"而不是东飞或南飞，大概与"客"人的行踪有关，"客"人离京西去，前往汧陇，两地均在京师西边，所以，诗中写"海燕西飞"，实际上是影射"客"人"卜居不遂"的处境。

一方面，"客"人寒窗苦读，学富五车，却在偌大京师找不到用武之地，找不到栖身之所；另一方面，却是高楼深院，比比皆是，空置无人，任其荒芜。这是多么不合理、不公平的社会现象啊！

此外，"落花"意象的运用也颇有深意，繁花盛开，绚丽多彩，当然是一种令人赏心悦目的美景，可是正如汤显祖《牡丹亭》中所说的"原来姹紫嫣红开遍，似这般都付与断井残垣"，令人感伤，令人叹惋。春风渐起，花谢花飞，似乎又隐喻着美好事物的陨落、消逝，"客"人纵然学识渊博，抱负远大，不也正如这随风凋零的繁花一样，凋落在这个不合理的大唐社会吗？诗人强调"第一花"，迎风先陨，尤其可怕、可悲，内心的孤愤不平，尤为强烈。

全诗写景，景物暗淡，情调悲凄，时间是日头西斜，季节是春风落尽，所见之景是海燕孤飞，无人关注，重楼深锁，无人居住，"客"人的心境是寄居无门，怀才不遇，真可谓"一腔忧愤与谁说，痛哭东风落花枝"啊！

落花有意逐轻舟

——储光羲《江南曲四首》（其三）赏读

夕阳给河畔的垂柳披上新娘的艳装，落花给粼粼的水波绣上粉红的图案，小船给年轻的男女载来甜蜜的向往，这是我读唐代诗人储光羲的小诗《江南曲四首》（其三）的时候，脑海里浮现出来的画面。我觉得，诗歌中所描绘的美丽如画的风光，原汁原味的生活，扑朔迷离的情感，实在是太吸引人了。

> 日暮长江里，相邀归渡头，
> 落花如有意，来去逐轻舟。

我喜欢这些句子，其实是羡慕诗人那种情味悠长的表达，向往诗中那种朦胧微妙的真情。一首诗，寥寥二十字，描绘了一幅有声有色、有光有影、有情有韵的画面，再现江南水乡真挚淳朴的人性美和人情美，给人以美好的享受和无限的神往，别具匠心，不同凡响。

这是一个可能发生故事的傍晚，在长江之畔，一个不知名的渡口附近，落日的余晖洒满江面，波光粼粼，闪闪烁烁，令人不禁想起白居易的"一道残阳铺水中，半江瑟瑟半江红"。江风徐徐吹过，岸边的杨柳在风中飘拂，恰似姑娘飞扬的秀发，构成一道美丽的风景。江面上，一只只晚归的小船轻轻荡漾，船上的青年男女呼朋引伴，相邀回家。一时间，摇桨声，击水声，呼唤声，嬉笑声……此起彼伏，回荡江面，交织成一首欢快的晚归曲。

诗人用落日余晖来映衬青年男女的健康快乐，用明丽江水来映照他们的开心甜蜜，渲染出一种热烈欢快、活泼自由的生活氛围，极具艺术感染力。读者很容易由"渡头""日暮""长江"这些词语产生联想：这些青年男女以水为乡，以船为家，出没江波，来去无阻，看惯了多少次日升日落，领略了多少回风风雨雨；他们不畏艰险，不惧困难，他们热爱劳动，热爱生活；他们用笑声来呼唤幸福，用勤劳来创造生活；长江之畔有他们简陋而温馨的家园，长江之上有他们忙碌而敏捷的身影。早晨的渡口送走满怀希望的船只，傍晚的渡口迎来满心欢喜的青年。这些青年在这方天地生活，乐观，开朗，勤劳能干，有情有爱，有滋有味，感染了诗人，也感染了成千上万的读者。

他们早出晚归，或荡舟采莲，或摇船捕鱼，男女分工，各行其事，劳作井井有条，日子安安稳稳。不过，像这样迷人的傍晚，总会激发年轻人不安分的心，他们正处于恋爱的青春时光，对爱有朦胧而热烈的向往，对生活有天真而美好的设想，他们当然希望，在愉快的劳动之余找到自己的另一半，男的归来带回一位清秀美丽的女郎，女的归来找到一位自己可以依靠的郎君。这是多么令人激动、令人自豪的事情啊！

但是，这种埋藏在心里的希望和期待，又不便于直接表达，这份朦胧却又强烈的憧憬也不知向谁倾诉。于是，他们或以歌声来传情达意，或以吆喝来倾吐心声。年轻女子用夕阳的余晖来掩饰羞涩，年轻男子用敲击船桨来呼唤真情，这些青年男女，通过各种各样的方式，把不便明说的情感和心理演绎得含蓄而又空灵。在他们的眼中，在他们的船边，那些飘零的花朵，随着船桨的划动来回飘荡，与船不离不弃，依依难舍。落花是破碎的，但是它们红艳犹在，美丽尚存，依然用它们的光彩来灿烂风景；落花是飘零的，但它们有情有意，有姿有态，依然用它们的执着呵护小船。

小船载着年轻的男女，飘荡在江波花浪之中，轻快前行，多么美丽的画面！千万不要忘记了每只船上都有一颗驿动的心！不知道是年轻人看花缭乱了眼光，还是眼光痴迷而暗淡了花影，我们只能说，落花如眼神，情深意绵长，落花如芳心，绵绵无尽时。

诗人用"如"写花，如者，似也，象也，既表现揣测不定、留有余地的心理，又反映久藏于心的期望和追求，下语平易，用意精深，恰到好处。诗人用"逐"写花，逐者，追也，赶也，既表现紧追不放的执着，又反映轻快前行的状态。"轻"字也不可忽视，按说，劳作了一天，满载而归，小船应该是沉甸甸的，这里舟轻乃是人乐的缘故，大家你唱我答，你呼我应，欢声一片，快乐满怀，哪里还能感觉到船只沉重呢？有人曾试图把诗歌尾句改为"来去逐船流"，不见"轻"意，不见欢乐，感情色彩淡薄了许多；

再说,"逐"字与后面的"流"也有重复,这样改动,自然不及原诗有韵味,有情调。

全诗设色造境,绘景传情,动人心弦,引人入胜。夕晖晚照,光影跃动,男女相呼,渔歌相答,这是颇具江南水乡习俗的生活画卷,质朴而唯美,亮丽而深情。"轻舟"快行,"落花"追逐,两不相离,依依不舍,这是青年男女眼中的落花流影,含蓄而空灵,明艳而多情。诗歌本来就是一幅画,画中有景,景中含情,人行画中,情景相生,构成了这首诗经久不衰、迷人醉心的艺术魅力。

江边有条不系舟

——司空曙《江村即事》赏读

古代诗歌中有成百上千的诗篇描写渔翁,但是渔翁做得最轻松、最悠闲的当推司空曙《江村即事》中的渔翁:

钓罢归来不系船,江村月落正堪眠。
纵然一夜风吹去,只在芦花浅水边。

这位渔翁看起来不像居住在江村以钓鱼为生的普通劳动者,更像一位远离江湖宦海、回归山水自然的隐士,看看他钓鱼的心态和表现就可以知道了。

先说一个动作"不系船"。俗话讲,刀枪入库,马放南山。按理,钓罢归来,自然应当收拾渔具,清理渔船,把一切摆弄得整整齐齐,才可以安心回家;当然也是为第二次垂钓做好前期准备工作。可是,你看这位渔翁,竟然"不系船",任其自然,还它一身自在。何故?难道他不怕这只渔船被流水冲走了,或是半夜被人偷走?看来,他是不在乎这些常情常理的顾虑的。

这个时候，泊船靠岸，时已深夜，月亮落下去了，四野一派宁静，他正可以美美地睡一大觉，说不定梦乡中还会有一条肥肥壮壮的大鱼上钩呢！他不担心常人担心的一切，习惯了想什么时候回来就什么时候回来，早一点儿或晚一点儿休息，全凭自己的心情，至于说是否钓到鱼，是大是小，是多是少，更是不在心上。也许他的心思根本不在钓鱼，而在于通过江村垂钓这种方式来释放一份自由、畅快的人生情怀。

庄子有一个形象的比喻，"身如不系之舟"。渔翁这条"不系船"，是不是也隐喻了钓者一身自在、不受约束的悠闲情状呢？我看是有这层意蕴的。祝愿他在自己的世界里快乐、自由、开心吧，因为他的追求，他的快乐，从某种意义上来讲，就是我们的追求，我们的快乐。那只船，那只无拘无束的小船承载了一船月光，一船星辉，更承载了一船快乐！

再看一种心理，渔翁为什么如此闲适自在？为什么如此心安理得？原来他有一种在他看来也许是最坏的假设。且不说，夜里不一定起风，即使起风了，没有被系的小船也至多被吹到那长满芦花的浅水边，又有什么关系呢？再说，这样的天色，这样的天气，渔翁凭常识判断，夜晚不会刮风，因此，他自然不会在意这只小船系住与否。江村的夜晚，无风无浪，无声无息，多么幽静，多么美好，渔翁还有什么理由不放心呢？他的心灵也和这宁静的夜晚一样，静谧安宁！

这个江村平和宁静，民风古朴，秩序井然，不偷不抢，不侵不占，夜不闭户，路不拾遗，一只小船随它搁在哪儿，都大可放心。渔翁早已融入了这个江村，他已成为村民中的一员，没有猜疑，没有防范，没有警惕，大家完全是和睦相处，谁会为一点儿蝇头小利去觊觎、去计较呢？一只船，一只不系船，在这个村子的每个人眼中、每个人心中，早已成为他们生活的一部分。

司空曙通过一个动作，一种心理，写活了一个渔翁，传达了一种情怀，表达了一种理想。其实，尽管时隔千年，地别东西，今天，我们心中仍然有这样一个梦想：人人都希望成为一条不系之舟啊！

回家路上好风光

——王建《江陵使至汝州》赏读

　　对于诗人而言,离开家乡和回到故里,都是一道优美的风景。离开亲人,走向异域他乡,诗人心中时刻装满故乡,一草一木和一山一水都不会放过;回归家园,与父老乡亲重逢,更可共享天伦,安顿心灵,沿途的所见自然也是风光无限,引人入胜。唐代诗人王建的诗歌《江陵使至汝州》就记录了诗人暂别家乡,远赴异地,又重归故里、欢欣鼓舞的特殊心情。笔调清淡轻快,情意绵绵如水,读之余味悠长,思之心有戚戚。全诗是这样写的:

回看巴路在云间，寒食离家麦熟还。

日暮数峰青似染，商人说是汝州山。

诗写回程见闻，倾泻欢快心情，有几个地名很关键。王建家居颍川（今河南许昌），出使江陵，离家几月，又返回故乡，途经汝州（今河南临汝）时，看到美丽风光，又听说快回到故乡，便即兴写下了这首诗。汝州离颍川很近，到了汝州也就意味着很快就到颍川，诗人的心情自然是非常激动、非常高兴的。虽然这次离家不过历时几个月，但是如同夫妻"小别胜新婚"，诗人对故乡的感情，因短暂离别而更强烈、更浓郁。

首句回望来路，喜不自禁。巴路指通向江陵、巴东一带的道路，江陵是诗人此行的目的地，汝州是诗人返程途中的一个停靠点，两地相距遥远。诗人赶了一天的路，落日时分，回望巴路，只见白道如丝，一直向后方蜿蜒伸展，最后渐渐隐入云间天际。诗人离家的距离愈近，诗人的心情也就愈加急切，愈加高兴。身后的道路伸向云天，当然是极目千里的视觉效果，也是诗人把漫漫长途抛在九霄云外而高高兴兴赶赴家园的形象暗示。

笔者家居山区，青年时外出求学归来，免不了翻山越岭，一路艰辛。有时候站在山岭，前眺故乡，后望来路，看落日西下，层林尽染，看来路蜿蜒，天际苍茫，自然心生喜悦，不禁感叹："唉，赶了一天的路，快到家了，这么多山山岭岭被踩在脚下，这么漫长的道路被抛在身后，心里说不出有多么高兴！诗人回家，想来也是翻山越岭、长途奔波吧。路在云间，人回故里，怎么能不高兴呢？"

次句瞻望前路，计算归期。诗人离家时正好是寒食节，天朗气清，惠风和畅，田野碧绿，生机勃勃。几个月过去了，如今想象中家乡郊野田间垅上，应是麦穗成熟，金黄一片了。离开的时候，是阳春三月，风光如画，回来的时候是金秋时节，丰收在望，不管是离开还是回来，不管是春天还是秋季，家乡的一切都是美好的，迷人的。离开，哪怕只有几个月，也要带上故乡的山山水水，花花草草；回来，哪怕只有短短路途，也决不错过麦浪滚滚，风光无限。诗人热爱自己的家乡，因为那里风光优美，物产富饶。"寒食离家麦熟还"，似在讲时间、季节，其实是在暗示一份欢呼其内而又节制其外的感情。

三、四两句轻描青山,暗传喜悦。回家的路越走越近,回家的心情也越来越急切。傍晚时分,落日返照,前方出现几座青得像染过一样的峰峦,诗人迫不及待地问:"到了什么地方了?"同行的商人不经意地回答:"那就是汝州附近的山了。"

笔者喜欢这种说者无意、听者有心的诗句。貌似轻描淡写,波澜不惊,其实心潮涌动,心急如火。商人出没风尘,来往奔波,对这一路风景,早已了如指掌,毫不在意,不过就是到了汝州嘛,有什么值得大惊小怪的呢?可是诗人的感觉大不一样,汝州一到,离家乡颍川自然不远,对于归心似箭的诗人来说,知道这一点,岂不更高兴、更激动?回家的漫漫旅途中,当然是快要到家而又还没有到家的时候,游子的感情最丰富,心理最复杂。谁也不知道,这数月的离别,家乡又发生了怎样的变故?思念一直萦绕在诗人脑海中,牵挂一直挥之不去。但不管怎样,毕竟回来了,应该高兴、应该幸福才是。

我们读诗,不但读云淡风轻、行云流水,亦读归心似箭、乡思绵绵;不但欣赏沿途风物、美丽景色,也欣赏心底微澜、感情大浪。如此则可走近诗人,走近诗人心中的故乡。

画出西南四五峰

——郎士元《柏林寺南望》赏读

让绿水青山洗涤心灵的尘埃,让蓝天白云传递飞扬的诗情,让悠悠钟声激荡尘封的记忆。唐代诗人郎士元的山水诗《柏林寺南望》为我们描绘了这样一个优美如画、令人着迷的艺术世界。全诗如此写道:

溪上遥闻精舍钟,泊舟微径度深松。
青山霁后云犹在,画出西南四五峰。

诗写登山，山穷水尽，柳暗花明，令人惊喜；诗写远眺，碧空如洗，青山如画，令人兴奋。游山玩水的过程，其实，也就是一次驰骋胸怀的心灵体验。

诗人此次出游，目的地是柏林寺，寺院位于山巅，有一段遥远的路程。诗人先走水路，荡舟溪上，悠悠前行，两岸青山倒映溪中，清晰可见，一江碧水波光粼粼，透明似镜。诗人船在水上走，如在画中游，风光美不胜收，令人陶醉。忽然，从遥远的山巅传来阵阵钟声，那样清脆，那样悠扬，回荡在山水间，回荡在耳畔，也回荡在诗人心间。

钟声发出的地方就是柏林寺，诗人心驰神往的圣地，远在山巅，高居云层，弃绝尘俗，自成天地。那声音，穿云破雾，破空而来，悠扬而旷远，清亮而神秘。那青山，滋润春雨，洗净尘埃，明净而亮丽，生动而灿烂。那溪流，缓缓流淌，无声无息，静谧而安详，幽深而清冽。多美的意境，多美的画面。诗人不由陶醉在声光色影的美妙之中。

钟声的诱惑使诗人泊舟登岸，沿路前行。山间小路，弯弯曲曲，缓缓上升，小路两旁尽是浓密的松林，雨后的山林，空气清新，松香弥漫，花草繁茂，令人神清气爽。尽管沿径而上，颇费气力，倍感辛苦，但是，想到渐行渐近，目的即至，想到空山新雨，清新宁静，想到小径幽幽，花草相伴，想到一路的风景，满腔诗意，诗人早把疲倦辛苦抛到九霄云外去了。

是啊，此行不就是冲着柏林寺去的吗？心中有目标，一路有风景，心灵有寄托，哪里还能感受到登山的苦和累呢？诗人强调山路之狭小曲折，强调山林之幽深茂密，特别点明松林遍布，意在烘托一种深邃静谧、清洁不俗的氛围，这与寺院远离尘世、清净朴素的本色是一致的。

经过一番艰苦攀登之后，诗人终于到达山顶，到达柏林寺。极目远眺，只见云遮雾绕，青山隐隐，只觉天地开阔，神清气爽，特别是西南方向，有四五座山峰，在皑皑白云缠绕之中显现出模糊不清的轮廓，有形有态，亦实亦虚，给人一种缥缈不定、变幻迷离的感觉。

那些山，好像是画出来的。"画"字用得非常好，诗人把大自然想象成一位丹青妙手，他大笔一挥，泼墨如云，几下工夫，就涂染出这样一幅浓墨重彩的山水画，何等壮观，何等神奇！同时，透过这个"画"字，我们又分明感受到了诗人对如画风光的热烈赞美以及满心欢喜。如果改成"衬"字，则准确有余，灵性不足，美好不足。如果改成"现"或"见"，则生硬死板，毫无美感。青山如画，云遮雾绕，若有若无，变幻不定，这就是柏林寺的神奇之处，这就是诗人此次登临柏林寺的最大发现。山顶，寺西，远方，有一幅画，由造物主以云为毫，蘸霖作墨，以天为纸，即兴"画出"，挂在高山，挂在天空，这幅画的名字叫作自然！

综观全诗，题曰"柏林寺南望"，"望"是重点，是关键，南望是一片神奇的风景，南望有一种惊喜的发现，南望是一种收获，一种心灵的愉悦体验。

诗歌首句写钟声，悠悠扬扬，令人神往，暗点柏林寺。

次句言攀登，山高林密，小路弯弯，是抵达山顶的必经过程。诗人强调浓荫遮蔽，清幽深远，意为抵达山顶时的心胸开阔、心情欢悦做铺垫。

三句说雨后天晴，云移影动，为第四句张本。在前面三句的铺垫蓄势之后，诗人才隆重推出第四句，此句是全诗的点睛之笔，神来之笔，有此一"望"，则全诗精彩至极。

另外，此诗虽写柏林寺，但是重点不在于阐发禅意佛趣，而在于山水体验，风光探寻，移步换景。一路风光，美不胜收，诗人的心情也一路欢畅，喜不自禁。从这个意义上来讲，郎士元是一位画师，他发现了沿途的风景并用彩笔把风景描绘出来。

春归客去何时回

——崔橹《三月晦日送客》赏读

送别客人是惆怅的，特别是送别与自己情趣相投、心志相通的朋友，难舍之情，尤为强烈。唐代诗人崔橹送别自己的朋友，选择在一个春天即将消逝的日子，设宴郊外，举杯痛饮，表达一种来年春至，复又相见的渴望。平平淡淡，却也真真切切展示了一种深入骨髓、动人肺腑的情谊。他的《三月晦日送客》是这样抒写的：

> 野酌乱无巡，送君兼送春。
> 明年春色至，莫作未归人。

送别的时间很特别,选择在暮春三月最后一天,即春天即将过去的时候,古人有到野外游玩、宴饮、临水拔除不祥的习俗。诗歌题名为"三月晦日送客",突出一点:朋友之间无心游玩,旨在送客,兼有送别春天的意味,伤心离别与伤心春去,巧妙地融合起来,凸显复杂情思,蕴含异样风味。

　　送别的地点应是郊外的某个地方,或古道长亭旁边,或杨柳春风河岸。有一个简单的仪式,主人为朋友设宴饯别,主客之间,朋友知心,你一杯我一杯,开怀狂饮,无拘无束,喝到了酒酣耳热、杯盘狼藉的程度。本来古人有"酒过三巡"适可而止的规矩,可是离别在即,不一杯接一杯,又怎能表达心中的离别深意呢?

古语云，"酒逢知己千杯少，话不投机半句多"，朋友一场，离别痛饮，话语滔滔，哪里还用得着在乎礼仪规范呢？"劝君更尽一杯酒，西出阳关无故人"，朋友此去，不知何方是归宿，也不知何日再团聚，世事难料，前途未卜，眼前当下，只能借这杯酒，表达惆怅和不忍的情怀。"乱"字很关键，乱了规矩，乱了方寸举止，乱了言语风度，只管喝，只管劝。为主的，频频举杯，殷殷相劝，为客的，也无须推脱，一饮而尽，二人推杯换盏，你来我往，痛快至极。非如此放浪形骸，不足以表达赤诚之心。

送别的日子很特别，送别的情怀不一般。这一天是暮春三月最后的一天，自此之后春光不再。多愁善感的文人自然特别敏感，敏感于时光流逝，斗转星移；敏感于生命的枯萎，芳华凋谢，美丽暗淡；敏感于春风无情，落叶纷飞。什么时候才能再见春天的生机和美丽呢？朋友一别，何年相聚？孤独寂寞，何以倾诉？

重情重义的文人同样特别在意，在意朋友离去，前途未卜；在意孤身天涯，形影相吊；在意后会难期，世事难料。谁又能保证，此时此地一别，何年何日又能相见呢？送君远别是痛，送春消逝也是痛，离别的伤感弥漫在暮春天地之间，朦胧了诗人的双眸，撕扯着诗人隐隐作痛的心。

离别在即，无法阻挡，酒已喝过，无法挽留，千言万语，只汇成一句话，朋友啊，明年春至，万物吐绿，欣欣向荣，天地终有生机灿烂的时候，你是否能如期归来呢？春天是美好希望的象征，春天是生机活力的象征，诗人把离别的失落和痛楚幻化成来年团聚、重见的希望，给人以温热，给人以慰藉。来年春天，朋友能否相见，谁也无法保证，但是，一提起春天，一提起绿遍天涯的春草，我们就有理由相信，有情有义的朋友，一定能够相聚，因为这个春天见证了他们的友情，情真意切，感天动地，我们相信，春天一定能够成人之美。

春天是美好的，朋友应该相聚；春天是充满希望的，诗人一定可以美梦成真！

边疆风光暖人心

——姚合《穷边词二首》（其一）赏读

  大漠边关，若是战云密布，烽烟四起，自然让人感到险象环生，凶多吉少。可是，若是猛将镇边，拒敌千里，自然会让人感到国泰民安，万众欢腾。唐代为数众多的边塞诗中，独有姚合的《穷边词》高奏凯歌，欢呼和平，表现出高亢激越、振奋人心的格调，的确给人鼓舞，给人信心。诗歌是这样写的：

> 将军作镇古汧州，水腻山春节气柔。
> 清夜满城丝管散，行人不信是边头。

  标题曰"穷边"，自然是指诗中提到的边关古镇，因为它地处边疆，往往给人以地老天荒、凄凉艰苦之感，再加上不时的外敌入侵，战火连绵，百姓生活肯定是鸡犬不宁，朝不保夕。那么，姚合这首边塞诗是不是也如传统边塞诗那样，描写边关重镇的艰苦恶劣、战火连天呢？我们还是跟着诗人的脚步，走进汧州古镇去看一看吧。

  先要交代一下汧州的位置。汧州为今陕西千阳县，唐自天宝以后，西北边疆大半陷于吐蕃，汧州例外，何故？主要是有坐镇边关、威慑敌胆的将军的缘故。王昌龄有诗云"但使龙城飞将在，不教胡马度阴山"，将军戍边，于外横扫千军，威名远播，让敌人闻风丧胆，不敢轻举妄动；于内则稳定社会，发展生产，让百姓安居乐业，过太平日子。一个英雄镇守一座边关重镇，自然也就保护了一方平安，诗人开篇就用满怀激情的诗句来赞美这位不知姓名的大将军，正是因为他的到来，使汧州太平安宁，秩序井然，几乎和内地山城差不多，一样的平和安宁，一样的兴旺发达。

  白天，天朗气清，山清水秀，春日融融，暖意盈怀。"水腻"言春水滑润如油，柔软似绸，有质感，有动态，有光泽，饱含诗人赞美之情。"山春"说群山万壑，山花烂漫，草木芬芳，生机勃勃，烘托诗人的勃勃兴致和无限喜悦。"节气柔"更见惠风和畅，阳光明媚，似乎天地生辉，一派空明，又似乎阳光普照，生机勃勃，诱人想象，引人入胜。

夜晚，清风习习，凉意阵阵，歌舞之声，响彻全城。"满城"极言丝管之声，不只是从高门大户中传出，而是大街小巷满城荡漾，暗含万民同乐、共享和平的意味。"丝管散"又把乐声飘散，无处不到，无处不响亮，无处不动人的特点揭示出来。如此生机盎然的春景，如此歌舞升平的夜晚，哪里像是在边关要塞？哪里有半点儿荒凉之气？哪里又有零星战乱之味？这简直就是一派兴旺发达、繁荣富足的景象，和内地繁华都市一样，从内地来到此处的行人，肯定不会相信这里是边关，是蛮荒之地。

全诗描写边地风光——白天，风光旖旎，生机勃勃；夜晚，歌舞升平，清明安定——渲染出边关重镇稳定祥和、富足兴旺的景象，而这一切全得力于将军的勇武神威。是将军坐镇，才让边境安宁和平，外敌不敢入侵；是将军坐镇，才让边镇人民安居乐业，无忧无虑。如此看来，将军的能耐和功勋的确发挥了决定性作用。这首诗，其实意在通过对边镇风光的描写，来歌颂将军的镇守之功，也表达了人民对和平生活的热烈向往。

白云深处好读书

——刘眘虚《阙题》赏读

作为一个读书人，我一直希望拥有一个远离尘嚣、安宁静谧的读书环境，像李乐薇的空中楼阁一样可以游目骋怀，怡养性情；像吴伯箫的幽居小屋一样可以神游天地，聆听自然；像梭罗的瓦尔登湖一样可以净化尘埃，清心静气……可是，这种希望只是一种奢求。置身滚滚红尘，涌动蠢蠢欲望，我的心始终难以沉静下来，只有在夜深人静、闭门冥思的时候，只有在品茗读诗、走进古代的时候，我才感觉到自己是一个真正耳根清净、六欲皆空的读书人。这不，唐代诗人刘眘虚又在向我招手了，他的旷世名作《阙题》

带我走进了一个令人朝思暮想、梦寐以求的读书天地。那是怎样一个世界啊,诗人这样动情地描写道:

> 道由白云尽,春与青溪长。
> 时有落花至,远随流水香。
> 闲门向山路,深柳读书堂。
> 幽映每白日,清辉照衣裳。

山路蜿蜒,远离凡尘俗世,俯瞰天地山川。白云舒卷,任意东西,彰显一份潇洒自如;主人高居,遨游山林,挥洒一份自由自在。诗人向往这样一个白云缥缈、人迹罕至的地方,这里住着他的好朋友,这里藏着一颗旷达傲世的灵魂。沿着山路,伴着青溪,穿山走林,两岸繁花盛草,生机勃勃,无尽春色扑面而来。山间,林木茂密,光影斑驳,细碎阳光洒满全身,铺向远方。诗人一路沿溪缓行,一路欣赏风景,心早已陶醉在高山密林和花草秀水之中。

这是怎样一段山路,又是怎样一条溪水啊!落花有情,流水有意,山花漂浮在水面上,流水散发出阵阵芳香。芬芳的落花随着流水远远而来,又随着流水悠然而去,留给诗人的是缕缕清香、脉脉清流。诗人就是这样与山溪为伴,以山林为友,一路前行,还未看到朋友的居所,就已被一路的奇景深深吸引住了。或许有人认为流水落花,天上人间,无限伤感,可是诗人不是。别有洞天,活泼灵动,欢乐其中,陶醉不已,这才是诗人的感受。透过一路风景,透过一路心情,我们早已窥见了未曾谋面的主人素面深山、忘怀尘世的情怀,我们早已感受到了主人居所清新空明、幽深宁静的氛围。

一旦到达友人居所,又是怎样的气象呢?呈现在我们眼前的是一条山路直通柴门,因平时少有人烟,显得格外清静。主人或许是爱山喜静的缘故吧,门是向山路而设,推门远眺,青山扑面而来,空气清新洁净,颇有王安石诗句中"两山排闼送青来"的意境。走进柴门就是一个宽敞的庭院,院子里种了许多柳树,长条飘拂,树影婆娑,主人的读书堂就掩映在柳影之中，原来这位主人是在山中专心致志研究学问的。因为山深林密，那环境的安谧，气候的舒适，真是专心读书的最佳场所了。

这种境界，不由使人想起王维笔下的山中来，他的《鹿柴》这样写道：

空山不见人，但闻人语响。
返景入深林，复照青苔上。

空谷传音，愈见空谷之空；空山人语，愈见空山之寂。一味幽景，反倒使人不觉其幽暗；一抹斜晖，反衬山林幽深冷寂。王维的世界就是这样静谧空寂，一切的一切都仿佛离诗人远去，只有他用心在读天地、读自然这部大书，静观默察，了会于心。同样，王维的《竹里馆》也描绘了一个清幽绝俗、空明澄净的读书天地：

独坐幽篁里，弹琴复长啸。
深林人不知，明月来相照。

一个人，摒弃了尘世俗虑，泯灭了功名利欲，以深林为家，与幽篁为伴，与明月为友，弹琴寄意，长啸抒怀，读书明志，完全沉浸在一个独立、自足、超脱淡泊的世界里。这才是古今读书人所向往的精神家园。刘眘虚的读书天地远离尘俗，独居深山，关门闭户，自成一统，有沉潜默会、自得其乐之趣；王维的读书天地，超脱尘世，宁静幽远，空灵冷寂，有沉思冥悟、参阅天地之禅味。两个人的世界代表了古代读书人的两种不同的精神追求。

今天，社会发展，利欲纷争，世风日下，已很难有人保持刘、王两位诗人这种处变不惊、处闹不动的淡泊心态了。其实，修身养性，沉静气质，真的需要居闹市而心自静、远功利而近自然啊！

此曲只应天上有

——郎士元《听邻家吹笙》赏读

我听过许多民间乐师演奏过笙乐，或许是由于自己缺乏一双会欣赏音乐的耳朵的缘故，总觉得演奏平平，波澜不惊，内心深处难以产生或流连沉醉、或伤心沮丧之类的情绪体验。可是，一读到唐代诗人郎士元的《听邻家吹笙》一诗，顿时感觉到心神欢畅，飘飘欲仙；不只是作品中的这位邻家笙乐吹奏之音神奇撩人，引人入胜，更是诗人的想象美妙神秘，令人向往。我觉得，音乐伴随美妙的想象，简直会产生一种动人肺腑、摇荡心旌的魔力。我佩服诗人的音乐欣赏能力，我更折服于诗人文学想象的神奇。诗歌是这样写的：

　　凤吹声如隔彩霞，不知墙外是谁家。
　　重门深锁无寻处，疑有碧桃千树花。

标题是《听邻家吹笙》，落点在一个"听"字上。人们习惯直接展示"听乐"的内心感受，郎士元却不是这样构思，一言以蔽之，诗人侧重以鲜明可感的视觉形象和怦然心动的内在感受，来烘托笙乐的艺术效果，新颖别致，匠心独运。笙这种乐器由多根簧管组成，参差如凤翼，其声清亮，宛如凤鸣，故有人称吹笙为"凤吹"。《列仙传》中就有记载，仙人王子乔好吹笙，声如凤鸣，美妙动听。诗歌一开篇就极言笙乐神奇美妙，悦耳动心，似从天而降，超凡脱俗。"彩霞"一词展现一幅云蒸霞蔚、绚丽壮观的神奇图景，令人心驰神往，叹为观止。

声音纵然动听，却是视而不见，难以捉摸的。诗人以华丽绚烂的满天彩霞来烘托，沟通了视觉和听觉，融汇了音乐和想象，倾注了情感和心力，展现出邻家吹笙仙乐一般的神奇动听的魅力，让人产生如痴如醉的感觉。首句不是摹状乐声，而是设想奏乐环境，间接烘托出笙乐的明丽清新。

越是神奇美妙的乐声，越是能够调动听者的兴趣，诗人大概是站在自家庭院之内，听到笙乐从外面传来，深深折服于声情并茂的吹奏，不禁悬想揣问：不知墙外谁家公子或千金在纵情演奏呢？读到此处，我们也会和诗人一样心动神摇，惊疑不已。由"寻声暗问吹者谁"进而起身，追随那声音，欲窥探究竟。因为"不知"，所以欲知；因为"墙外"，所以欲出；因为"谁家"，所以欲问：穷根究底，追本溯源，如此神奇动听的音乐，一辈子从未听到过，这到底是何方人氏的出色演奏呢？简简单单一句"不知墙外是谁家"，道出了一种执着探究、紧追不放的专注心态，我们完全可以想象得到诗人沉醉不醒、欲罢不能的神态，我们也完全可以体会诗人目醉神迷、情态恍惚的表情。是这不期而遇的吹奏，让诗人沉醉流连，让诗人顾盼神飞。

遗憾的是，庭院深深，重门紧锁，诗人无法进去，也无从寻找，只是怅然若失地站在高墙重门之外，倾听，倾听，再倾听……聚精会神，忘情忘神，带着几分失落，带着几分孤寂，在飘飘仙乐中自由游弋。

人啊，往往是这样，越是不知越想探个明白，越是不能谋面的人，越要想方设法见上一面。现在诗人只是闻其声而不见其人，叩其门却毫无动静。深深的失落和沉沉的疑惑，愈加反衬出笙乐的不可阻挡的魔力。也许不见不知反倒是一种悬疑、一种吸引吧，如果诗人真的推门而入，见到了那位理想中的红衣翠袖，一切昭然若揭，了无悬念，诗人便不会好奇，读者便不会惊疑。正如崔护《题都城南庄》诗所写：

去年今日此门中，人面桃花相映红。

人面不知何处去，桃花依旧笑春风。

  设想一下，如果崔护找到了那位倚桃而立，笑脸盈盈、含情脉脉的女子，还会有那么多痴迷的想象吗？还会有那些流传后世的哀艳动人的故事吗？真想劝劝诗人，留一半清醒，留一半沉醉吧！钱钟书不是说过：欣赏一个作品，细细把玩品味即可，正如一只鸡蛋，好吃即可，何必要见到那只会下蛋的鸡呢？

  也许诗人是明白的，不知就不知吧，悦耳就行，诗人展开想象，大胆推进一步，想必那高墙大门之内，千树万树桃花灿烂，硕果累累，芳香扑鼻。多么迷人的景象！多么热闹的气氛！这哪里是世俗人间，分明是灵府仙境；那奇妙动人的笙乐，哪里是什么凡人在吹奏，简直就是神仙妃子在演奏呢。亦真亦幻，似有似无，诗人又一次恍惚了，陷入了不可自拔、不可分辨的音乐世界中。显然，这与开头的"彩霞"仙境遥相呼应，同样写碧桃千树，其华灼灼，意在以鲜明亮丽的视觉画面来烘托笙乐的明媚欢快、热烈酣畅。

  读郎士元这首小诗，眼前浮现出一幅又一幅的画面，或彩霞满天，光芒万丈，或重门深锁，庭院深深，或琼楼玉宇，桃花盛开；耳畔回响着一曲又一曲的笙乐，或轻盈欢快，飘飘飞举，或热烈明媚，富丽辉煌，或跌宕起伏，高低错落。所见所闻，亦真亦幻，亦虚亦实，完完全全把读者带进了一个神话般的艺术世界。这就是音乐的魅力，这就是诗歌的魅力。

秋声秋雨愁煞人

——韦应物《登楼寄王卿》赏读

  诗人登楼，或饱览风光，开阔心胸，激荡豪情；或居高临下，俯瞰苍生，情系大地；或登高望远，心接千古，目极八方；或凭吊古今，感念国运，一吐积郁……可是唐代诗人韦应物的《登楼寄王卿》则迥然不同，非宏大叙事，非深远忧患，非豪迈高歌，非千古愁思，诗念故友，情漫天地，风雨迷茫，动人肺腑。诗歌是这样写的：

> 踏阁攀林恨不同，楚云沧海思无穷。
> 数家砧杵秋山下，一郡荆榛寒雨中。

诗题朴实直白，情深意切，登楼不为览胜，不附庸风雅，只为朋友，只为遥念故人，当即赋诗一首，远寄故友，这份思念之情经风雨而不褪色，历时空而不改变。

此番登楼是故地重游，无限往事，涌上诗人心头。他想到以前，他和朋友王卿时常相聚，一起游览。他们曾携手登楼，纵目远眺，快意无比。他们曾并肩上山，寻幽探胜，兴高采烈。可如今呢？王卿已经远去楚地，空留诗人艰难攀登、形影相吊的身影，思念之情油然而生，惆怅之恨溢满胸怀。诗人遗憾，今天登临不像以前与王卿一道，同游同乐，同行同歌，今天只有一座孤独的楼阁和一位孤独的诗人。

诗人思念远方的朋友，伤感自身的落魄。远方，遥接云天，目不可及，云遮雾罩，苍苍茫茫；近处，烟波浩渺，无边无际，愁思茫茫，离恨绵绵。地不管远近，时不论今昔，离恨弥漫天地，相思溢满今昔，诗人对朋友的思念，何等真挚！何等浓烈！"踏阁攀林"，有轻有重，有苦有乐，让人感觉到朋友相处苦乐同当的默契和欢畅。轻步缓行于阁楼之上，临风吟诗，举杯抒怀，好不惬意！艰难攀行于山林小道，你拉我扶，你呼我应，虽苦犹乐！可是这一切，早已化为过眼云烟，诗人焉能不"恨"？

"楚云沧海"，代指思念双方。朋友远在楚地，以楚云代之，感觉云海茫茫，遥不可及，添愁惹恨，满心不快。自己滞留海边州郡，以沧海代之，感觉海天辽远，苦恨无边，波翻浪涌，前路迷茫。沧海思念楚云，诗人牵挂朋友，隔天隔海，情意不断，何等绵长，何等深刻！

诗歌一、二两句妙用虚笔，直抒胸臆，思无穷，恨无限，情天恨海，无休无尽。诗歌三、四两句妙用实写，借景抒情，风凄凄，雨茫茫，凄风苦雨，愁断人肠。诗人此番登楼，一路所闻如何？满目所见如何？秋风瑟瑟，万木萧萧，数户人家传来阵阵"砧杵"之声，稀稀落落，冷冷清清，刺耳又寒心。秋雨淅沥，寒气森森，满郡"荆榛"，莽莽苍苍，一望无涯，触目惊心。所见之景烟雨迷离，所闻之声零落凄清，所见所闻，无不暗合诗人心境，无不烘托离恨深长。

不同时间登楼有不同的风景，但是，对于诗人而言，不管是丽日晴空，阳光灿烂，还是阴云笼罩，凄风苦雨，都是一样的沉重，一样的压抑，因为诗人有一颗憔悴而失落的心。风景的色彩就是心灵的色彩。我们被秋声秋雨、秋风秋意感染，深深惆怅；我们更被真情真意、真性真心感动，有情如此，复何求焉？

诗人的用词也很有韵味。"砧杵"，本是古时女子捣制寒衣所用的垫石和棒槌，诗中指捣衣时砧杵相击发出的声音。秋夜寒风呼呼过，深闺女子声声情，女子赶制寒衣，是为给在远方服役的丈夫送去温暖，寄去思念，其声寒凉。此处诗人是怀想远方，思念故友，砧杵之声，凄凉造势，渲染离情。"数家"是"几家"，说明声音零落，气氛凄凉；若换成"百家"或"千家"，则热闹有余，不见惨愁。李白诗歌中"长安一片月，万户捣衣声。秋风吹不尽，总是玉关情"，极言万千家庭的思念，万千女子捣衣，万千家庭离散，自然不同于韦诗人的孤思独恨。"秋山"和"寒雨"，凋零的是千山万树，更是千愁万恨，寒冷的是秋雨，更是诗心，字字写景，景景传情，和泪带恨，揪人心肠。

一次偶然的登楼演绎出一生永恒的思念，一幅凄美的画面定格了一份真挚的友情，这就是韦应物这首小诗要表达的主旨。物换星移，寒来暑往，天地之间，唯有友谊永不变色！

心绪逢秋总摇落

——苏颋《汾上惊秋》赏读

文人总是多愁善感的，临风怀想，望月伤心，见花落泪，逢秋生悲，尤其是在国家不幸、生活不顺的情况下，这份隐忧、伤感更为强烈，更为凄怆。唐代诗人苏颋写过一首《汾上惊秋》，借自身流落天涯的惨淡遭遇，为万千文人抒悲泄愤，排忧解愁，堪称经典。

    北风吹白云，万里渡河汾。
    心绪逢摇落，秋声不可闻。

  诗人拟定了一个很伤感的标题，暗示流离之苦和失望之痛。"惊"是关键，逢秋即惊，莫名伤感，秋之惨淡关乎诗人的命运走向。刘禹锡笔下之秋是"晴空一鹤排云上，便引诗情到碧霄"，劲健清朗，生机勃勃，折射出诗人心中之秋的昂扬奋发，积极乐观。苏颋笔下的北风劲吹、草木摇落，则折射出诗人心中之秋的暗淡凄凉和伤痛失望。"汾上"不是诗人的温馨家园，不是皇宫朝廷，而是贬谪之地，蛮荒之乡，诗人身为朝廷官员，出京外放，投身蛮荒，不知何日能重返京师，不知何日能与故人团聚，的确令人困惑、绝望！

  再看诗人心中的秋天吧，北风凛冽，冰凉刺骨，如刀剑割面，隐隐作痛，似竹鞭抽身，伤痕缕缕；白云无助，四分五裂，如枯蓬断草，飘无定所，似漂泊游子，无处安身。白云敌不过北风的疯狂肆虐，白云挡不住北风的无情摧残，诗人心中的白云是悲惨的，可怜的，任凭秋风无情扫落叶却一筹莫展，任由秋风大发淫威而目瞪口呆。白云的无助、无奈折射出诗人的落寞凄凉。此时的诗人，早已不再是踌躇满志的官员，也不再是才情飞扬的诗人，而是一个被逐出京城、困守蛮荒的罪人，一个老迈衰弱、情绪低落的游子。诗人万里迢迢，一路奔波，辗转漂泊，才来到这个地方，而且"河汾"一带也不是诗人最终的贬谪所在，前路不知还有多远，前途更不知在哪里。

  "河汾"，兼指黄河和汾河，汾水在今山西省，"河汾"应指汾水流入黄河的一段。诗中出现的这个地名当是诗人外放途中的一处所在，只是万里投荒，前路漫漫，只是急流大浪，汹涌澎湃，让人惊惧，让人恐慌。诗人悬着心，一路走来，不知翻过多少高山峻岭，不知越过多少沟谷急流，还将继续走下去，直至穷荒僻壤的贬地为止。寒凉的北风凉彻他的心肺，冷冽的河水浇灭他的热情，他像一朵无根的白云，又像一株孤弱无依的小草，无声无息地漂泊挣扎。是的，诗人只是一个无人问津的行路人。

秋天，诗人在赶路，带着沉重的心事。他看到万物凋零，落叶纷飞；他听到了秋声凄厉，刺耳痛心。他一个人拥有秋天，也是一个人承受秋天的痛苦，心中千头万绪，一团乱麻，没有人分担，没有人理解。他的言语只说给自己听，猎猎秋风早已掩没他的声音，他只能默默地忍受，忍受落叶纷飞的失落，忍受欲言又止的苦闷。他害怕看到秋天的草木，因为他的心灵早已变得一片枯槁；他害怕听到秋天的声音，因为他的心灵早已沉寂无声。

天地之间，凛凛寒风，片片落叶，让他触目惊心；人世间，浊浪滚滚，仕途凶险，让他不寒而栗。一个人仕途困顿，暮年失意，被遗弃在秋天，被滞留在天涯，他的心中哪能还有春天、还有希望呢？

宋玉有言"悲哉秋之为气也，萧瑟兮草木摇落而变衰"，草木摇落，望秋生悲；杜甫有言"无边落木萧萧下，不尽长江滚滚来"，江涌叶飞，悲秋无限；苏颋咏叹"心绪逢摇落，秋声不可闻"，逢秋伤心，闻声惊悸。历来文人对秋的体验大都如此，苏颋的不幸在于，烈士暮年、壮心不已的他赶上了人生之秋，其悲自然就更为沉重！

不脱蓑衣卧月明

——吕岩《牧童》赏读

儿童都是诗人，童心就是诗心，儿童的所作所为，所言所语，只要如实记录下来，都是妙趣横生的诗篇。唐代诗人吕岩的诗歌《牧童》就给我们描绘了一个天真质朴的乡村牧童的形象。

草铺横野六七里，笛弄晚风三四声。
归来饱饭黄昏后，不脱蓑衣卧月明。

  大唐的一个黄昏，山脚下的一片原野，长满茸茸绿草，铺遍方圆六七里的地方。放眼望去地势平坦，视野开阔，一个牧童骑在牛背上，手持竹笛，呜呜有声，曲不成调，声不成韵，但是，自在、自由，伴随着微微山风，笛声吹过原野，飘向远方，回荡在空旷的郊野。没有人倾听他的吹奏，没有掌声为他喝彩。草丛中点缀着一些知名的和不知名的野花，朵朵绽放，花色各异，就算是对他的笛声的无声赞扬吧。

  老牛呢，悠闲自在地低头吃草，粗大的尾巴，左右拍打身边的蚊子，有时也拍打到孩子的腿上，但不疼，牧童习惯了，也喜欢，朋友轻轻拍打一下，又有何妨呢？老牛不时抬起头来，朝天"哞、哞"两声，又继续埋头吃草，他也习惯了牧童的吆喝、牧童的笛声，他可是听得津津有味呢，别人不懂，他懂。他从来就不嫌弃牧童的笛声，在他看来，晚风中的几声笛鸣，简直就是自己低头吃草的伴奏呢，非常悦耳，也非常惬意！

  有个成语叫"对牛弹琴"，意思是说，有人不看对象，对牛弹琴，牛怎么能听得懂呢？成语是讽刺那些做事机械、不看对象的人。可是，对于朝夕相伴的牧童和老牛来说，这个成语是不适用的。耳濡目染，相濡以沫，老牛听得懂牧童的声音，牧童看得明白老牛的神情，他们几乎成了相依相伴、亲密无间的朋友，彼此知心会意，彼此默契配合，这种人牛相伴的情谊，的确令人羡慕。

诗中有两个字特别有意味，一个"横"字描写绿草丛生、铺向远方的情态，突出了原野宽阔辽远、一平如镜的特点，给人以心旷神怡之感。一个"弄"字写笛声，有情有意，有灵有趣，似乎笛声在逗弄晚风，追逐晚风，远远扩散开去，实际上烘托出牧童的随心随性，开心快乐。

也许是天色将晚的缘故，也许是放牛累了的缘故，这位牧童骑着老牛，慢慢回家。父母早已准备了热气腾腾的饭菜，虽然简陋了一点儿，但是原汁原味，香气四溢，肚子早已辘辘作响的牧童，端起饭碗，大块夹菜，大口吃饭，几下工夫，就吃饱了肚子。他饭后坐在自家屋前的草地上，看着远处的山峦，沐浴着皎洁的月光，慢慢地倒下身子，躺在草地上。他身上的蓑衣还不曾脱去，就这样进入了甜美的梦乡。

梦中，他看到了什么？遇到了怎样的人和事？我们不得而知。但是，笔者玩味此诗，总是在脑海里浮现起童年的有趣生活来：或看两头水牛打架，惊心动魄；或下河摸鱼，危险又刺激；或上山打板栗，满载而归；或爬树摘桃子，大饱口福……童年的生活总是丰富多彩的，乡村的童年总是有趣而欢快的。

诗人只写了一个镜头或者说一幅画面，恬静、优美、令人向往。在皎洁的月光下，在碧绿的草地上，一个农家孩子，劳动归来，还来不及脱下身上的蓑衣，劳动累了，吃饭饱了，就这样，随地而睡，随意入梦。这个梦一定色彩缤纷，不然，我们怎么分明看见，小孩子天真稚嫩的脸上还挂着幸福的笑容呢？不要打扰他，不要破坏这种乡村的宁静，不要玷污皎洁的明月、碧绿的草地，只需静静地观赏，默默地品味，至多在心里存留感动和敬意，这就足够了。

乡村的牧童就是这样纯真快乐，这样勤劳机灵，他们生活在山前溪畔，他们生活在蓝天白云之下、乡土草原之上，以老牛为伴，以清风为友，亲近自然，亲近家园，亲近泥土。他们天天勤快劳动，尽己之力，帮助父母，不叫苦叫累，不怨天尤人。他们天天生活简单，心情快乐，无忧无虑，随心随性。他们的生活全是诗意，他们的心情全是诗歌。

作为都市人的我们，已经无法回到乡村，作为成年人的我们也无法回到童年，但是，只要我们心怀童真，心存明月，耳存笛音，目有老牛，我们就一定能体味到生活中无处不在的诗意和浪漫。

字斟句酌咏心声

——杜甫《咏怀古迹五首》（其三）赏读

杜甫作诗，字斟句酌，呕心沥血，力求做到字字精准，句句传神，写于晚年的《咏怀古迹五首》（其三）就是琢字炼句的典范之作。全诗咏叹昭君怨恨：

> 群山万壑赴荆门，生长明妃尚有村。
> 一去紫台连朔漠，独留青冢向黄昏。
> 画图省识春风面，环佩空归月夜魂。
> 千载琵琶作胡语，分明怨恨曲中论。

怨恨何从表现？诗中有几个关键字词，尤其值得品味。

首联抓"赴"和"尚"两个词。关于"赴"字，学界有争议，明人胡震亨评注的《杜诗通》云："'群山万壑赴荆门'，当似生长英雄起句，此未为合作。"意谓如此雄奇壮阔，气势磅礴的起句，只有用在生长英雄的地方才合适，用在昭君身上是不合适的、不协调的。换句话说，昭君不是英雄，不配山川壮丽之景。清人吴瞻泰《杜诗提要》云："发端突兀，是七律中第一等起句，谓山水逶迤，钟灵毓秀，始产一明妃。说得窈窕红颜，惊天动地。"意谓杜甫用高山大川、灵山秀水来烘托明妃，抬高明妃，但对于"明妃"的身份界定仍然是"窈窕红颜",不是巾帼英雄。杨伦《杜诗镜铨》说:"从地灵说入,多少郑重。""郑重"何在,语焉未详,不了了之。笔者认为,以上看法似有不妥,全诗而论,杜甫是把昭君当作一位既有儿女情长又有英雄气概的人物来歌咏的。她远嫁匈奴,克服万难,和亲塞外,造福两国,利在后代,这是很多专擅杀伐争夺的帝王将相都做不到的,昭君当然是一个大英雄,巾帼英雄。好马配好鞍,英雄配山水,昭君的惊世之功和爱国之举,完全可以和锦绣山河相匹配。因此,这个"赴"字用得好。赴,本意是前赴后继,争先恐后,句中描绘千山飞腾、万水奔波的雄奇景象,化静为动,化平为奇,颇具神韵。本来水流东去,群峰屹立,但是,站在杜甫那个位置就有山奔江走之感。杜甫站在夔州高处,东望长江远去,群山起伏,流水滔滔,恰似带动了青山迢迢。再说,这个"赴"字,不但状写山河壮丽,烘托昭君英雄气概,也从一个侧面烘托诗人登高望远时博大开阔的胸襟。杜甫流寓夔州,落魄潦倒,但是时刻不忘江山,不忘国运,不忘黎民,他爱脚下这块多灾多难的土地,他爱这壮丽山河所养育的万千苍生,他忧虑国乱家危,想起这些就心如潮涌,情似浪翻,山焉能不前"赴"后继,水焉能不滚滚向前?诗人笔下的山水,从来都是心中永恒的风景。

　　再说这个"尚"字,本是副词"还、犹"之意,点明千载以后,昭君出生的那个村子还在,实际上是强调,千百年之后,昭君还在,昭君形象永存人心,昭君精神永远打动万千后人,突出了杜甫对昭君的深情缅怀和赞颂之意。有人作诗"千树万落湮野草,唯有香溪照千秋",是啊,岁月如水,风流成空,烟消云散,唯有明妃流芳百世,光照千古。"尚"是热烈的歌颂,是深情的缅怀,是永远的纪念。换成"只"或是"似"均不妥。"似"有若无,可有可无,淡化了明妃的美好形象,减弱了杜甫的款款深情。"只有"则谓其他不存,仅此一村,排他性较强,过于绝对武断,且不具有历史发展变迁的沧桑感。唯有"尚有"最准确,最传神,历经风雨烟云,万千村落湮没无闻,昭君村还那样真实地存在,永远存在。村犹如此,人又如何呢?

　　颔联抓"连"和"向"两个字,当然"去"和"留"也不可忽视。"连"

是连接、连通之意，本来很平常，但是用在昭君这样一个绝世美女身上，而且连接的是"紫台"和"朔漠"，意义就非同寻常了。"紫台"是汉宫，昭君身处汉宫，锦衣玉食，养尊处优，过着奢华富贵、无忧无虑的生活，自是一般女子万分羡慕的，当然，昭君备受冷落、不得皇上宠幸的内心痛苦，众人难以理解。"朔漠"是风沙大漠，地广人稀，是异域他乡，言语不通，风俗不适，是天遥地远，天荒地老，是思乡无极，念亲无望，是痛苦和困难的象征，暗示昭君此去处境艰难，度日如年。"连"字至少有两层含义，一是昭君离开豪华富丽的汉宫，离开养尊处优的生活，远赴塞外，远嫁人生地陌的他乡，命运悲苦，困难重重，令人同情，令人感叹；二是昭君和亲塞外，连接、沟通两个民族、两个国家，使边境安宁，使人民安定，避免了杀伐征战、流血牺牲，化解了民族矛盾，促进了民族融合，功在当代，利在千秋，是大英雄，是真正的民族英雄。在封建社会，一介弱女子，克服了重重困难，担当了国家责任，何其伟大！"去"紫台，是离开故宫，离开故国，离开故乡，离开亲人，而且，这一次离开，永无回归之日，实质上是生离死别，的确惊心动魄。昭君的思乡恋亲，昭君的怀想故国，不难体会。"去"得悲壮，"去"得缠绵，思乡如风，弥漫天地。

此联下句中的"向"字，历来有两种理解，一是接近、靠近，如杜甫《茅屋为秋风所破歌》中的"秋天漠漠向昏黑"，此处即为"接近、靠近"的意思，是一种时间的延续和推移。二是"朝向""面向"之意，当介词用，笔者倾向于后一种理解。这要结合此联整体意思来思考。上句写生前遭遇，下句写死后悲凉，不管是只身赴塞外，还是死后埋风尘，昭君均是眷恋故土，思念旧邦，思乡恋国之情感天动地，所以，死后不能归葬故里，魂灵也要牵念故国，坟墓也要朝向故土，此情痴深，超越阴阳，弥合时空，的确动人肺腑。"黄昏"也不纯粹是一个时间概念，《诗经》有云："日之夕矣，牛羊下来。"马致远《天净沙·秋思》亦云："枯藤老树昏鸦，小桥流水人家，古道西风瘦马。夕阳西下，断肠人在天涯。"前者写黄昏时分，牛羊归圈，人人回家，家家团聚，一幅温馨美好、和谐宁静的生活画面。后者对比两组镜头，一是游子漂泊天涯，无家可归，心怀忐忑，愁肠百结。二是乡村人家炊烟袅袅，灯火点点，一派祥和，一派安宁。两相对比，烘托出游子内心的凄凉苦楚。此处"黄昏"同样是和谐、温馨生活的写照。回到杜甫诗句中,"黄昏"涵盖时空。就时间而言,太阳落山,夜幕降临,家家团聚;就空间而言,千里之外,故国家园,温馨美好,一派祥和,昭君魂思故国,心向家园,这是理所当然的,因此这个"向"理解为"朝向,心向"比较恰当。"独"字也颇具深意。俗话说,树高千丈,叶落归根,多少海外同胞去世之后都是远涉重洋,归葬故土,生不能回国,死后埋葬故乡,也总算了却一生心愿。可是昭君呢?生不能回,死也不能回,"独"留塞外,不见家园故国,不见爹娘亲人,何其愁惨,何等悲苦!

品味颈联抓"省"字和"空"字。"省识"一般版本注解为"曾经识得",如此理解,只是不动声色地揭示当年汉文帝以画取人、目不识珠的事实,感情色彩比较淡薄。笔者认为,理解为"约略、大略"比较好,汉文帝挑选宫妃荒唐到了极点,不是亲自目测考量,而是以画识人,贪图简单,这里面免不了有奸佞小人做手脚,画师毛延寿就是其中之一。昭君未行贿画师,所以画师就轻描淡画,掩没了她的国色天香。文帝呢,自然受欺骗,不曾真正识得昭君的绝佳容貌,及至昭君出嫁塞外时,文帝才后悔不已。可以这么说,文帝约略识得,甚至完全不识昭君真容,文帝有多么愚蠢,多么荒唐!昭君真正的美貌不被皇上识得,又是何等冤枉,何等不幸!一个"省"字既准确揭示历史事实的真相,又寄寓了杜甫对昭君的冤屈的深深同情。下句写昭君魂归故国,紧承颔联下句,生不能回,死不能归,化为鬼魂也要回来,在一个月朗星稀的夜晚,昭君灵魂缥缥缈缈地回来了,身上的衣饰相碰,发出叮叮当当的声音,她回家的脚步很匆忙,她回家的心情很焦急,可是,杜甫感叹,这又有什么用呢?白走一趟啊,再也看不见亲人,亲人再也看不见昭君,那份哀怨,那份悲愤,永远留在塞外,留存天地之间。这个"空"字用得极妙,一来揭示了昭君的悲惨命运和强烈的思归之心,二来体现出杜甫的深深悲悯和满怀愤懑。知昭君千载怨恨者,唯杜甫一人而已。

尾联扣住"千载"和"分明"两个词语来品味,"千载"表明琵琶胡语,昭君怨恨,历时久远,引人共鸣,从时间上拓展了怨恨的深广绵长。"分明"修饰"怨恨",明显、显然的意思,强调"怨恨"是昭君情,也暗示杜甫的心中恨。全诗而论,复杂的情感,深广的内容,诗人的态度,全部凝聚在一些关键字眼中,品鉴杜诗,切莫放过这些费尽心血的佳字妙词。

沦落天涯奏心曲

——王昌龄《听流人水调子》赏读

人们都熟悉唐代诗人白居易的《琵琶行》、李贺的《李凭箜篌引》和韩愈的《听颖师弹琴》,这些篇章都是描摹音乐形象的杰作。其实,七绝圣手王昌龄的《听流人水调子》同样也是一首描绘音乐、抒写人生的佳作。诗歌是这样写的:

> 孤舟微月对枫林,分付鸣筝与客心。
> 岭色千重万重雨,断弦收与泪痕深。

诗歌大约作于王昌龄晚年赴龙标(今湖南黔阳)贬地途中,内容大概是写诗人听筝乐而引起的人生感慨。标题"听流人水调子"暗含了特定情思意蕴。"流人"指流落江湖、四海漂泊的乐工,多是失意不顺,人生坎坷。"水调子"即水调歌,属古乐府商调曲,曲调哀切、凄楚。诗人赶赴贬地,不闻欢快愉悦之声,不见赏心悦目之景,没有知音同道相随,更无亲朋故旧相送,长路漫漫,形影相吊,邂逅"流人",吩咐弹筝,才演绎了一曲"同是天涯沦落人,相逢何必曾相识"的悲切乐章。

首句描写环境,寓情于景,情景交融。诗人并置三个意象"孤舟""微月""枫林",涂染色调,烘托情思。"孤舟"写诗人水路漂泊,心绪不宁,有贬官降职、流落荒蛮的痛楚,也有无人伴随、独向天涯的孤寂,还有前途未卜、不知所终的隐忧。一叶孤舟承载一位失意的诗人,也承载一颗流浪的心，驶向沉沉暮色，漂向渺茫未来。"微月"泛光，朦朦胧胧，隐隐约约，有几分凄冷，有几分残缺，游走在天边，映照着江水；它无声无息，穿云破雾，似乎在倾听流水滔滔，又似乎在倾诉重重心事。没有人能读懂它，除了诗人；也没有谁能懂得诗人，除了月亮。月是相思人，人是知心月，这个夜晚，月光做证，诗人肯定在怀想远方的亲人。行程愈行愈远，思念愈加强烈。枫树林，生在江边，恰逢深秋，风起林梢，瑟瑟有声，沐浴月光，暗影幢幢，真叫人感到"青枫浦上不胜愁"啊！孤舟、微月、枫林构成晚秋江景，色调暗淡，情意凄清，为下句鸣筝演奏营造了一个典型环境。

　　次句排遣愁苦，鸣筝传情，心心相印。也许是一路孤寂，一路愁苦，无人相诉，无处排遣，诗人想到要让这位不期而遇的"流人"演奏一曲。乐发心声，情通心意，或许流人的音乐能够给诗人带来稍许安慰，稍许宽解，这实在也是没有办法的办法啊！试想，皎洁月光之下，浩渺江波之上，置身漂泊孤舟之中，流放蛮荒的诗人邂逅流落江湖的乐工，不须通报姓名籍贯，不须区分等级地位，同是天涯沦落，总有知心话语，那么，就让一曲水调子表达两种沦落情吧。

　　"分付"是刻意为之，郑重嘱咐，意在赏音遣愁，听曲解忧。"与客心"无浅吟低唱之柔婉，亦无轻歌曼舞之空灵，而是表达心心相通、情意相达的共鸣。乐工弹奏，感伤身世，声声含悲；诗人听音，触耳生情，感时伤身：两个苦命人就在这月夜清曲之中，找到了心灵的共鸣。

　　第三句通感绘景，声色并重，情景交融。乐工的演奏，低沉抑郁，动心动情，引起诗人的心灵共鸣。诗人沉浸其中，不能自拔，似乎眼前出现一道幻觉：千山万岭，雨雾朦朦，高天旷野，冷月凄凄，天地一派阴霾，心中一片愁惨。音乐本是无形无状，无色无味，诗人却以形象画面来描绘，沟通视觉、听觉，移情山水天地，烘托愁苦情思，别具一格，耐人寻味。山有色，雨有声，雾有形，月有光，声光色态，浑然一体，营造迷蒙冷凄之意境，凸显诗人迷茫纷乱之情感。以形写声，以境传情，这是王昌龄描绘音乐形象的高妙之处。

　　诗歌末句把演奏推向高潮，也把情感推向高潮。演奏者沉迷其中，情难自抑，激越高亢之处，筝弦突然断裂，声音戛然而止；听者也是情绪激动，不能自控，早已泪如雨下，哽咽无语。弹者和听者都一时茫然，手足无措。

江上孤舟，月下青山，愁云笼罩，惨雾弥漫。

诗人说"泪痕深"，不言"泪如雨"，也不言"泪纷飞"，自有新意，字面上写泪雨滂沱，实际上暗示心灵巨创。"痕"是印记，是沟辙，也是心灵的伤痕，情感的印记，它让人体会到由于官场不顺给诗人带来的巨大心灵创伤。"收与"又呼应前面的"岭色千重万重雨"，一边是幻觉中的千山淋漓，天地迷蒙，一边是现实中的情不自禁，泪湿衣衫，两相比照，似乎天地含悲，山水含愁。这种由此及彼、由虚入实、前后呼应、虚实相通的笔法，恰切有力地表现了诗人内心的巨大痛苦，当然，也从侧面表现出音乐的感人力量。

千年前的一条江水，承载过一位失意的诗人；千年前的残缺月光，映照过一颗破碎的心；千年前的一个夜晚，诞生了一首感伤的诗。如今，斯人已去，斯水已尽，斯月不存，我们心中还在隐隐作痛，因为这首诗，因为王昌龄。

大漠风尘日色昏

——王昌龄《从军行七首》（其五）赏读

盛唐的诗人总是雄心勃勃，豪情万丈，盛唐的边塞诗总是高亢激昂，声震云霄，吟咏边塞诗人王昌龄的名篇《从军行》，我就有这种感觉，心潮澎湃，热血翻滚。诗歌描绘了一次行军，一场战斗，不见刀光剑影，不闻震天厮杀，不染血雨腥风，单就几个典型的镜头或场景，就深深抓住读者的心，让人身临其境，感同身受。

> 大漠风尘日色昏，红旗半卷出辕门。
> 前军夜战洮河北，已报生擒吐谷浑。

很多人没到过边地，没见过奇异风光，对于边塞的印象多是荒寒艰苦，天地苍黄，或是寒风呼啸，千里冰封。王昌龄诗歌一开篇则大笔挥洒，勾勒出一幅辽阔壮观、气势磅礴的图景。戈壁大漠之上，阵阵狂风卷地而来，飞沙走石，扬尘蔽天，刹那间，日色昏暗，光影蒙蒙。一支队伍离开军营，开赴战场。一场恶战迫在眉睫，数千将士豪气干云！诗人于天地昏暗、风声大作之中，烘托出一支劲旅无畏无惧、胜利在握的风范。莽莽苍苍，尘土飞扬是背景，红旗半卷，快速前行是主体，明暗对比，光色相衬，军旗的红艳灿烂更显耀眼夺目，部队的战无不胜更见英雄风采。大唐之师无惧艰难险阻，无惧强敌入侵，自有雄心锐气，自是成竹在胸。

  大漠风尘不能阻止将士们前行的步伐，天地暗淡不能淹没将士们求胜的信心。诗人描写边塞风光，不见阴森恐怖，不见魂飞魄散，反倒满怀豪情，高歌震天，字里行间充满惊奇和赞叹，充满自豪和自信。这就是大唐边塞诗章的基调。岑参写边地风光："北风卷地白草折，胡天八月即飞雪。忽如一夜春风来，千树万树梨花开。"（《白雪歌送武判官归京》）北风凛冽，白草摧折，大雪纷飞，天地灿烂，哪有一点儿嗟愁叹苦之音？哪有一点儿瑟瑟发抖之态？全是惊喜好奇，全是亢奋赞叹。大诗人王维单车匹马赴边慰问，所见风光令他激动不已："大漠孤烟直，长河落日圆。"（《使至塞上》）大漠黄沙无垠，长河横亘其间，板滞之中蕴含流动。天地空阔无际，落日浑圆明亮，苍凉之中不失温馨。还有孤烟直上，坚劲挺拔，见所未见，闻所未闻。如此雄奇壮丽的风光，哪里有一点儿孤寂落寞？哪里有一点儿愁苦悲伤？王昌龄、岑参、王维，这些大名鼎鼎、才华横溢的诗人用他们的眼睛为我们见证了一幅幅雄奇千古、震撼心灵的边塞风光，用他们的心灵为我们演绎了一曲曲高亢激越、响彻云霄的边塞乐章。

  部队出发，开赴战场，风光场面已经让我们惊奇无比，赞叹不绝。可是，更奇更绝的内容还在后面。王昌龄在短短的诗篇中也要制造声势，吸引读者。你看，诗歌三、四两句写什么呢？不是顺着一、二句的思路描写大部队如何行进以至敌我遭遇，而是宕开一笔，转写先头部队传来捷报，给人一种感觉，大部队还没上场，先头部队就已经攻敌不备，克敌制胜。大唐之师，能征善战，战无不胜，全都展现无遗。

  前锋部队夜袭敌营，干脆果决，快速利索。这是一次有准备、有预谋的行动，时间定在漆漆黑夜，地点是洮河北岸，可能是敌军老巢。先头部队一夜激战，杀敌无数，大获全胜，生擒敌军首领吐谷浑。胜利的消息传来，唐军将士精神振奋。想想看，大部队还没上场，胜利就已在手，可见，大唐之师何等威武善战，何等神奇勇敢，又是何等精悍顽强。

　　一场战斗由两路人马打响，主力部队战天斗地，快速挺进，强力增援；先头部队奇袭敌军，惨烈厮杀，生擒敌将。前呼后应，默契配合，克敌制胜，的确漂亮！不管是风云满天、黄沙遍地，还是短兵相接，杀声震天，都反映出大唐将士神勇无敌、强悍善战的精神风貌。

　　战争讲究智慧谋略，讲究力量强弱，更讲究军心士气。王昌龄笔下这场战斗，与其说是一种武力神勇的比拼，不如说是敌我双方一种气势、一种斗志的较量。狭路相逢勇者胜。在诗歌字里行间，看不到敌我双方面对面的搏杀激战，看不到硝烟战火，看不到刀光剑影，但是那些大胆新奇的描写，那些举重若轻的夸张，分明透露出大唐将士无坚不摧、无往不胜的气势和力量。诗歌的气场源自于事件现场，诗歌的魅力源自于气势逼人。从这个意义上说，七绝圣手王昌龄是一个善于造势、善于运气的高手。

秦时明月汉时关

——王昌龄《出塞》赏读

　　历史关乎心灵，关乎胸怀。气度恢宏、气量宽宏的人，一定喜欢穿越千古、波澜壮阔的历史咏唱；志存高远、心忧天下的人，一定喜欢边疆大漠飞沙走石的奇绝壮观。读王昌龄的绝句《出塞》，的确可以催生豪情，激励心志，涤荡胸怀。边塞诗人从军塞外，志在建功立业，志在金戈铁马，志在大漠风尘，志在保家卫国。每一个词，每一句诗，都流泻心声，都涂染感情。请看七绝圣手王昌龄豪迈而深沉的咏唱：

秦时明月汉时关，万里长征人未还。
但使龙城飞将在，不教胡马度阴山。

诗人站在历史与现实的交汇点，鸟瞰千秋苍茫，感慨历史风云。华夏边境，自汉以来，战火不断，硝烟不息，生灵涂炭，历代统治者为了加强边关安全，常常派遣重兵驻守，严加戍卫。数不胜数的战争，不知夺去了多少华夏儿女的生命，不知破坏了多少炎黄子孙的家园。万千将士奔赴边关，杀敌报国，保卫家园，将青春和热血抛洒在大漠边关。诗人感慨，历朝历代，征战不休，百姓遭殃，鸡犬不宁。诗歌字里行间流露出对历史的感叹，对家国的惦念，对安危的忧虑。

月亮还是那轮月亮，边关还是那些边关，岁月流逝千年，历史跨越千古，到如今，大唐边关，依然危机重重，战火不息。诗人特意将"秦""汉"朝代嵌进"关""月"之前，凸显历史的雄浑苍茫，时间的久远悠悠，更让人感受到时空浩渺，风云沧桑。是谓大气魄，大手笔，大笔挥洒，雄视古今，高亢开阔，震撼心灵。诗人极言征战之残酷，任务之艰巨，于"长征"之前置一"万里"，牵扯你的神经，引发你的想象，古往今来，多少年轻力壮的热血男儿奔赴边关，浴血战斗，殒灭了生命，破碎了家园。历史的时空久久回荡冤魂的呻吟，荒远的边地到处都是累累白骨。诗人心中翻涌家国忧思，历史忧患。很多边塞诗人都写过类似内容，但是，大气磅礴、雄浑苍凉，首推王昌龄这两句。

"关""月"相关故园，暗涉离愁。想想看，万千男儿，或是血气方刚的青年小伙子，或是年富力强的壮实汉子，或是饱经沧桑的老迈将士，一个个远离家园，远离亲人，常年在外奔波，长久征战沙场，怎能不想家，怎能不思念亲人？他们也是血肉之躯，他们也有儿女亲情。那一轮明月，日复一日，年复一年，照亮边关，也照亮故乡，捎去了将士对故园的思念。一道道关隘，见证了月照边关、白骨遍野的残酷。苏子有言，"但愿人长久，千里共婵娟"。可是，对于妻离子散、家破人亡的大唐将士而言，这又是何等沉痛悲凉的奢望。几乎可以这样说，王昌龄诗句的恢宏大气之中，潜藏离愁忧伤，磅礴辽远之下蕴蓄血泪悲痛。

正是因为忧心历史，感怀现实，正是因为祈求和平，体恤生命，正是因为忧国忧民，胸怀天下，诗人大声呼唤，只要有横扫千军、护国安民的大将军卫青、李广健在，胡人军马就绝对不会南下骚扰，边地百姓就会平安无事，过舒心日子。一个"但"字，斩钉截铁，掷地有声，有此无他，非此莫属，凸显诗人誓言抗敌的豪情，亦可反映诗人呼唤起用良将杀敌卫国的主张。古人有言，天下兴亡，匹夫有责。王昌龄作为一介书生，不求功名利禄，不图高官权位，从军塞外，心怀家国，舍身报国，义薄云天。这就是大唐诗人，赤诚爱国，殒身沙场，在所不辞；这就是大唐义士，赤胆忠心，天地可鉴。

"龙城"代指卫青，史载汉将卫青首次出兵就以飞速夜袭匈奴的祭天圣地龙城，大获全胜，大挫对手锐气，打响了汉对匈奴反败为胜的第一仗，威慑敌方士气，张扬大汉国威。"飞将"代指声名赫赫、杀敌无数的飞将军李广。诗人借一说十，言此意彼，用卫青、李广来激励大唐将士，希望大唐官兵发扬当年猛将一往无前、英勇杀敌的精神，保家卫国，再建奇功。战争年代催生英雄豪杰，闲逸日子滋生懦夫懒汉。大唐虽然国力强盛，国威远扬，但是，边关塞外一直干戈不息，烽烟四起，王昌龄置身于这个时代，希望做英雄，希望这个国家涌现无数英雄。

五原春在冰开日

——张敬忠《边词》赏读

谈起边塞诗，总是风云惨淡，风物荒凉，总是金戈铁马，刀光剑影，总是大漠荒城，飞沙走石。读唐代诗人张敬忠边塞诗《边词》却会获得截然不同的印象。淡淡春意扩散开去，淡淡思念弥漫胸怀，淡淡喜悦滋润心田，淡淡平和渗出诗句。初读诗句，走马观花，浮光掠影，不会留下深刻印象，不会引发心灵波动，可是沉潜玩味，凝神专注，你会发现，细心的诗人将轻淡平和的情思悄悄灌注诗句间，敏感的诗人将喜忧交织的情感慢慢融进风物里，越读越觉得有味，越读越觉得欣喜。如品清茶，幽香淡雅，轻盈漂荡；如嚼橄榄，青涩酸甜，余味悠悠。诗歌是这样写的：

> 五原春色旧来迟，二月垂杨未挂丝。
> 即今河畔冰开日，正是长安花落时。

诗人就是诗人，关心春天何时到来，关心春花何时绽放。张敬忠曾经随军驻守边关五原，熟悉塞外风光景物，春来春去，忧念长安故园、父老乡亲。每一个塞外春天的到来，都会勾起诗人绵绵的思念和丰富的联想。这与诗人所处的环境、位置，所从事的工作密切相关。五原就是现在内蒙古自治区的五原县，属于塞外漠北一带，这里气候严寒，风物荒凉，春天总是姗姗来迟。诗歌一开篇就声言春天来得太迟了，太迟了，让人感觉到，这个漠北的春天，对于诗人来说实在重要。平平淡淡的一句话，包含久盼不至的埋怨，急切迎春的坚守，春到边地的欣慰。不知道诗人为何如此纠结，不知道诗人为何如此敏感，只是隐隐约约感觉到春天早已进驻诗人心间。春天与一段生活相关，春天发生过一些让人难忘的故事。

边塞诗人王昌龄《凉州词》云：

　　黄河远上白云间，一片孤城万仞山。
　　羌笛何须怨杨柳，春风不度玉门关。

浩荡春风吹不到千里万里之外的玉门边关。内地，杨柳折尽，不见人还。边关，横笛吹怨，怨又何用？还是坦然面对，还是心存相思吧。高山孤城，塞外穷荒，不见杨柳，不见春风，不见春天。

相比而言，驻守五原的张敬忠则幸运得多。至少他可以等来春天，他可以欣赏到春天美景。冬去春来，已是二月，要是在内地，在长安，在故乡，早就是杨柳如烟，绿意葱茏，生机勃勃，风光如画。可是在五原，却是杨柳秃枝，枯干残败，草木萧索，不见动静。不见杨柳吐丝泛绿，不见枝桠回青泛光，不见春草破土而出，不见野花零星绽放。春天在哪里啊？春天为什么远离我们？莫非春天早就遗忘了边关塞外？诗人不动声色地描述早春二月的杨柳，其实蕴含绵密细腻的心绪。表面而言，平静述说，埋怨垂杨，心有不平。深层而论，关涉离愁，触动相思。想当初，辞亲远行，折柳送别，儿子离别老迈父母，丈夫离别深情妻子，父亲离别年幼孩子，随军赴边，一路天涯。"此地一为别，孤蓬万里征。"何日再相见？何日能相聚？无尽的远方，不定的未来，茫茫困惑萦绕心间。杨柳有春天，枝叶总关情。

当然，离愁深深，沉落心底。杨柳风姿，依然绰约。透过枯枝败叶，想象春天到来，还有什么解不开的心结呢？毕竟边关塞外的杨柳，也是要抽丝吐绿，婀娜起舞的。等待总有希望，春天的希望永远不会落空。每个人都可以盼来春天，不管你是在内地，还是在边关。诗人的春天来得更浪漫，更多情。到河边去看看，看冰河解冻，看流水潺潺，看游鱼蹿跃，看虾米摆尾，看水草招手，看树枝抽芽，看泥土松动，看大雁高飞。只要你热爱，只要你留心，边关一样有风景，塞外一样有春天。不应该庆贺一下吗？为了久违的春天，为了蛰居一冬的心灵。不应该欢呼吗？为了天边的飞鸟，为了解冻的河流。不应该歌唱吗？为了严寒过去，新春到来。来得晚一些，不是错误，不是遗憾，迟到的春天还是春天，正如这人间，迟到的温暖仍然是温暖一样。不怕春天来得晚，就怕春天从此消失。

跟着**感觉**读唐诗

你不来，寂寞便来；若你来，寂寞花开。

故乡跟心一起走

——岑参《行军九日思长安故园》赏读

每个人都有故乡,在游走天涯、漂泊江湖的时候,每个人都会乡情汹涌、归心似箭。王维惦记故园窗前一枝梅花是否开放,思绪漂浮,感慨万千;李白感念故乡流水万里相送,形影相随,情意绵绵;王之涣横笛吹奏幽幽《杨柳曲》,心生愁怨,迁怒春风。游子思乡,乡情如海,游子怀旧,旧念漫天。

岑参随军奔波,辗转南北,有感于时局动荡,战乱不息,忧虑家国天下,怀想亲朋好友,和泪带血,饱蘸情思,写下了感人肺腑的诗篇《行军九日思长安故园》:

> 强欲登高去,无人送酒来。
> 遥怜故园菊,应傍战场开。

居家日子,亲人相伴,夫妻相亲,孩童相随,其乐融融,幸福美满,没有人会多愁善感,心事重重。一旦辞亲远行,从军入伍,辗转东西,征战南北,就格外怀想故园,思念亲朋。诗人岑参没有随军奔赴战场,没有跃马横刀血战敌寇,而是跟随大唐皇帝肃宗离开长安,一路西行,暂时躲避安史战乱。长安不是诗人的故乡,诗人的故乡是河南南阳,但是,诗人入朝做官,久居长安,反把他乡当故乡。而且,大唐江山辽阔广远,长安是国都重地,安史叛军攻陷长安,也就意味着国都沦陷,政权危急。诗人心怀家国,忧心如焚,视国都为故园,以天下为己任,一片赤诚,一腔忠诚。诗人心中,家国一体,天下为念。

今天是个好日子,九九重阳,登高望远,饮酒赏菊,亲人团聚,安享天伦。可是,对于逃难中的诗人来说,对于失去故园的岑参来说,泪如江河决堤,奔涌而下,心如利箭穿过,滴血不止。哪里还有心思欢度佳节?哪里还能安享天伦之乐?只能是为难自己,勉强登高,只能是忍住痛苦,借酒浇愁。此番登临远眺,望不见故园亲眷,望不见国泰民安,战火硝烟不时从眼前飘过,刀光剑影不时在眼前闪现,隆隆炮声不时传入耳中,鬼哭狼嚎令人惊悸。诗人久久站立，面色凝重，目光恍惚，心绪纷乱。一个"强"字，道出了无奈与挣扎，道出了落魄与凄清。一个"欲"字，将行未行，想去不去，非常矛盾，非常痛苦。这个节日不属于诗人，这片江山不应该遭此浩劫。

诗人需要驱愁解闷，诗人需要自我安慰。本来也是，家国天下，万象纷纭，你一介书生，一位小官，能管得着吗？是你的责任吗？你可以事不关己，高高挂起，你可以饮酒赋诗，风雅潇洒，你可以与世沉浮，俯仰随人。可是，岑参做不到，他早已把自己的荣辱安危融进了家国天下。

他想喝酒，他太需要大醉一场，没有亲人朋友相伴不要紧，没有美味佳肴享用不要紧，哪怕自己一个人，也要喝个酩酊大醉，才好发泄满腔忧愤与愁苦。可是，就连这个渺小的愿望也难以实现。诗人想起了东晋大诗人陶渊明。也是重阳节，也是落魄潦倒，几乎无以为生，陶渊明独坐宅边篱丛，独赏迎风绽放的菊花，久久无语，暗自伤神。凑巧，陶渊明的朋友王弘抱着一大坛酒来，两人忘却一切，开怀畅饮，大醉而散。相比陶渊明，岑参更显悲惨。陶渊明还有朋友送酒来，还有朋友陪伴，我岑参却是身处战乱年月，落魄艰难，无以为伴。我能怎样？我又有何资格要求怎样？乱世年月，战火不息，社会动荡，每一个人都和这个国家一样艰难不易。

诗人心中，装着国家，装着故园。诗人更明白，叛军起兵，攻城略地，长驱南下，很快就攻陷了大唐帝都长安。铁骑所到，硝烟滚滚，生灵涂炭，哀鸿遍野。美好江山落入敌寇手里，万千黎民遭受战火洗劫。国将不国，十万火急。可是，只是担忧有何作用？只是义愤又有何作用？大唐衰微，不在一日，长期使然。如今这样，只能面对，只能等待时机，切盼大唐凝聚军心，重振雄风，挽狂澜于既倒，救万民于水火。

诗人的心早已飞越万水千山，飞临帝都长安。那里发生了什么？那里谁在猖狂？不言而喻，触目惊心。一幅幅画面浮现诗人脑海：帝都长安，战火纷飞，浓烟滚滚，血染天街，尸横遍地；断垣残壁，随处可见，丛丛菊花，悄然绽放。烽烟抹不去菊花的亮丽，战火烧不尽旺盛的生机。何等亮眼，何等俊俏！

只是，在诗人看来，秋菊如人，岁月流逝，那些生于斯、长于斯的人们纷纷离开这里，留下孤独绽放的菊花，人思念菊，菊怀想人，遥隔千里万里，相思滔滔如河。诗人怜惜朵朵菊花，诗人忧虑芸芸众生。诗人望眼欲穿，何日平胡虏，长安万姓欢？一个"遥"字写尽了天遥地远，写尽了透骨相思，写尽了和平祈盼。一个"菊"字增加了节日的苍凉，流露出诗人的悲凄，折射出故园的惨淡。没有人懂得绽放在战场上的菊花何以如此凄艳，没有人懂得远离故园的诗人何以如此惦念远方的秋菊。那是朵朵凄艳，更是朵朵相思，它们绽放枝头，更是绽放在诗人心间。

若干年后，有一位伟人写下这样的词句：

人生易老天难老，岁岁重阳。今又重阳，战地黄花分外香。一年一度秋风劲，不似春光。胜似春光，寥廓江天万里霜。（毛泽东《采桑子·重阳》）

两首诗词均写重阳秋菊，相对而言，岑参的秋菊显得凄艳惨淡，悲情浓重，因为诗人忧念时局，心怀家国；毛泽东的秋菊显得热烈劲爆，生机勃发，因为伟人如鹰击长空，心怀壮志。一样的菊，一样的天，只是时过境迁，世易时移，不同的心怀就有不同的情志、不同的感触。比照参读，各臻其妙，各显风采。

相逢无语共凄凉

——杜甫《江南逢李龟年》赏读

大千世界，人海茫茫，人与人相遇相知的缘分的确少得可怜，有人估算是十二万分之一。中国有句老话说，百年修得同船渡，千年修得共枕眠。我想说，天地之间，两个人，不管是同性之间还是异性之间，相遇总是奇妙的，总是令人感慨万千的。由不得你，命中注定，相遇的还得相遇，无缘的还是无缘。唐代大诗人杜甫和大音乐家李龟年之间的因缘就是如此。青少年相遇，志得意满，雄视天下。十几年分离，各奔东西，辗转流离，尝尽苦头。中老年相遇，相对无言，感慨唏嘘。两个人，见证岁月沧桑巨变，两个人，目睹一个王朝兴衰荣辱，万千滋味全在诗中表现无遗，万千风云全在相遇时一一呈现。杜甫有心，世事无情，诗人用深沉凝重的笔触写下了落魄相遇的感慨和悲喜，其诗《江南逢李龟年》如此记录：

岐王宅里寻常见，崔九堂前几度闻。
正是江南好风景，落花时节又逢君。

江南是个好地方，"日出江花红胜火，春来江水绿如蓝"。江南总是伴随烟雨凄迷，绿柳垂丝，留下太多缠绵悱恻，太多幽怨相思。可是，诗人杜甫却没有那么浪漫，没有那么风流。他真切地记得那个时代，那段风云。自己是才华横溢，壮志凌云，经常出入王公大臣府邸，吟诗作对，一展才情，口吐莲花，语惊四座，受到隆重礼遇，享受万千尊荣。那是开元盛世，那是春风得意。也正因为如此，他遇到了李龟年，大红大紫、万人崇拜的音乐家李龟年，李乐师可是经常出入豪门大户的。岐王也罢，崔府也罢，均是富可敌国、大权在握的巨宦，说句话就可以让风云变色，打个喷嚏就可让大地抖动的人物，多少人挖空心思，钻营拍马，接近他们，谄媚他们，期盼凭借青云，飞黄腾达。青年杜甫，青年龟年，一个开口咏凤凰，一个挥手遏行云，一个诗意凌天地，一个声情动神州，出入豪门，咏唱吟对，无人能及，无与伦比。何等风光，何等荣耀！

岐王宅里，经常见到；崔九堂前，几度听闻。李、杜两人不以为奇，习以为常。他们共享达官显贵的邀请礼遇，他们共享大唐盛世的无限风光，他们也共同见证一个王朝的欣欣向荣，蒸蒸日上。人还年轻，激情澎湃，志向高远，对未来、对国家，充满了信心，充满了希望。

可是，风云变幻，世事难料。大唐王朝历经安史之乱，日渐走向衰微，诗人和乐师也与这个王朝一道颠沛流离，风雨飘摇。杜甫辗转漂泊到潭州，"疏布缠枯骨，奔走苦不暖"，晚境极为凄凉；李龟年也流落江南，"每逢良辰胜景，为人歌数阕，座中闻之，莫不掩泣罢酒"（《明皇杂录》）。同是天涯沦落人，同忆京城繁华日，天涯人对天涯人；同叹年华付流水，苦情人对苦情人；同叹处境悲凉，断肠人对断肠人；同滴辛酸泪，流泪人对流泪人；同望江南落花，寂寞人对寂寞人。江南相逢，如梦似幻，亦真亦假，将信将疑。两个人恍恍惚惚，感慨唏嘘。

江南暮春，草长莺飞，姹紫嫣红，五彩缤纷，富丽繁盛，本是欢欣愉悦之景，可是李、杜无心赏景，无语悲伤。他们眼中，百花渐渐凋谢，草木慢慢暗淡，春天离人而去。久久凝视，神思纷飞。也许想到了自己出口成章、妙语连珠的风光，也许想到了自己清歌一曲、掌声雷动的辉煌，也许想到了自己才华横溢、名动京师的声誉，也许想到了自己车马衣冠、轻狂过市的威风……繁华富贵如烟云，人间正道是沧桑。看如今，颠沛流离，落魄潦倒。才华无用，诗章多余，音乐悲凄，青春老去。那些艳丽反衬出人心的憔悴，那些风光反衬出今日的凄凉，那些兴盛繁华反衬出帝国晚景的暗淡衰颓。

没有人能够阻挡一个王朝的衰颓，没有人能够阻挡风雨飘摇。那些江南风光，旖旎在亭台楼阁、水榭歌台，那些鲜艳的花朵，绽放在皇宫御苑、古道荒郊，可是，没人欣赏，无心欣赏。花自伤心水自流，荣辱贵贱烟云间。

杜甫吟诗，呕心沥血，含恨带愁。龟年放歌，悲悲戚戚，哽咽成曲。像《长生殿·弹词》中李龟年所唱的"当时天上清歌，今日沿街鼓板"，"唱不尽兴亡梦幻，弹不尽悲伤感叹，凄凉满眼对江山"。远去了，青春风华；远去了，歌吟动地；远去了，大唐盛世。一首绝句，万般深情，家国身世，时局动乱，人生坎坷，世态炎凉，无不包蕴其中。

一次相逢，见证人生世态；一次叹惋，折射时代风云；一场沉默，暗含悲喜忧乐。于是，我们记住了那个春天，那场相遇。

故园东望路漫漫

——岑参《逢入京使》赏读

王维送别朋友元二出使安西，苦苦挽留，深情咏唱得诗一首《送元二使安西》：

> 渭城朝雨浥轻尘，客舍青青柳色新。
> 劝君更尽一杯酒，西出阳关无故人。

朋友此去是阳关以西，大漠戈壁，穷荒绝域，说不准就有可能一去不返，长留塞外。因此王维一杯接一杯劝酒、敬酒，盼望延宕离别的时间，让自己能和朋友多待一会儿。阳关以西，边关塞外，行人稀少，形势危急，元二此去，远别朋友，远离亲人，远隔故园，自然免不了思乡怀亲，念友恋旧。

和元二只身远行，奔赴边关相比，岑参则要幸运一些，也要脆弱一些。天宝八载（749），岑参第一次远赴西域任职，告别长安妻儿子女，父母双亲，单枪匹马，踏上征途。黄沙漫漫，尘土飞扬。一路荒芜，一路思乡。途中忽然邂逅一位相识的使者，凑巧使者奉命返回京师，岑参托使者给家人捎去问候，报个平安。随口吟诵出一首《逢入京使》，抒写自己的愁苦乡思：

故园东望路漫漫，双袖龙钟泪不干。

马上相逢无纸笔，凭君传语报平安。

不知西行多远，不知过了多久，诗人有幸邂逅故旧，翘首东望，长路漫漫，不禁愁涌心怀，老泪纵横。好久没有看见故园，好久没有团聚亲人，好久没有晤谈朋友。这一刻，面对入京使者，面对故园相识，诗人岑参浮想联翩，感慨万千。这一望，望穿时空，神驰千里。这一望，儿子思念父母，父亲怀想儿女，丈夫惦念妻子。那些熟悉的山水渐渐远去，那些亲切的面容渐渐模糊，那些温馨的场面渐渐暗淡。

诗人才华横溢，志存高远，西行就职，期盼建功立业，名留青史。但是，诗人也是血肉之躯，也有儿女亲情。这个时候，格外想家，格外难舍。复杂的内心，深刻的情思，交织在一起，化作倾盆泪雨，稀里哗啦，淋漓尽致。诗人写自己，双袖擦拭泪水，衣衫沾湿浸透，用笔夸张，情真意切。岑参听闻使者返京，回归故园，怎能不向往，怎能不羡慕呢？

泪水为故乡而流，泪水为远方而洒，泪水为自己而下。

读到这些眼泪湿透衣襟的句子，不能不动容，不能不震撼。想想吧，热血男儿，志在四方，仗义远行，谋取功名，何等豪迈，何等威武。可是，还能如此心思绵密，情意深长，思家念亲，眷恋故园，多么真诚，多么率性。回首当今社会，更多的人追逐权力与地位，贪慕金钱与美色，整天挖空心思，钻营拍马，忘记了故乡，疏远了亲人，泯灭了良知。心灵变得僵硬而粗糙，情感变得冷漠而自私。和思乡流泪的岑参相比，活着无情无义，交往唯利是图，追求劳心劳力，太浮泛，太浅薄，也太变味了。这是我们需要的生活吗？

岑参泪眼婆娑，感慨唏嘘，有太多的话要向故乡倾诉，有太多的思念要向亲人表达，有太多的艰难需要朋友排解，可是，行军中途，马上相逢，匆匆一别，无纸无笔，无墨无砚，何以倾诉？何以表达？千言万语一句话，请您帮我捎去对亲人的问候，请您告诉我的亲人一切平安吧。浓缩就是精华，平淡才见真情。简简单单一句话，说在一路西向、黄沙漫漫的征途上，说在风尘仆仆、马不停蹄的关键时刻，具有特别的情味，丰富的含义。要问千秋百代之后的你我读出了什么意味和含义，一千个读者有一千个哈姆雷特，你能想象多远，你就能理解多深。诗无达诂，众说纷纭，这也许就是诗歌的一种魅力吧。

换个角度看看，假设诗人身边带纸带笔，立即下马，倚马千言，信笔滔滔，事无巨细，一一呈现，情意虽然真切，滋味即刻减少。于诗歌而言，贵在含蓄，以一当十，岑参一句报平安，平平淡淡，简简单单，浓缩万千情意，凝聚刻骨相思。于诗人而言，走马西行，匆匆忙忙，来不及多说，不可能书写，一句话足以表达最想表达的情意。

唐代诗人张籍的《秋思》也是抒写自己对故乡家人的思念："洛阳城里见秋风，欲作家书意万重。复恐匆匆说不尽，行人临发又开封。"和岑参境况不同，张籍客居洛阳，目睹秋风渐起，触动思乡情怀，下笔千言万语，诉说刻骨乡思，唯恐言语不尽，情意不达，临到捎信人要走的时候，又拆开信封，添加几句。万千言语就能表达诗人的万千情意吗？永远不可能，语言在真情实意面前，永远是落后的，甚至是苍白的。不过，张籍的感人之处在于一个细节，临行开封，折射出深重情意。相比而言，岑参的传语平安，要言不烦，胜过千言万语，情意丰富无限。两位诗人，两种情境，异样方式，一样乡思，一样感人。

天下谁人不识君

——高适《别董大二首》（其一）赏读

朋友之交，不在权位财富，美色佳肴，而在心志情趣，胸襟气度；朋友之交不在礼尚往来，追腥逐臭，而在志存高远，惺惺相惜。朋友之别无须儿女情长，哭哭啼啼，只要心怀赤诚，彼此感念，纵然天南地北，也是心为比邻。喜欢那些大气磅礴、豪迈旷达的送别诗，欣赏别人的离别，感悟别样的情怀，陶冶情操，砥砺品行，善莫大焉。读边塞诗人高适的名作《别董大二首》（其一），心神振奋，气血喷涌，胸怀开阔，见识高远。涵泳咀嚼，余味无穷：

> 千里黄云白日曛，北风吹雁雪纷纷。
> 莫愁前路无知己，天下谁人不识君？

人生在世，朋友一场，聚少离多，免不了悲凄难舍，免不了愁苦忧念。可是，高适不是这番情怀，他送别好友董大，不择时机，不选地点，不讲礼俗，完全一腔真情，一片赤忱。朋友要走了，走得很远，以至于高适根本不知道何处是归宿。只晓得送别那天，落日黄云，大野苍茫，日暮时分，北风呼啸，大雪纷飞。遥空断雁，出没寒云。一幅辽阔苍茫、雄浑壮观的图景呈现在诗人和朋友面前。

人置身其中，很容易产生两种极端的感觉。要么觉得天高地远，人生渺小，犹如沧海一粟，蜉蝣一瞬，无奈，无助，苍凉，悲观；要么觉得自己心怀天地，气冲斗牛，放眼家国，豪情顿生。前一种感觉可以从长空孤雁中感受到。想想看，一只离群的大雁，在无垠高天之下，在夜幕降临之际，在风吹雪舞之中，艰难飞行，找不到方向，失去了团队，多么可怜，多么悲凄。等待它的只能是无边的黑暗和风雪的冷酷。雁犹如此，人何以堪？朋友一走，天遥地远，两处孤独，一样茫然，岂不如离群大雁，形只影单，茕茕孑立吗？白日暗淡，比白日更暗淡的是离别朋友的心灵；风雪寒冷，比风雪更寒冷的是孤寂的心灵。

后一种感觉可以从空间阔远中感受得到。想想看，黄云翻滚，千里弥漫，夕阳西下，天光惨淡，北风凛冽，大雪纷飞，何等壮观，何等雄浑，这是天地巨画，这是自然奇观。更让人震惊的是，一只孤雁不畏风雪，无惧黑暗，迎难而上，努力追寻自己的方向。诗人笔下的风光景物，从来都是诗人情怀趣味的生动写照。于诗人高适来看，胸襟开阔，视野辽远，心志高迈，情操高洁；于朋友董大来看，意志坚强，心怀旷远，精神健旺，斗志昂扬。只是不知道，迎接董大的将是怎样的人生挑战。

不管是哪种理解，诗人白描景物，投射情意，诗句给人的总体感觉就是悲而能壮，哀而不伤。唯有襟怀博大、气度豪迈之人，才能写出如此恢宏壮观、大气磅礴的句子。风云为朋友离去变色，天地因朋友离去无光，真挚的友情弥漫天地，充斥昼夜，博大如天，深厚似海。我相信，这样的朋友是有层次、有境界的。高适和董大应该就是那种达到了天地那般辽远博大境界的大朋友、真朋友。

朋友的离去不可阻挡，心中泛起的忧愁挥之难去。别者万般不舍，深情款款；送者千言万语，忧念牵挂。好在诗人通达洒脱，情怀超迈，脱口而出，劝慰朋友：不要担心前路茫茫，世无知己；四海之大，谁不识君？言外之意是，朋友，你大可放心前行，大胆闯荡，开创出自己的一片天地来。笔者喜欢高适这些高亢豪迈的句子，风神爽朗，激励人心。大道如青天，前程似繁花。天地是舞台，朋友是主角。你的梦想有多大，你的世界就有多大。挥洒你的才情，驰骋你的梦想，我在远方默默为你祈祷，为你祝福，为你喝彩。这个世界所有的人们都在欣赏你的风采，你的才华，还有你即将取得的辉煌成就。不要学儿女情长，悲悲戚戚，不要学井底之蛙，鼠目寸光，不要悲愁叹苦，最艰难的处境更能磨砺意志品格。要胸怀坦荡，志存高远，要高歌猛进，一往无前，要千里驰骋，卓越有为。

一次送别，将空间拓展至千里万里，借风雪造势；一番劝慰，将千万人拉扯进来，借天下励志；一场朋友，将满腔情意和盘托出，借送别抒怀。高适交友，用心良苦，用情真挚，用神专注。吟咏歌唱，荡气回肠，震撼心灵，感人肺腑。

山里风光山里情
——张旭《山中留客》赏读

诗人总是多情率性，浪漫风趣；诗人总是高洁不俗，妙想迭出。就拿待人接物、挽留客人来说吧，唐代诗人张旭一首《山中留客》可谓奇思妙想，引人入胜，多情善感，真挚动人。诗歌如此描写道：

> 山光物态弄春晖，莫为轻阴便拟归。
> 纵使晴明无雨色，入云深处亦沾衣。

诗人隐居山中，远离尘俗，无缘名利，少有交接世俗，少有朋友来往。如今，来了朋友，来者不俗，诗人当然格外高兴，竭尽山主之谊盛情接待。没有山珍海味，没有美酒佳肴，因陋就简吧，到自家菜园子摘几把水灵灵的韭菜，来一道韭菜煎鸡蛋；摘两个黄瓜，切片，凉拌，味道甜丝丝的；再来一盘花生米，炒熟炒脆，幽香扩散；就着粗糙米酒，两个朋友举杯畅饮，话语滔滔。类似孟浩然的《过故人庄》："开轩面场圃，把酒话桑麻。"何等逍遥惬意，何等浪漫好玩。

其实，山中交游如果仅仅停留在举杯畅饮这个层面上，也许并无多少奇特与生动之处，诗人就是诗人，敢想善想，妙想天成。也许两人喝得酒酣耳热，醉意朦胧，到时间了，朋友要走。诗人急忙劝住，千万别忙，随我走走，欣赏欣赏我家山里风光，或许你会安心留下来。

于是，我们看到，两个朋友，趁着酒兴，带着诗意，脚步轻快地走进山里。时间恰逢春天，天光明媚，万木吐绿，生机勃勃。黄鹂一身靓装，站立枝头，引吭高歌，声音清脆悦耳，姿态安闲自在。石榴花一大片一大片，散布密林，火红灿烂，熠熠生辉。山泉轻快跳跃，一路欢歌，说不出有多兴奋，有多惬意。小溪旁，密林间，突然蹦出一只野兔，毛茸茸的，像一个毛线团，胖墩墩的，模样实在可爱……

山中是一个热闹而欢乐的世界，山中更是一个充满活力的世界。有心的朋友，你是否读到了什么？人活一世，不也应该如此自由随性，逍遥自在吗？这里不同于名利场，尔虞我诈，追腥逐臭，仰人鼻息，百般谄媚；这里不同于繁华处，车水马龙，人流如织，喧嚣乱耳，繁杂乱心。这里清静、自由、安宁、闲适，这里是诗人的理想世界。诗人用一个"弄"字来表达抑制不住的欢悦和欣喜。你看看，万物沐浴春晖，万物呈现生趣，万物展示美丽，多么和谐，多么活跃。

　　天空掠过几朵浮云，阴晴不定。看样子，似乎要下一场小雨。朋友有些着急，有些担心，这一路怎么回去？又到哪里躲雨？春雨来临，丝丝缕缕，绵绵密密，不像夏雨噼里啪啦，倾盆而下，将人淋得像个落汤鸡，但也会慢慢让人衣襟沾湿，肌肤不爽。还是趁早回去吧，朋友动摇了，兴致有所减少，情趣变得淡泊。诗人更着急，脱口而出，不要担心，不要着急，不要回去，再随我走走，你会看到另一番幽美的风景，你会体验到另一种新奇的感受。朋友是个性情中人，也是个诗意浓郁的人，不用说，自然是留下来，继续游山，继续赏玩。

　　诗人带着朋友，一边走，一边说，你不是担心下雨不方便吗？这样的天气，即便不下雨，天空晴明，我们走幽谷，临溪涧，穿山径，登山巅，无不凉意浓浓，沾湿衣襟，无不丝丝清凉，清爽肌肤。想想看，多么舒服，多么惬意。平日里忙这忙那，朋友，你难得到此一游，更难得体验到大自然给予你的这份清幽啊。人在山巅走，云在身边游，如梦似幻，如烟似雾，缥缥缈缈，身心轻快。没有登临绝顶、俯瞰云海的经历，哪有如此奇妙的体验？没有高洁脱俗、超迈离尘之心，哪来如此轻狂的梦幻？诗人是在假设一种诗意，诗人更是在表达一种体验，他希望用这份奇妙的体验，这份奇特的风景，吸引朋友，感动朋友。用心良苦，一如山间清泉，滴滴滋润朋友的心田。

　　笔者想起了王维《山中》中的"山路元无雨，空翠湿人衣"。穿行山中，苍松翠柏，郁郁葱葱，青翠欲滴，清凉如水，似乎衣襟沾湿，肌肤潮润，这是诗人的一种错觉，一种幻觉，非常奇妙。张旭诗中表达的则是另一种感受，雾锁青山，人轻如烟。笔者又想起了杜牧《山行》中的"远上寒山石径斜,白云生处有人家"。一条石径,蜿蜒山腰,迤逦而上,通往一户人家。人家周围,白云缭绕,飘飘袅袅,风姿绰约。杜牧用"生",状写白云升起、轻盈缥缈的动态美。张旭用"深",状写云雾浓重、缭绕行人的静态感受,动静不同,各见其妙,各显风流。

张旭的朋友自然没有走,依然兴致勃勃,沉浸在诗人和山水带入的境界之中。时过千年,地隔万里,我们无缘拜访张旭的山居,无缘陪同诗人巡游山水。但是,我们依然感动、依然神往那份山水、那份宁静,还有那份出自内心的对于山水的深爱。

落花不是无情物

——孟浩然《春晓》赏读

诗歌是一杯茶,越泡越香,沁人心脾;诗歌是一杯酒,越喝越醇,耳热心跳;诗歌是一朵花,芬芳艳丽,香远益清;诗歌是一泓泉,清灵剔透,滋润人心;诗歌是一株绿,生机勃发,苍翠迷人;诗歌是一团云,缥缈变幻,引人入胜。我乐意用世界上最瑰丽的想象、最美丽的言词、最真诚的情意,来表达自己对诗歌的倾心和痴迷。读大诗人孟浩然的经典绝唱《春晓》,心驰神往,心旌摇荡,思绪万千,心胸豁然。诗人不仅仅是写诗,更是在倾诉一种优雅、高贵的生活方式。我需要随诗人一道沉睡山居,闻鸟早起,观花赏草,游山玩水,感念花草,默想人生。一起听听这些干净、纯粹的句子:

春眠不觉晓,处处闻啼鸟。
夜来风雨声,花落知多少。

　　来一场酣睡，忘怀尘世，褪去功名，清净耳根，洁净心灵。梦游山水，赤足清泉，任潺潺清流滑过脚踝，看多彩蝴蝶翩翩飞舞，闻淡淡花香沁人心脾，说不出内心的宁静和舒坦，道不尽生活的简单和雅致。或者，像庄子那样，轻盈飞扬，遨游天地，时而流连小桥流水，杨柳青烟；时而青睐青枝绿叶，花草芬芳；时而飞越秀丽峰峦，如伞墨绿；时而穿行幽林小径，柳暗花明。酣梦不醒，沉醉山林。及至醒来，恍恍惚惚，晕晕乎乎，不知我是蝴蝶还是蝴蝶是我。

　　梦会醒来，好景难在。但是，梦醒有千万种方式，可以是为权力官位醒来，可以是为发财富贵醒来，可以是为爱情降临醒来，可以是为朋友欢聚醒来，可以是为生死安危醒来，可以是为油盐柴米醒来，凡此种种，数不胜数。

　　但是，浩然诗中却别出心裁描写了一种美梦醒来的奇特方式，那就是满山淘气小鸟叽叽喳喳、吵吵嚷嚷，惊醒了诗人，打破了美梦。天空放亮，诗人不觉；太阳进屋，诗人不觉；花影入帘，诗人不觉；照样鼾声轻作，照样美梦连连。一旦一鸟先鸣，百鸟相和，山林之间，屋内屋外，鸟声鼎沸，热热闹闹，诗人就醒来了。

　　太熟悉、太习惯了，诗人似乎和这些可爱的山鸟有个约定：你们这些淘气的小精灵，可不许一味纵容主人睡懒觉，到时候记得一定叫醒主人。小鸟呢，规规矩矩，按时叫早，按时歌唱，欢欢喜喜，高高兴兴，迎接山居主人的醒来。主人游山玩水，小鸟一路陪伴，欢唱其后；主人下地锄草，小鸟翻土啄虫，忽左忽右；主人闲坐庭院，小鸟不时靠近，点头示意。人与鸟，山与水，树与花，相亲相悦，和谐一体。这就是诗人的归宿，这就是人生的最高境界。人来自于自然，终究要回归自然。小鸟唤醒诗人，也唤醒糊涂的我们。

　　诗人高兴，醒来有山鸟相伴，游玩有花草相随，登高有松林撑伞，休憩有石崖依靠，留恋山水，悠游自在。不要去算计钱财功名，不要去观察别人眼色，不要去俯就世俗偏见，一切随心随性，一切自自然然，一切坦坦荡荡，活得自由，活得滋润，活得精彩。每个人对幸福的理解不一样，但是有一点是共同的，那就是过自己想要的生活，按自己内心的声音来生活。

　　因为热爱，所以执着，所以伤感；因为散淡，所以快意，所以牵念。一场风雨之后，一场黑暗之后，诗人还是担心那些花花草草，那些陪伴身边的小猫小狗。花草有生命，花草美如画，小猫通人性，小狗很善良，诗人和它们朝夕相伴，习性相通，算是老朋友了，一旦有个什么风雨冰雪，诗人怎能不牵挂、不惦念呢？多愁善感的诗人，到院子里转一转，到菜园边走一走，到屋前屋后看一看，发现那些美丽的花草凋谢了不少，摧残了不少，很痛心，很惋惜。都怪可恶的风雨，怎么如此无情，如此狠毒，活生生将花草摧毁！诗人一朵一朵地数，一株一株地算，就像清点自家珍宝一样，非常郁闷，非常无奈。小鸟只顾欢唱，不懂诗人的心酸；溪流自个跳跃,不懂诗人的沉闷;小狗照样摇头摆尾,不懂诗人的沮丧。那一地碎花,伤痕累累,奄奄一息,很凄美,很苍凉。诗人眼睁睁看着,无可奈何。

花草的美丽与生机,很容易触动人们的心弦。一切生命都是相通的,一切美丽都是有限的。诗人叹惋,我们感慨,花草凋谢美丽,时光流逝青春,美女褪去红颜,理想折腰现实,美梦遭遇冰川……世间美好的东西,该来的会来,该去的会去,不可抗拒,亦不可勉强。

登高望远天地阔

——王之涣《登鹳雀楼》赏读

有一位诗人,胸怀宽广,气度豁达,心神振奋;有一首诗歌,气魄宏大,视野辽远,情志超迈;有一种人生,昂扬奋进,锐意进取,一往无前。拜读王之涣的大作《登鹳雀楼》,笔者每每情思激越,气血冲动,心神亢奋。王大诗人实在伟大,简简单单二十个字,张扬至大至刚的浩然之气,坦露至真至切的拼搏心声,展示高远辽阔的人生情怀,深深震撼心灵,久久激励读者。诗歌的诞生也许源自诗人一次普通的登楼行动,但是情思的蕴育却是厚积薄发的结果。诗歌是这样写的:

白日依山尽,黄河入海流。
欲穷千里目,更上一层楼。

诗歌离不开风景,风景离不开心灵。每一片风景后面都有一颗善感的心灵。王之涣登楼,不知是何原因,选择了一个黄昏降临、天地暗淡的傍晚,选择了一种孤独攀登、艰难欣赏的形式,选择了一个视界辽远、山水相连的楼阁。诗人有眼福,有限的时空足够他尽情饱览壮美河山。太阳慢慢沉落西山,天地渐渐暗淡下去。颜色由火红灿烂变至粉红浅淡,再到淡红稀薄,最后消失在天地之间。山峦形状，先是粗犷壮大，再就柔和秀丽，最后消融于黑暗之中。夕阳是一位丹青妙匠，挥动如椽画笔，涂涂抹抹，简单勾勒，一幅美妙的夕阳落山图景呈现在诗人眼前。

白日放光，耀眼闪亮，给人以热烈火爆、激情似火的感觉。白晃晃，亮闪闪，灿烂你的双眸，澎湃你的心血。王之涣身逢盛唐，才华横溢，自信满怀，积极奋进，多彩辉煌的人生在等待着他，宽阔辽远的社会大舞台在等待着他。笔者相信，他看到的太阳是"白日"，是闪亮，是灿烂，是希望。满目辉煌刺激诗人双眸，激动诗人心弦，诗人久久注视，细细品味，品味天地夕阳，品味万丈光芒。一个"尽"字活现夕阳落山，渐渐消失的动态，更见诗人聚精会神，有滋有味的神情。

极目向东，是黄河远去，奔腾咆哮，滔滔入海。九曲回环，绵延万里，由西向东，横亘大地。夕阳映照，天宇映衬，大地烘托，黄昏打底，形成一幅辽阔壮观、气势磅礴的图景。什么样的胸怀容纳什么样的风景，什么样的心灵感应什么样的生命。我相信，王之涣看到如此雄奇的景象，一定激动不已，一定心花怒放。敞开心胸，释放能量，目击云天浩渺，心纳天地万象，神飞万水千山，气盖惊涛骇浪，宛如一个巨人，顶天立地，雄视八方。盛唐呼唤巨人，诗人自信膨胀，精神横扫千军。多么激越的情思，多么振奋的格调。鹳雀楼自从有了王之涣这一眺，流芳千古，扬名天下。

　　目光随白日而灿烂，心灵随黄河而波动。诗人站立高楼，极目远眺，万分激动，感慨不已。他看到了夕阳的消失，时光的陨灭，他看到了黄河的奔腾，空间的无限，巨大的时空构成巨大的张力，挑战诗人的目力，激励诗人的心志。人生天地，在万古如斯的时间面前，在无限辽远的空间面前，实在是太渺小、太卑微、太短暂了。然而，也正因为如此，人才要倍加珍惜生命，珍惜时光，要施展才情，激活潜能，开创事业，铸就辉煌。

　　诗人突然顿悟，人生如登楼，人生如夕阳放光，人生如黄河入海，需要激情，需要梦想，需要能量。要想极尽目力，视通万里，要想居高临下，俯瞰众生，必须更上层楼，必须努力攀登。登楼有尽头，登高有限止，可是人生追求，人生境界，永远高高在上，难以穷尽，永远激励信心，昂扬斗志。

　　青年杜甫，24岁游览五岳之尊——泰山，激情赋诗："会当凌绝顶，一览众山小。"（《望岳》）孔子登东山而小鲁，登泰山而小天下。自信的人总是热血沸腾，豪情万丈，艰苦攀登，征服困难，将泰山踩在脚下，将天地放在眼底，将困难击得粉碎。王之涣比孔子、杜甫要含蓄一点，深沉一点，但是，登楼远眺，却也将高歌猛进、一往无前的人生风范展露无遗。

　　天还是天，地还是地，黄河还是那条黄河，夕阳还是那轮夕阳。王之涣站在楼上，放宽眼量，敞开胸怀，他看到了山河的无边无际，他看到了时空的无穷无尽，他看到了运动的无始无终，他看到了前程的无边无量。人生如登楼，需要王之涣那样的胸怀、气度和眼光，需要天地山河那样的境界、风范和精神。

每逢佳节倍思亲
——王维《九月九日忆山东兄弟》赏读

俗话说，在家千日好，出门时时难。难在方言各异，沟通不便；难在习俗不同，难以适应；难在饮食差异，胃口不合；难在举目无亲，形单影只；难在朋友稀少，孤独寂寞；难在异地他乡，漂泊不定。千难万难，归结为思乡，归结为怀亲。青年王维，年仅十七岁就远离家乡、远离亲人，漂泊异地，谋取功名。当年重阳佳节，天高云淡气清，诗人兴致勃勃，决定登高望远，祈福远方，遥念亲人。有感兄弟分离，相聚无缘；有感只身流离，前途未卜；有感人生艰难，世事难料，挥笔写下了千古名作《九月九日忆山东兄弟》，表达自己的复杂情思：

  独在异乡为异客，每逢佳节倍思亲。
  遥知兄弟登高处，遍插茱萸少一人。

  人对于故乡的感情总是十分奇怪的。居家日子，天天团聚，形影不离，不会思念亲人，不会怀想故乡，甚至不会滋生强烈的关爱亲人、爱恋故园的情怀。想想看，屋前屋后，谁会有心有意计数有几棵树，有几种花，有几株草？谁会留意屋后鱼塘有几尾轻盈游动的小鱼？谁会关心屋前枣树何时开花，何时挂果？谁会谛听自家牛栏里的小牛哞哞大叫？谁会留心喜鹊站立枝头报喜还是报忧？谁会发现慈祥老母头上悄然增多的白发？谁会留心老迈父亲脸上渐渐凸显的沟沟壑壑？谁会有滋有味陪着小孩儿玩泥巴、晒太阳？……习以为常，习焉不察，甚至觉得这就是生活，理所当然，与留意无关，与感情无关。

  一旦离开家门，辞别亲人，远走他乡，思念之情日益浓烈，回乡之念愈发增强。尤其是人生失意、坎坷难过的时候，心里特别怀念亲朋好友、父母双亲、兄弟姐妹。司马迁有言："人穷则反本，故劳苦倦极，未尝不呼天也；疾痛惨怛，未尝不呼父母也。"（《屈原列传》）青年王维，离开父母，辞别兄弟，闯荡世界，打拼功名，肯定遇到诸多不如意、不顺心的事情，加上又是重阳佳节，心里自然格外思家念亲。想向父母倾诉遇到的困难挫折，想向兄弟请求帮忙分忧，想早日回家与亲人团聚。可是，人在江湖，身不由己，只能一人漂泊、寄居异地，只能一人登高过节。诗人感触真是太敏感、太强烈了，两个"异"字触目惊心，耸人听闻。何为"异"？字面意思是不同，深究则痛心。想想吧，一切不同于家乡，一切均不习惯，无以为伴，无处安心，无人倾诉，所见所闻，所思所感，全是凄凉，全是孤寂。任凭男儿何等坚强，想来也抵挡不住乡情的折磨。泪水稀里哗啦流个不停，谁能安慰？

　　诗人特意提及自己的身份境遇，异乡异客，孤身一人，又逢佳节，漂泊流离之苦，思家念亲之愁，无人相处之恨，全在诗句当中流溢出来。王维曾经在另一首诗中也表达过思乡之情："君自故乡来，应知故乡事。来日绮窗前，寒梅著花未？"（《杂诗三首》其二）故乡事千千万万，诗人只问自家屋前寒梅是否开花，一枝独秀，涵盖复杂情思，留下悠悠余味。味同咀嚼橄榄，满嘴清甜，余香不断。与此诗相比，王维在《九月九日忆山东兄弟》中则直言不讳，吐尽乡思。一个人只有在情感强烈，情绪激动，不能自已的时候，才会不假思索，脱口而出。想家就是想家，不需要艺术遮掩，不需要含蓄深沉，表达出来就是。也许这种直抒胸臆的方式，才更能安慰诗人愁苦的心。

　　诗人想到，家乡的兄弟们这个时候或许正在登高远眺，问安亲人，祈福亲人。他们结伴同行，佩带茱萸，突然发现少了一人，那人原来就是流离天涯的诗人自己。兄弟们细心、敏感，有情有意，不忘兄弟。他们在遥远的故乡为诗人祝福，为诗人祈祷。他们心中同样泛起强烈的思念。多少年了，儿时玩伴，跑遍了故乡的山山水水，爬遍了故乡的沟沟坎坎，看尽了故乡的花花草草，也习惯了父老乡亲的言语举止。可是今天，有一个人离开了他们，不像以往那样与他们一起欢乐，一起玩耍，一起劳动，他们心中格外想念这位好兄弟。

思念像秋风，吹遍天涯海角，吹遍兄弟流落的每一个地方。思念像明月，银辉四射，洒满每一座山峰，洒满每一处驿站。诗人想念兄弟，兄弟想念诗人，遥隔千里万里，跨越三年五载，心中乡情不断，心中亲情愈浓。几株茱萸，散发清香，祛除邪气，给诗人带来健康好运，也给兄弟们带来吉祥如意。香味随风，万里飘香，芬芳你我。我乐意想象这样一幅画面：高高的山峦之上，三五个兄弟并肩而立，凝望远方，眼眸写满了牵挂和忧愁。那些眸子穿越时空，也在深情凝望千年之后的你我。

春风不度玉门关

——王之涣《凉州词》赏读

盛世多欢歌，边塞多奇景。盛唐的歌声唱响每一座茶楼酒肆，盛唐的兴旺激动每一个文人的心。有这样一个故事流传民间，广为人知。盛唐三大诗人高适、王昌龄、王之涣才华横溢，诗名相当。一天，三人相约到酒楼小聚，席间有梨园女子歌舞助兴。三人兴致高昂，想要一比高下，便商议约定，以女子歌唱诗人大作的多少来定诗名高下。女子每唱一首诗作，诗人就在墙壁上画一横线。结果三人的作品都被演唱到了，诗名高下难定，而几位歌女之中长得最漂亮的那位女子演唱的就是王之涣的《凉州词》。王之涣最为得意，心花怒放。这就是有名的"旗亭画壁"的故事。这个故事说明王之涣的《凉州词》脍炙人口，广为传唱。诗歌是这样写的：

黄河远上白云间，一片孤城万仞山。
羌笛何须怨杨柳，春风不度玉门关。

　　凉州位于漠北塞外，风物萧索，穷荒绝域，是一个让人闻其名则心惊胆寒的地方，也是一个敌寇频扰、安危难测的地方。王之涣是怎样描写边地风光、塞外生活的呢？

　　先勾勒远景，九曲黄河，汹涌澎湃，白浪滔天，活像一条闪闪发光的玉带，蜿蜒在神州大地，迤逦至遥远高天。诗人的视线由近至远，从低到高，极尽目力，纵情欣赏。高天之上，白云朵朵；大漠之上，沙涛滚滚。一幅磅礴大气、雄奇壮观的远景图，刺激诗人的双眸，震撼诗人的心灵。

　　大诗人李白也写黄河："黄河之水天上来，奔流到海不复回。"言其高，从天而降，似天河决堤，飞流直下。言其长，横亘东西，如万马千军，奔赴大海。言其快，刻不容缓，好比电闪雷鸣，一去不回。李白眺望，由低至高，自东而西。李白感慨，时光如水，人生如流。相比而言，李白的黄河奔腾咆哮，惊心动魄，王之涣的黄河轻盈如带，飘逸空灵。李白顶天立地，雄视八方；王之涣心飞神驰，目接云天。风格各异，风采有别。

　　再勾勒山峰，万仞高山，拔地通天，遮日蔽月。恰似天然屏障，阻挡南下的敌寇，护卫孤寂的边城。犹如铜墙铁壁，站成一道冷酷雄奇的风景，塑成一副钢筋铁骨的意志。天宇之下，高山之侧，一座城池无声静立。它不是丝绸之路的接点，不是边民聚居的城镇，不是迎来送往的驿站，而是士卒驻守的要塞，护卫边关的重镇，也是安危难测的险地。它更是一座庞大的军事堡垒，说不清到底蕴含怎样巨大的力量，道不尽到底潜藏怎样惊人的危险。落笔山城，暗示孤危，突出主体。

一幅边塞图景，高天流云、黄河迤逦是远景；高山万仞、直插云天是背景；孤城一片，地老天荒是主体。层次分明，色调醒目，气势磅礴，景象壮观。诗句图景之间流露出诗人的惊讶和震撼，折射出江山的雄浑和壮阔。

风景从来为人而设，音乐从来由心演奏。这座孤城，这方天地，虽然暂时看不见金戈铁马，刀光剑影，看不见烽烟滚滚，杀伐震天，但是一曲音乐，出自羌笛，哀哀怨怨，缥缥缈缈，飘进将士们的耳朵，也飘进诗人的心中，非常缠绵，也非常诱人。比铁骑突出、刀枪轰鸣更震撼人心；比狼烟漫天、乌云垂地更窒息人心。乐曲是谁吹奏的？乐曲从哪里传来？乐曲为何要用羌笛吹奏？乐曲将人们带往哪里？乐曲到底吹奏的是一支怎样的曲调？思绪纷扰，心灵困惑，深深共鸣，久久沉浸。

原来啊，一曲《折杨柳》，道尽多少离别哀怨，倾诉多少难舍难分。古人有折柳赠别的习俗，赠柳一枝，消灾祈福，吉祥平安，一路顺风，人生快意。古代乐府诗集中《横吹曲辞·折杨柳歌辞》云：

上马不捉鞭，反折杨柳枝。
蹀座吹长笛，愁杀行客儿。

折柳赠别，吹笛抒怨，要走难走，将别不别，两相为难，何等煎熬，何等哀怨。可以理解，驻守边关孤城的将士们当年辞亲远行，奔赴边关，也是亲人相送，也是折柳抒怀，也是难舍难分。如今，多少岁月过去了，多少风云仍汹涌，将士们还是不能回家，还是不能和亲人团聚，听到那凄怨、悲凉的羌笛声，深深刺痛心灵，他们怎么能不想家、不盼归？可是他们也明白，保家卫国，重任在肩，天下兴亡，匹夫有责，怨归怨，想归想，自己的职责还要坚守，自己的使命还要履行。

他们还知道，孤城塞外，大漠风尘，孤烟落日，高山万仞，形势严峻，需要时刻警惕，时刻防范。思家念亲不能消磨他们的斗志，团聚盼归不能泯灭他们的忠诚。没有春天，不见春风，不见杨柳，早就习以为常，早就坦然视之。这玉门关外，长年累月，狂风凛冽，沙尘满天，杀机四伏，将士们枕戈待旦，严阵以待，随时翻身跃马，挥刀杀敌。

　　春风可以绿遍大江南北、长城内外，但是吹不到玉门关外，吹不绿黄沙大漠，更吹不老将士们的款款乡思。内地有姹紫嫣红，花红柳绿，草长莺飞，这里只有天高地远，长风大漠，飞沙走石。呼啸狂风就是他们的表白，无垠大漠就是他们的情怀，高山厚地就是他们的意志，铁血柔肠就是他们的内心。大唐将士，护卫国门，振奋雄风，功莫大焉。王之涣深情咏唱，高声颂扬，给历史，也给我们留下了一曲荡气回肠的诗章。

我心有月我心明

——王维《鸟鸣涧》赏读

　　喜欢宁静与简单，喜欢清雅与空灵，喜欢朴拙与本色，读王维的清静诗篇，心灵就会变得安闲、自由，心情就会变得愉悦、平和，心性就会变得淡泊、雅致。

　　《鹿柴》如此描写空山世界：

　　　　　　空山不见人，但闻人语响。
　　　　　　返景入深林，复照青苔上。

　　空谷传音，愈见空山幽深；空山人语，愈见空山寂静；空山余晖，愈见空山幽暗。一座空山，几缕阳光，几声人语，烘托出山林的静谧与深邃，给人以宁静安闲、心气平和之感。

　　王维的《竹里馆》如此描写竹林空山：

　　　　　　独坐幽篁里，弹琴复长啸。
　　　　　　深林人不知，明月来相照。

空山有我，我心敞亮。竹林深深，明月朗朗，弹琴长啸，陶醉山林！世人不知，无意尘俗，绝缘名利，蔑视权位，拥有一轮明月，坐怀一山竹林，心空眼明，幸福逍遥。

相比而言，王大诗人另一名作《鸟鸣涧》则细心写静，静得出奇，静得神秘：

人闲桂花落，夜静春山空。
月出惊山鸟，时鸣春涧中。

红尘滚滚，车水马龙，人流如织。有道是：天下熙熙，皆为利来；天下攘攘，皆为利往。芸芸众生急功近利，追名逐利，心浮气躁，铜臭满身，感受不到心闲性和、神清气爽，发现不了杨柳吐绿、桂花飘香。诗人王维诗身佛心，向往山林，心性静谧，神情安详，开眼即见春桂花落、香飘淡雅，张耳即闻落叶有声、空山静谧。

就像白居易流连杭州，"山寺月中寻桂子，郡亭枕上看潮头"。徜徉山林，沐浴月辉，寻寻觅觅，走走停停，耳边不时传来细微窸窣之声，眼前偶尔掉落粒粒桂子，诗人惊讶不已，欣喜莫名。诗人庆幸好运，拾得桂子，沾染灵光，有福有运。想想嫦娥孤居月宫，美丽青春渐渐老去，手捧桂子清雅不俗，身影孤寂徘徊月下。何等清静，何等脱俗，何等惬意！相比白居易，王维也许没有那么浪漫，那么神奇，但是，他的心情和白居易一样闲适、自由，静谧、澄澈。

春天的山林，空空荡荡，幽幽暗暗，不见群鸦起落，不闻人语喧哗，幽寂深邃，神秘动人。诗人热爱这样的夜晚。这方山林，远离了官场倾轧，疏离了世俗功利，退去了尘世纷争，一个人无忧无虑，随心随性，自由自在，生活在山林，生活在自然。融入朗月清辉，融入青松翠柏，融入桂花幽香，融入山谷幽幽，你简直分辨不出，是诗人在游山玩水，还是山水在涤荡诗人的情怀。人和自然，天道同一，和谐一体，构成了一个其乐融融、璀璨夺目的世界。越是悠闲，越是寂静，就越是觉得山林的美妙，天地的空阔。心神随之起伏荡漾，性情随之轻舞飞扬。

月亮悄悄升起来，朦胧的山林变得空明。星星点点的月光透过密林，洒在地面上，形成一地碎银，闪闪烁烁，迷离动人。远处的树枝上挂着一个黑黢黢的鸟巢，劳累了一天的鸟儿也许正准备安然入眠，也许还在哺育雏鸟，突然看见月光升空，大受刺激，急忙拍打翅膀，飞出鸟巢，飞向高空。盘旋一圈，嘎嘎鸣叫，她在观察明月是否会伤害她可爱的幼仔，她在好奇眼前这个明晃晃、圆溜溜的东西到底是什么；她或者也会害怕，急急忙忙远飞避难，飞过密林，飞到山谷，心有余悸，惊吓不已，还在嘎嘎鸣叫。山谷中传来几声鸟鸣，久久回荡在空旷的山林，也久久回荡在诗人孤寂的心中。夜太深，太静，静得有点儿让人感到害怕。王维看到鸟惊鸟飞、鸟鸣鸟叫，其实折射出诗人孤居深山、独处深夜的恐惧和幽冷。山居王维内心是复杂的。悠闲之外，还有受惊，还有孤寂。

当然，换个角度来想，也许还有一些诗意，一些情趣。看到明月升空，鸟儿惊飞，听到空谷传音，山林幽幽，感受到山林月夜的静谧优美、迷蒙深邃，心生好奇，心驰神往，未尝不是一份发现，一份惊喜。能够发现光影的细微变化，能够感受声响的独特效果，至少表明诗人有心，诗人专注，诗人完全沉浸到了眼前这个世界。笔者更愿意相信，山居王维早已化作一轮明月，一朵桂花，一只山鸟，一脉清泉，装点着山林，也装扮着夜晚。

心中有月，山林空明。眼中有月，心性飞扬。

一行诗情上青天

——杜甫《绝句四首》（其三）赏读

习惯了杜甫的忧国忧民、沉郁顿挫，往往错误地以为，杜甫就是那样一个整天忧心忡忡、愁颜不展的诗人。其实如海忧愁之外也有清歌欢唱，如山沉郁之外亦有轻盈明快。读读杜甫那些精短绝句、生活诗章，你会感觉到诗人对生活的热爱，对万物的钟情，对人生的欢喜。走过黄四娘家的小径，看到花开鲜艳，兴致极好，随口吟出：

> 黄四娘家花满蹊，千朵万朵压枝低。
> 留连戏蝶时时舞，自在娇莺恰恰啼。

一条小路，长满鲜花，千朵万朵，闪亮绽放。蝴蝶嬉戏，轻舞飞扬；黄莺放歌，婉转动听。想想看，徘徊花径，聆听莺啼，欣赏蝶舞，沐浴春风，何等惬意，何等欢畅。

最能表现杜甫心花怒放、神清气爽的诗歌，当推千古绝唱《绝句四首》（其三）：

> 两个黄鹂鸣翠柳，一行白鹭上青天。
> 窗含西岭千秋雪，门泊东吴万里船。

一片翠柳，抽枝吐叶，苍翠繁茂，生机勃勃。两只黄鹂，站立枝头，一展歌喉，欢唱生活。诗人点染一个"翠"字，可见心细如发，爱如珍宝。何为"翠"？新春将至，柳枝抽芽，萌生新叶。嫩芽浅黄淡绿，如烟如黛，模样小巧。新叶娇嫩鲜丽，如飞如舞，充满生趣。柳含风情，风吹柳舞，婆娑起舞，生动示人。黄鹂鸟红嘴长喙，乌眼圆珠，羽毛金黄，光彩照人；其声清脆流利，婉转动听。诗人发现，两只黄鹂，掩映于杨柳枝头，欢唱于柳烟之中，成双成对，好不欢悦。杨柳的飘逸柔曼，黄鹂的欢歌清唱，深深感染诗人，打动诗人。

　　诗人也曾在成都武侯祠听到过黄鹂鸣叫，却是另外一番感触。《蜀相》这样写道：

> 丞相祠堂何处寻？锦官城外柏森森。
> 映阶碧草自春色，隔叶黄鹂空好音。
> 三顾频烦天下计，两朝开济老臣心。
> 出师未捷身先死，长使英雄泪满襟。

　　黄鹂鸣叫，嘤嘤成韵，诗人却充耳不闻，反觉聒噪，心生怨恨，何故？那是因为诗人痛悼武侯一生志向，满腹才华，落空人间，遗恨天地。相对而言，杜甫这首七律《蜀相》写黄鹂，却是心情大好，心花怒放。黄鹂还是黄鹂，不同在于时间，在于人的境遇和心态。

　　晴空万里，神清气爽，直视无碍。白鹭一行，振翅高飞，姿态矫健。辽阔瓦蓝的天空是背景，成行奋飞的白鹭是主体，蓝白相衬，大小相对，一幅生机勃勃、志在高天的图画呈现在我们眼前。白鹭天生丽质，双足修长，通体雪白，犹如白雪公主，高贵不俗，风姿绰约。它们在光天化日之下飞翔，在绿水青山之间流连，风雅脱俗，自由洒脱。诗人从白鹭翻飞中读到了什么？是一飞冲天的矫健敏捷，还是优美高贵的风姿仪态？是自由奔放的高傲自信，还是俯视山河的大气恢宏？是心驰神往的激动羡慕，还是诗情勃发的淋漓尽致？言尽意远，余韵悠长。一行白鹭，牵动视线，荡漾心胸，点燃诗情。人生如飞，高蹈云天，不也是一种令人艳羡的境界吗？

刘禹锡《秋词二首》（其一）如此写道：

> 自古逢秋悲寂寥，我言秋日胜春朝。
> 晴空一鹤排云上，便引诗情到碧霄。

诗歌构思立意，一反传统，别出心裁。不见悲秋，反见活力。白鹤振翅高飞，排云直上，矫健凌厉，奋发有为，大展宏图，何等英武，何等刚健！相对而言，杜甫笔下的白鹭更见优美柔媚，更见悠游闲雅，刘禹锡笔下的白鹤则刚强矫健，志在云天。

推开窗户，极目远眺，西岭绵延，白雪皑皑，千年不化。好大气派，好大场面。一扇窗口，容纳邈远时空，吐纳万千气象。空间而论，西岭遥远，与天相接，与目相交。时间而论，山岭积雪，千年不化，万年不融。辽远的空间，邈远的时间，构成巨大张力，挑战诗人和读者的想象力，拓展诗人和读者的心胸。人生天地，如白驹过隙，如闪电裂空，如流水东去，如落花成泥，何其短暂，何其脆弱。但是，有限的人生，短暂的光阴，并不能成为人们悲愁叹老、无所作为的借口，相反却能够激发人们珍惜光阴，放开胸怀，追求永恒。犹如千年积雪永恒不化，人生不也应该矢志不渝、光照千古吗？

船舶待发，静泊水面。这是来自遥远东吴的船只，这是即将远航的船只。若是战乱年代，干戈不息，烽烟四起，东西不通，南北隔断，这些船舶只能原地待命，搁浅荒废。可是，如今安史之乱平息，家国天下和平，四境交通畅达，诗人想到，这些船只即将出岷江，穿三峡，一路东下，万里迢迢，最后抵达东吴之地。一路顺风，一路畅通，一路平安。顺风顺水，顺心顺意。诗人的想象之词流露出欢欣鼓舞，流露出心花怒放。

还记得吗？也是顺风船，诗人《闻官军收河南河北》写战乱平定之后，自己终于可以回家了：

> 剑外忽传收蓟北，初闻涕泪满衣裳。
> 却看妻子愁何在，漫卷诗书喜欲狂。
> 白首放歌须纵酒，青春作伴好还乡。
> 即从巴峡穿巫峡，便下襄阳向洛阳。

出巴峡，穿巫峡，下襄阳，向洛阳，一日千里，归心似箭。水路是曲折的，前程却是光明的。同样，在东吴船只上，诗人看到的是万里穿越，万里顺畅，万里平安。诗人为这个国家平安而高兴，为黎民安宁而欢喜。

一首绝句，四幅画面。黄鹂鸣叫欢喜，白鹭飞翔优美，西岭千年积雪，东吴万里船只。杜甫侧耳聆听天籁，极目饱览风光，用心感受生活，用情挥洒自由。千秋以降，读者有福，品读佳作，品味时代风云，品味诗意人生。

风吹梅花满关山
——高适《塞上听吹笛》赏读

有一种梅花，来自笛音，飘在天空，洒满乡关；有一种音乐，来自塞外，回荡大宇，震撼人心；有一种和平，弥漫边关，不闻杀伐，不见硝烟。这是高适边塞诗《塞上听吹笛》所描绘的意境，音乐如花，飘飘洒洒，乡情如雪，漫天飞舞。诗歌如此描写道：

> 雪净胡天牧马还，月明羌笛戍楼间。
> 借问梅花何处落，风吹一夜满关山。

初读诗歌，不禁喜欢上这个题目"塞上听吹笛"，脑海中浮现一幅画面：高天厚地之间，荒漠塞上之地，空旷辽远边关，伴随瑟瑟秋风，传来声声羌笛，声音凄怨嘹亮，情调深沉忧伤，颇能触动心弦，引发人们的悠远遐想。

笔者立刻想起中唐诗人李益的名作《春夜闻笛》，诗歌抒写诗人谪迁江淮、思归念亲之意，乡愁伴着哀怨，笛音随风飞扬，飘过万山千水，降落北地故园。因是春夜，少了凄凉，多了曼妙，多了风雅。比之高适塞上闻笛,略显局促、小气一些。高适此诗到底是如何描绘塞外听笛和关山离愁的呢?且随诗人,慢慢品味。

胡天北地,冰雪消融,气温回升,草长叶绿,和风轻拂,正是边地牧民放马草原、扬鞭驰骋的季节。将近傍晚,明月升空,银辉四射,洒满边关,照亮山岭。将士们牧马归来,谈笑风生,意气飞扬。边地安宁,夜色静美。外敌远去,大唐升平。这些长年驻守边关的将士,危急时刻,跃马扬鞭,挥刀杀敌,保家卫国;和平年代,偃旗息鼓,止戈牧马,巡视边疆。

一般情况下,秋高气爽,水草丰茂,牛羊膘壮,胡人往往伺机而动,南下骚扰,抢夺牛羊,毁坏家园,烧杀牧民,到处一片硝烟弥漫的情景。如今,取而代之的是月色朗照,天地清明。和平安宁,祥和静穆,与内地一样。

突然,一阵笛音传来,声声凄怨响亮,曲曲婉转悠扬。笛声来自戍楼,笛音回荡塞上。明月映照天地,几位士兵登楼赏月,倚栏远眺,天地苍茫,视野朦胧,望不见故乡的云,望不见亲人的泪。此时,有人拿出羌笛,吹奏心曲,声音袅袅,情调凄凄,风云动容,听者肃静。多少年了,他们远离故土,远离亲人;多少年了,他们浴血奋战,效命沙场;多少年了,他们思家念亲,盼归不能。如今,烽烟散去,兵戈止息,人们过上了和平安宁的日子,将士们的使命已基本完成,他们原本应该回家了,可是,却还要坚守,而且很可能遥遥无期。何日是归程?问天天不语。声声笛音,伴着秋风,伴着冷月,格外凄凉。

羌笛吹奏的是哪种曲调?一听就知道是千古名曲《梅花落》,凄凉哀怨,触动乡思,引起强烈共鸣。将士们听曲神飞,浮想联翩,思绪飞越万水千山,飞越江河湖泊,停落故园乡关,梅花从天而降,随风飞舞,飘飘洒洒,落满山岭,落满故园。将士们的心早已回归家园,团聚亲人。他们幻想天伦欢聚之乐,他们憧憬夫妻相亲之乐,他们回味男耕女织之乐。可惜乐在梦里,乐成幻影,现实依然明月在天,大漠空茫,依然千里乡思,归家无计。有什么办法呢?只能幻想,或许幻想也是一种安慰,安慰焦虑疲惫的心灵,安慰饥渴难耐的乡思。

胡地没有梅花,胡地没有绿柳,将士们的浓浓乡情全部寄托在片片飘飞的梅花上面，将士们的缕缕思念全部寄托在丝丝飘舞的柳絮上面。音乐飞出乡思，梅花落满故园。一夜之间，翻山越岭，花飞魂渡，皈依故园。是游子都有故乡，是天涯都有乡思。看看那些山岭，那些溪流，那些村庄，那些牛羊，哪儿不是茫茫花瓣？哪儿不是皑皑秋霜？万千游子，万里千里，远离故园，但是，心中永远装着沉甸甸的乡思，永远不忘生我养我的亲人。

突然想起李白的《春夜洛城闻笛》：

谁家玉笛暗飞声，散入春风满洛城。
此夜曲中闻折柳，何人不起故园情！

玉笛飞声，杨柳传情，缕缕春风吹走缕缕乡思，缕缕春风拂动丝丝婀娜，如此迷人的夜晚，如此和煦的春天，哪个游子不想家？高适诗歌所描绘的情景类似李白诗境，都是笛音传情，都是风吹乡思，不同在于，高适的乡思有些清冷，有些邈远，李白的乡思更多曼妙，更多风雅。

孤帆一片日边来

——李白《望天门山》赏读

古语云："仁者乐山，智者乐水。"李白看山，不是匍匐在大山脚下顶礼膜拜，瑟瑟发抖，而是心高气盛，揽山入怀；李白看水，不是感叹时光流逝，一去不返，而是赞叹惊涛骇浪，滚滚向前。当年漫游安徽当涂，乘船经过天门山，李白有感山水神奇，威力无穷，心中汹涌滔滔情思，自信人生一往无前，挥笔写下了千古绝唱《望天门山》：

天门中断楚江开，碧水东流至此回。
两岸青山相对出，孤帆一片日边来。

不知道李白从哪里来，也不知道李白要到哪里去，只感觉到，舟行水上，山水之间，留下了李白豪迈雄奇的身影，李白点缀了山水，山水砥砺了李白，人与自然，彼此激发，产生一股巨大的能量，震动天地，激励人心。安徽当涂县的东梁山与和县的西梁山，夹江对峙，如同天门，天造地设，固若铜铁。李白乘船经过此处，河道狭窄，急湍甚箭，猛浪若奔，感觉到天门断开，天摇地动，吼声如雷。诗人激动不已，心神振奋，力量倍增。

看山容水态，领略自然的磅礴壮美；听水吼山鸣，感悟自然的神奇伟大。一个"断"字，让人感觉到江水决堤，冲破阻拦，汹涌而出，让人感觉到天门山中间断裂，一分为二，不可抗拒。江流咆哮向前，万山难当，声势惊天，力量无穷。

李白在另外一首诗歌《西岳云台歌送丹丘子》中也有类似描写："巨灵咆哮擘两山，洪波喷流射东海。"一样的山水，一样的力量，一样的神奇，一样的生命。有形有状，有声有色，涛声如雷，气势如虹。冲决一切，不可阻挡。李白心中的山水洋溢着巨大的生命力量。

一个"开"字，宛见楚江开阔、碧水平缓的画面。不难想象，穿越峡谷，浪涛汹涌，险象环生，惊心动魄；出了峡谷，江流舒缓，视野开阔，波澜不惊。两种形势，两种体验。李白不动声色，点染山水，让山水折射心情，让山水充盈生命。

碧水东流，激起滔天巨浪，卷起千堆白雪。乱石林立，山崖峥嵘，形成一道巨大的障碍，阻挡江流前进。江流一泻千里，如万马狂奔，挣脱束缚，澎湃有声；山崖岿然不动，犹铜墙铁壁，毫不相让，顽强拼挡。山要阻挡水的前进，水要冲决山的阻拦，山水较量，势均力敌。敏感的诗人从中觉察到了什么，人生何处无山水？人世哪能无争斗？不是山静水平，不是山柔水媚，更多的时候，遭遇坎坷，遭遇打击，人啊，不也应该像天门山水一般激活潜能，放手一搏吗？李白身上有一股潜流，如滔滔江水，一往无前，不可阻挡；李白心中有一股气势，如夹江石崖，千年万年，砥砺风雨。

没有登临高山之巅，领略不到天地辽阔；没有经历江河飞舟，感受不到山峦竞秀。李白放舟长江，远行天门，不断接近，感觉到两岸青山，相对挺立，清秀柔和，笑迎诗人。青山有意，列队而立，美丽示人。诗人有情，爱山恋水，开怀拥抱。想想看，李白站立船头，双手叉腰，昂首远山，风舞衣襟，长发飞扬，何等开阔的视野，何等秀美的风景，何等惬意的感受。当然，也可以换一种姿态感受李白风采。诗人极目云天，张开怀抱，敞开心扉，任春风飞扬长发，任涛声震响天地，急不可待，扑向远方，扑向山水，几乎飘飘欲飞，几乎心花怒放。无论你怎样想象，无论你怎样体验，山水激荡你我心怀，李白感动你我情思。谢谢李白，留影青山，光照千古。

李白来了，李白问候青山，问好远方。李白从哪里来？李白身后的江流给您缓缓道来，李白身后的夕阳给您慢慢述说。青山秀水之间，山水接天之处，一轮红日冉冉升起，万道金光斜射下来，青山明媚，绿水闪亮，石崖披金，山花涂粉。诗人李白沐浴阳光，意气风发，乘舟东下，朝我们缓缓走来，走到我们眼前，走进我们心里。人生天地，来自山水，来自自然，肯定会遇到数不胜数的艰难险阻，但是，只要心怀阳光，永葆青春，就没有什么困难不可战胜，就没有什么梦想不能实现。李白给我们一轮太阳，照亮我们前行的道路。

李白有诗《行路难三首》（其一）：

> 欲渡黄河冰塞川，将登太行雪满山。
> 闲来垂钓碧溪上，忽复乘舟梦日边。
> 行路难，行路难，多歧路，今安在？
> 长风破浪会有时，直挂云帆济沧海。

人生免不了遭遇雪拥太行、冰塞黄河这样的艰难，但是，不能放弃大志有为、比肩日月的远大理想，不能放弃长风破浪、一往无前的精神。李白喜欢太阳，正如李白喜欢月亮，月亮映照李白坦荡率真的性情，太阳燃烧李白高歌猛进的激情。读李白心中的太阳，诵李白笔下的山水，我们必将收获自信与梦想、力量与希望。

飞流直下三千尺

——李白《望庐山瀑布》赏读

李白看山不是山，李白观水不是水，山水之间，观照自我，展示自然奇伟，凸显生命活力，这是李白许多山水诗给人留下的深刻印象。《独坐敬亭山》这样写道：

> 众鸟高飞尽，孤云独去闲。
> 相看两不厌，只有敬亭山。

人看山，山看人，两相情愿，视为知己，默会交流，灵犀相通。一个人静坐天地，以山为友，与山相亲，遗落尘世，泯灭知音，实在孤独，可谓空前绝后，无以复加。《将进酒》观黄河水："黄河之水天上来，奔流到海不复回。"黄河落天，飞流直下；黄河流态，波涛汹涌；黄河东去，一去不返。是在写水吗？显然不是，更多隐喻时光流逝，一去不回，理想落空，万念东流。

李白是一位巨人,豪情万丈,胸怀天下,以激情投射自然,以火眼照亮山水,山山水水无不留下李白踏步前行的身影,无不折射李白昂首天地的狂放。读李白笔下的山水,就是感悟山水之中凝聚的生命激情和巨大力量。请看李白名篇《望庐山瀑布》:

　　　　日照香炉生紫烟,遥看瀑布挂前川。
　　　　飞流直下三千尺,疑是银河落九天。

遥望是一个视点、一个角度，也是一种姿态、一种情怀。因为距离遥远而不清晰可见，因为心旌摇荡而生奇幻玄思。李白眼里心中，庐山的香炉峰，其峰尖圆，烟云聚散，犹如香炉，站立天地。团团白烟冉冉升起，缥缥缈缈，变幻不定，浮游蓝天白云之下，青山白水之间。红日高升，阳光普照，云烟水雾幻作紫色云霞，青翠山峦涂上万道金光，天地空明，心眼敞亮。诗人惊喜激动，赞不绝口。这是天地之间一座巨大的香炉，这是山水之间一片瑰丽的色彩。

想象一下闺房丽舍当中的香炉吧，什么"薄雾浓云愁永昼，瑞脑消金兽"，什么"玉炉""金鸭""金猫""玉尊""宝篆"等，均指香炉，小巧玲珑，做工精致，形状生动，色彩艳丽，与闺怨相连，与美女相伴，香烟袅袅，轻盈飘荡。格局气度，形象气韵，远远不及李白笔下的香炉，那是一座山，也是一座香炉，顶天立地，雄伟壮观，规模气势无与伦比。

一个"生"字，状写动态，宛见烟雾袅袅，浮游山林，飘荡天空，十分虚幻，十分神秘。李白作诗也许不像杜甫，呕心沥血，惨淡经营，多是脱口而出，却又深得天然独到之神韵，只有一种解释，李白是天才，一身神韵，一腔才情。

遥望之中，一道瀑布，高悬云天，破空而出，垂落人间，挂在青山之间，挂在天地之间。这是世间最雄奇、最壮观的瀑布。接天连地，垂直而下。落差巨大，力量巨大，声势巨大，来势奇猛。不像自然瀑布，人间水流，更像神仙震怒，天河决堤，更像天庭坍塌，银河倒泻。虽是遥望，不甚真切，但是诗人明显感觉到声如雷鸣，势如闪电，气如长虹，力如万钧。地动山摇，山鸣谷应，置身其中，必然惊骇不已。好在诗人毕竟见多识广，能够坦然面对，泰然处之。诗人想象，这就是一幅白练，洁白如雪，冰冷如霜，遥挂青山，飘落人间，几分飘逸，几分明丽，几分浪漫。一个"挂"字，举重若轻，化实为虚，活画瀑布悬垂山林、轻盈如带的特点，流露诗人轻快欣喜、迷恋山水的情怀。

庐山瀑布，高空垂落，远远望去，犹如腾空破雾，飞流直下，万里奔泻，末势犹壮。惊天地，泣鬼神，出天外，震山林。李白极尽想象之能事，大胆夸张，激情渲染，将庐山瀑布烘托得壮观奇绝，惊世不凡。"三千尺"

是虚数，纵情夸张，无限延长，挑战你的想象，冲击你的视觉，你能想象有多高远就有多高远，你能想象有多凶猛就有多凶猛，上不封顶，下及大地，惊心动魄，气壮山河。

李白喜欢用"三千"这个数字，"白发三千丈，缘愁似个长"。不言"三千丈"，就不足以表达诗人的深广忧愤和如山愁苦。"直下"是坡度，笔直如墙，高达万仞，山势陡峭，瀑流悬垂，力道千钧，声势吓人。李白惊讶，游山玩水，看过多少名山大川，走过多少江河湖海，却从未见过如此奇绝猛烈的瀑布，实在是大饱眼福，欣喜若狂。

李白想象不出何处山水有如此声势、如此力量，除非天河倒决，除非倒海翻江。诗人眼前突然出现幻觉：瀑流来自天上银河璀璨之处，来自云雾缭绕神秘之处，穿云破雾，垂空直下，撞击大地，震响山林，风云为之变色，大地为之震颤，诗人为之鼓舞。从未见过，从未经历，如此巨大的力量，如此放浪的声势，诗人简直不敢相信眼睛所见，但是，内心一个声音告诉他，自然的力量所向无敌，一往无前。他突然明白，人生天地，力不能至，心向往之，激活潜能，挑战自我，爆发强力，就可以攻无不克、战无不胜。壮哉，山水！伟哉，自然！

桃花潭水深千尺

——李白《赠汪伦》赏读

李白是一个性情中人，敢爱敢恨，有情有义。对朋友，情真意切，率性坦荡，只要读读他的诗篇《赠汪伦》，就不难体会：

李白乘舟将欲行，忽闻岸上踏歌声。
桃花潭水深千尺，不及汪伦送我情！

关于这首诗，有一个有趣的传说。汪伦，黟县人，曾任泾县县令，卸任后由于留恋桃花潭，特将其家由黟县迁往泾县。唐天宝年间，汪伦听说大诗人李白旅居南陵叔父李冰阳家，便写信邀请李白到家中做客。信上说："先生好游乎？此处有十里桃花。先生好饮乎？此处有万家酒店。"李白素好饮酒，又闻有如此美景，欣然应邀而至，却未见信中所言盛景。

汪伦盛情款待，搬出用桃花潭水酿成的美酒与李白同饮，并笑着告诉李白："桃花者，十里外潭水名也，并无十里桃花。万家者，开酒店的主人姓万，并非有万家酒店。"李白听后大笑不止，并不以为被愚弄，反而被汪伦的盛情所感动。适逢春风桃李花开日，群山无处不飞红，加之潭水深碧，清澈晶莹，翠峦倒映，汪伦留李白连住数日，每日以美酒相待，别时送名马八匹、官锦十缎。李白在东园古渡乘舟欲往万村，登旱路去庐山，汪伦在古岸阁上设宴为李白饯行，并拍手踏脚，歌唱民间的《踏歌》相送。李白深深感激汪伦的盛意，作《赠汪伦》诗一首。

故事真假，无从考究，但是，诗歌传达出来的情意却打动人心。

李白要走了，乘着小船，沿水路离去，挥手向送行的人们告别。这里面当然有盛情款待他的汪伦。交往几日，诗酒相待，情投意合，没有功利算计，没有人心测度，一旦离去，内心肯定难过。要走不走，别情依依，恋恋难舍。李白脱口而出，无须思考，想到哪里说到哪里，想说什么就说什么，行动上可能是一个挥手的动作，内里肯定是将走未走的挣扎。而且，一般诗人创作，少有将自己的名字嵌入诗句。可是，李白一开篇就高唱"李白"，足够大胆，足够坦荡，足够赤忱。言外之意是，我李白告别各位了，我李白不管走到哪里都记得各位的盛情，我李白永远感谢各位。各位，请回吧。换作"诗人乘舟将欲行"，反倒有一种矜持和自负，有一层隔膜和疏离，似乎诗人受到村民隆重礼遇，是理所应该的，似乎诗人有点儿高高在上的味道。这不符合李白的性情。

突然，诗人听到岸上传来阵阵歌声，原来是汪伦带领当地村民，踏地为拍，齐声歌唱，他们以这种古老的方式送别朋友，他们的热忱和淳朴从歌声中飞出。李白大为惊讶，深受感动。走过多少繁华闹市，走过多少村寨人家，从没听到过这种音乐，从没看到过这种场面。歌声飞扬，久久不断。这隆重的仪式，村民投入的演唱，还有古朴秀美的山水，无不告诉诗人什么是真诚、厚道，什么是热情、善良，什么是友爱、团结。诗人将带着感恩与感动一起离开，诗人将带着奇特的风俗和美丽的山水一起离开。

　　眼前的潭水照见了诗人的身影，也照见了两岸秀丽的山峦、盛开的桃花，还有这些淳朴好客的村民。诗人突然感悟，这桃花潭水，哪怕深达千尺，也远远比不上好朋友汪伦对我的感情！诗人很激动，激动之余，脱口而出，直接表达自己的感谢和感激。每每读到这些声情并茂的诗句，笔者总是心生欢喜，赞叹不已。李白太可爱了，不但铭记朋友的好心好意，大胆表达自己的感谢和高兴，而且用这种情意去感染更多的人。我相信，如果每个人都像诗人这样，懂得感恩，懂得大声说谢谢，这个社会不知会多么和谐幸福。

　　我记得自己读小学的儿子学到这首诗的时候，曾给我说起他们班的同学将诗歌窜改得面目全非的笑话。我并没有附和他，而是趁机启发他："你知道这首诗描述了一个什么故事吗？你知道诗歌表达了什么美好情意吗？"儿子当然能够回答得出来，我很高兴，马上联系到他自己的实际情况。我说："你平时在家里，父母帮你做这做那，你记得说谢谢，为什么一走出家门，坐公交车，去学校，上公园，很多叔叔、阿姨帮了你的忙，你却不敢说谢谢，不敢大声表达你对别人的尊敬和感谢呢？李白这首诗就是告诉我们做人做事的道理，做人要记得别人对我们的好心善行，要懂得感恩和感谢，要像李白那样大胆表达自己的谢意。"说得儿子连连点头，原来，李白的诗歌与我们的生活还真有联系。

　　一潭碧水映照坦荡胸怀，一片桃花灿烂你我心灵，一场送别演绎人间真情。李白表白，是朋友就要真诚，是恩情就要铭记，是歌唱就要放声。

唯见长江天际流
——李白《送孟浩然之广陵》赏读

迎来送往，牵扯喜乐愁忧，更多儿女情长，但是，大诗人李白送别心中偶像孟浩然，却是充满了神奇向往和无比眷恋。两个人能够成为朋友，必定有声息相通、志趣投缘之处。李白潇洒豪放，浩然风神散淡；李白高蹈出尘，蔑视权贵，浩然隐逸山林，不屑官场；李白天纵英才，卓尔不群，浩然才华横溢，志趣脱俗。两个人你来我往，诗酒相交，有过一段风雅浪漫的生活记忆。诗仙送别好友浩然前往扬州，激情飞扬，高歌一曲《送孟浩然之广陵》：

  故人西辞黄鹤楼，烟花三月下扬州。
  孤帆远影碧空尽，唯见长江天际流。

送别之地不是长亭古道，不是驿站客舍，不见绿柳如烟，不见风雨凄凄，就在黄鹤楼，一个充满神话色彩的地方，诗仙李白送别风流名士孟浩然，

送者与被送者都有几分风雅飘逸色彩，都有几分出尘脱俗味道。李白喜欢黄鹤楼，喜欢那个传说，那份浪漫。据传，仙人驾鹤经过此地，楼因此得名。崔颢有诗《黄鹤楼》为证：

> 昔人已乘黄鹤去，此地空余黄鹤楼。
> 黄鹤一去不复返，白云千载空悠悠。
> 晴川历历汉阳树，芳草萋萋鹦鹉洲。
> 日暮乡关何处是，烟波江上使人愁。

李白叹为观止，题诗赞叹："眼前有景道不得，崔颢题诗在上头。"李白不仅大为欣赏黄鹤楼的壮丽景色，更神往仙人驾鹤而去的神话传说。如今，选择此地送别朋友，似乎隐喻朋友闲云野鹤，自由无拘的风范，也流露出诗人心驰神往、无比钦羡的心情。较之寻常之地，黄鹤楼这个特定的送别场所多了几分神奇和浪漫，多了几分轻快和空灵。

送别之时是暮春三月，绿柳如烟，花团锦簇，草长莺飞，惠风和畅。一春景色，明媚灿烂，令人心旷神怡，心花怒放。朋友孟浩然前往扬州，盛唐王朝的大都会，人烟阜盛，兴旺发达，是许多文人士子梦寐以求的地方。有诗为证，"腰缠十万贯，骑鹤上扬州"。还有"谁知竹西路，歌吹是扬州"。再有"春风十里扬州路，卷上珠帘总不如"等等诗句，充分说明，扬州胜地，烟柳繁华，风情浓郁，人烟兴盛，美女如云。这是一座迷人的城市，令无数文人痴迷神往。如今朋友孟浩然就是前往扬州。诗人特意点出"烟柳"时节，颇能引发人们的广泛联想。不知道孟浩然为何要去扬州，是求取功名、游学访友，还是拜谒名流？李白不明说，想必他是知道的。而且非常向往，希望追随朋友一道赶赴扬州。但是，人在江湖，身不由己，哪能想去哪儿就去哪儿？想何时去就何时去呢？现在不能，但心向往之。

朋友渐渐远去，水路乘船，放舟东下，直至身影消失在诗人的视野里，消失在水天交接的地方。朋友是一个人去的，诗人不能陪同前往，有些许孤寂和落寞，但是这算不了什么，更孤寂的是留在黄鹤楼的李白。孤帆远去，与其说是朋友孤独，诗人牵挂，倒不如说是诗人孤寂，朋友不安。偌大的天空，瓦蓝瓦蓝的颜色，显得异常高远辽阔，反衬出诗人的孤独渺小。一江春水，浩浩荡荡，流向远方。不见诗人的身影，不见一叶轻舟，不见扬州，不见烟柳。诗人久久站立岸边，凝眸江天，愁思满腹，心绪茫茫。

也许此时此刻，送别了朋友的诗人是有点儿孤独、落寞，可是，眼前这幅图景如此阔大辽远，如此空明亮丽，似乎又隐隐折射诗人的心意。李白也许孤寂，但只会孤寂，不能自拔，那就不是诗仙李白了。诗仙的伟大和可爱在于心胸开阔，襟怀豁达，他不会纠结于心，耿耿于怀，他不会想不开，想不通，他一下子就明白了，扬州也好，武昌也好，一江春水相连，一腔情意相通，"海内存知己，天涯若比邻"。男儿四海为家，心胸豁达，视野开阔，襟怀坦荡，应该高兴才是。高兴大度地生活就是对朋友的巨大安慰。我愿意相信，李白的心胸像天空一样宽广，李白的情意像江水一样绵长。友情如此，人生幸福。

一样的天空，可以装载愁云惨雾，风雨潇潇，也可以装载丽日和风，鸟语花香。一样的江水，可以流淌离愁苦恨、时局忧思，也可以流淌澎湃心潮，痴心向往。李白的天空布满阳光雨露，李白的江水流淌款款深情。时过千年，地隔万里，我们吟诵李白的送别诗章，脑海浮现一幅图景，心中翻滚情思。一个诗人，站立江岸，背后是金碧辉煌、气势壮观的黄鹤楼，前面是滚滚东去的一江春水，头顶是白云朵朵的蓝天，岸边，也许还有一片绿茵茵的芳草，几株柳树，<u>丝丝婀娜</u>，随风飞扬。诗人宽袍大袖，长发飘飘，背手而立，目光直视远方，心中无限眷恋。朋友啊朋友，你可知道，我在想念你，我在想念扬州。

野草花上夕阳斜

——刘禹锡《乌衣巷》赏读

　　总喜欢在夕阳西下的傍晚,泡一杯浓茶,摇着蒲扇,坐在阳台的摇椅上,一边品茶,一边读诗,用心感受历史的厚重苍凉、风云变化,体验情意的空灵雅致、丰富充盈。读刘禹锡的咏史诗《乌衣巷》,觉得诗人是在把玩历史,好像把玩一件玲珑剔透、制作精美的工艺品,一时为历史的色调轻淡而叹惋,一时为历史的线条粗犷而惊讶。总之,在诗人如烟似水的描述中,慢慢走进历史深处,慢慢品出人心世态:

　　　　朱雀桥边野草花,乌衣巷口夕阳斜。
　　　　旧时王谢堂前燕,飞入寻常百姓家。

　　来到南京,来到历史的现场,诗人总是浮想联翩,感慨丛生。脚下这片土地,曾经是六朝古都,经历了多少政权更替,经历了多少烽烟洗礼。曾经花团锦簇,姹紫嫣红;曾经楼台殿阁,富丽堂皇,曾经达官显贵,飞扬跋扈。可是,现在,诗人看到夕阳西下,野草花开,时间凝固,气氛肃然,历史无声,天地静默。

　　踏上朱雀桥,慢慢走过,看人烟散去,看野草茂盛,看野花绽放。抚摸桥栏,精美的雕饰还在。手心慢慢沁出几许冰凉。是风霜留下的凄冷,是历史渗出的清寒。两岸桥头各有一座阁楼,楼上雕绘一只朱雀,体型壮硕,色泽红艳,即将起飞,要动不动,惟妙惟肖。感觉它从几百年前飞来,飞过了历史的烟云,停落在桥头楼阁,俯视秦淮河流水潺潺,见证南京城风云变幻。这座桥,横卧秦淮河,直通乌衣巷,直通达官显贵聚居之地。可以想见,以前这里常常是车水马龙,人流如织,可是今天早已门庭冷落,鞍马稀少。全都不见了,不见华盖如云,隆隆经过;不见裘马轻狂,飞扬跋扈;不见美女如云,芬芳四溢。

　　来到乌衣巷,站在巷口,面对如血残阳,沐浴习习晚风,感受盛衰变化。

东晋时代，这里士族聚居，豪门林立，楼阁华丽，气派森严。谈笑有显宦，往来无穷苦。乌衣巷，顾名思义，以衣命名。居住在这里的人家多是官僚显贵，身着乌衣，迥别于他人，高高在上，养尊处优。要权有权，要钱有钱，生活奢靡，挥霍无度，可谓享尽荣华富贵，耍尽威风派头。东晋开国元勋王导和指挥淝水之战的谢安就曾经居住在这里。

　　王导官居宰辅，总揽元帝、明帝、成帝三朝国政，从兄王敦都督江、扬六州军事，拥兵重镇，群从弟子布列显要。王导出身中原著名士族，是老练的政治家，是东晋朝的实际创造者。元帝向来缺少才能和声望，在晋室中又是疏属，他能够取得帝位，主要靠王导的支持。元帝因此把王导比作自己的"萧何"，极为倚重。谢安才思、品德、风度均为一流，不屑功名，风神散淡，深受上流社会青睐。此地因豪门出名，豪门为此地添彩。两相帮衬，相得益彰。

　　可是，今天，此地早已寻不见一点儿富贵迹象，一点儿繁华踪影。满目杂草丛生，到处断垣残壁，一派萧索，一派荒芜。诗人不禁感慨，历史真会开玩笑，岁月真是无情，先前那些富丽堂皇，先前那些威风八面，全都烟消云散，不见踪影，只留下一轮残阳，一地苍凉。

　　诗人眼前掠过几只飞燕，很快消失在百姓人家。这是从几百年前穿越而来的燕子吗？这是从王谢家族豪门深宅飞出的燕子吗？想当年，它们自由出入王谢堂前，受到主人优待，无忧无虑，日子过得很闲适，很惬意。有时候，落在厅堂华丽的柱廊之上，抖抖翅膀，点点头，随之唧唧啾啾，言语不停。主人的出将入相，富贵显达，主人的呼风唤雨，炙手可热，主人的觥筹交错，歌舞升平，一切的一切，全都看在眼里。它们不懂，似乎也不需要懂，它们只是见证，见证一段繁华风流。可是，今天，这些燕子随着主人的消散，飞落不定，前程未卜。有的落户百姓人家，平常度日；有的安巢土坎泥墙，辛苦忙碌；有的担惊受怕，凄凄无告。今昔比较，命运迥然，天地悬殊。为什么呢？世事难料，变化无常。燕子的命运处境折射出人事的兴衰荣辱。诗人感慨，王谢风光化作了杂花野草，王谢显贵化作了残枝败叶，飘向历史的天空，零落风雨烟云处。

　　徘徊不定，沉思渺茫。历史活现眼前，涛声依旧轰鸣。诗人明白，人生天地，草木一秋，任何富贵荣华，任何威严风光，任何功名显赫，都抵不过岁月的洪流、历史的浪涛，一抔黄土、几缕青烟才是人的归宿。花开会有花落时，柳青之后就是柳黄，日盛之时已开始衰落，一切升降沉浮，一切生老病死，均在其中。看淡点，想开些，风轻云淡，顺其自然，或许生活才会多一份轻盈与飘逸，历史也会多一份大气与平静。

梦断桃源无寻处

——张旭《桃花溪》赏读

自从东晋大诗人陶渊明的《桃花源记》问世之后，追寻理想，歌咏自然，就成为后世很多文人的追求。诗文行世，桃花盛开，朵朵芬芳，溢彩流光。唐代诗人张旭加入了这个庞大的文人队伍，在自然山水中徜徉探寻，在心灵原野上放逐自我，吟唱出一曲纯朴自然、意蕴深长的篇章。其诗《桃花溪》记录了诗人一次出行，一次感悟，妙趣横生，意境动人：

> 隐隐飞桥隔野烟，石矶西畔问渔船。
> 桃花尽日随流水，洞在清溪何处边？

一个人行走深山溪流，一个人欣赏沟谷幽壑，用行走自然来释放自己，用山水清幽来涤荡胸怀。远离世俗纷争，远离权位功名，抛开烦心事务，褪尽尘世庸碌，一个人的世界也很精彩，一个人的行走也很滋润。诗人沿着溪流进山，看不尽芳草鲜美，绿树成荫，听不完鸟雀呼晴，莺歌燕舞。

走累了，就近坐在一处石矶上休息，换一种姿态欣赏风景。风景不请自来，缥缈迷人。眼前是一条山谷，流水潺潺，向深处延伸。远处是云烟缭绕，水雾蒸腾，茫茫一片。一座长桥横跨山溪之上，穿越云烟水雾，远远望去，忽隐忽现，若有若无，恍若凌空飞腾，柔曼飘逸，又似长虹卧波，安详秀美。

境界幽深静谧，氛围柔和空灵，格调素雅清净。诗人喜欢虚虚实实、变幻迷离的画面，喜欢山谷幽深、无人打扰的清静。云烟晕染，使长桥化静为动，虚无缥缈，临空欲飞。长桥静卧山涧，使云烟化动为静，如纱如幔，如仙如幻。动静结合，相得益彰。

诗人没有照相机，但是，他用饱含感情的眼睛摄取了最美的风景；诗人不是丹青妙手，但是，他用笔墨渲染了最鲜活的画卷。

换个角度，看看身边的流水，看看身边的花草，又是一番情趣。诗人发现，一溪流水，清波粼粼，明亮见底，游鱼细石，直视无碍。水草招摇，柔曼多姿。花影树姿，山峦石崖，倒映其间，宛然一幅生动活泼的山水画。有时溪面突然出现一些桃花，一朵朵，一瓣瓣，点缀水面，从流飘荡，任意东西。诗人惊讶，这桃花，朵朵艳丽，瓣瓣芬芳，哪里来的？有桃花处必有人家，上游某个地方一定有一处桃林，灿烂一座山谷的桃林！正当诗人疑惑之际，上游一叶轻舟飘然而至。一位白发老翁摇着小船，胡须飘飘，面带微笑，划向诗人所在的石矶附近。诗人惊喜不已，不但发现桃花逐水，更是发现了皓首老翁，太神奇了。山谷之中，密林深处，竟然还有人烟往来！

诗人急忙发问：慈眉善目的大爷啊，您可知道，这一溪桃花，顺水漂流，源源不断，到底是上游哪个地方来的？那个传说中的山洞又在哪儿呢？大爷并没有回答，答案留给读者去思考。

这一问，问得天真好奇，问得兴奋激动，问得一往情深。诗人想到了桃花源，想到了陶渊明《桃花源记》描绘的一个理想世界，那里的人们为了躲避战乱，逃离现实，来到深山，男耕女织，辛勤劳作，开创自己的生活。他们善良、淳朴，不懂得欺诈纷争，不懂得掠夺剥削，不懂得算计陷害，人人好客，个个热情。他们过着一种没有等级偏见、没有阶级压迫、没有尔虞我诈的生活，很幸福，很知足。诗人一下子神思恍惚，幻觉顿生，似乎上游某个地方有一处山洞，穿过山洞就有一个叫作桃花源的村落，很明显，这一溪桃花一定是桃花源流出来的。我要找到桃花源，我终于发现了桃花源！诗人很激动，很惊讶，为自己的大胆推想，为自己的强烈渴盼。

眼前这个人是谁？不就是当年那位最先发现桃花源的武陵渔人吗？太幸运，太幸福了，竟然在这深山幽谷之中遇见武陵渔人！诗人很认真，诗人感觉自己是世界上最幸福的人。但是，聪明的读者很快就明白，诗人早已陶醉在自我幻觉当中。眼前这个地方究竟是哪里啊？距离陶渊明笔下的桃花源又有多远？时空邈远，还能遇见当年那位武陵渔人吗？还能真的找到传说中的桃源古村落吗？诗人坚信一定能找到。态度执着，意志坚强，精神感人。但是，这注定是一个梦想。不过，诗人当真，我们也就当真吧。祝愿诗人能找到当年的桃花源，祝愿我们每个人都能找到自己心中的桃花源。

醉卧沙场君莫笑

——王翰《凉州词》赏读

笔者一向以为，是热血男儿，就要效命沙场，建功塞外；是英雄好汉，就要侠肝义胆，家国为重。读到王翰的边塞诗《凉州词》，更是热血沸腾、豪气干云。脑海中幻化出一幅图景：一位血性汉子，手提利剑，翻身跃马，奔赴沙场，无畏生死存亡，不惧枪林弹雨，一身虎胆所向无敌。刀剑比拼，沙场浴血，成就人生快意；视死如归，杀敌报国，成就最高追求。王翰的诗歌的确展示了一片刀光剑影，一身飒爽英姿，一股冲天豪气：

> 葡萄美酒夜光杯，欲饮琵琶马上催。
> 醉卧沙场君莫笑，古来征战几人回？

一次战前酒宴，一场生死告别，格外庄重，也格外轻松。没有人能够想到这些生龙活虎的大唐将士有去无回，他们还处在青春年华，他们还有美好的生活与希望，他们是父母的儿子，妻子的丈夫，儿女的父亲，他们有家有室，有情有意，难舍人间繁华，不忍告别妻儿。想起这些就叫人心惊胆战、惶恐不安。习惯了长久和平和平淡生活的人们，不希望战争爆发，害怕生命凋零。但是，你看王翰笔下的将士们，何等风范，何等威武。军营大帐之内，琵琶伴奏之时，盛大酒席一字排开，美味佳肴桌桌上满，将士们端起酒杯，倒满美酒，准备大喝一场，大醉一回。他们明白，此番豪饮，志在沙场，志在家国，志在功业。他们更明白，生死未卜，阴阳难定，有去难回。豪饮是表决心，壮士气；豪饮是喝血酒，亮肝胆；豪饮是立生死状，扬大唐威。

眼前这些场面足够激动人心。就连酒杯也不是寻常粗碗，或是普通瓷杯，而是赫赫有名的"夜光杯"。此杯来自西域，据说是采用优良的祁连山玉与武山鸳鸯玉精雕细琢而成，纹饰天然，杯薄如纸，光亮似镜，内外平滑，玉色透明鲜亮。用其盛酒，酒味香甜，日久不变。月光下对饮，杯内酒明若水，似有奇光异彩。酒水也不是家常粗酿，或是淡水甜酒，而是香飘天下的葡萄酒。此酒产自西域，得天独厚，味醇色亮，风味独特，浓度不高，但易醉人，人见人爱，百喝不厌。酒宴的伴奏是西域乐器琵琶，演奏的曲调也是胡地音乐。所用所饮，所闻所见，无不带有浓郁异国风情，无不渲染豪华艳丽风味。

音乐响起，将士举杯，将饮未饮，亢奋至极。有人骑在马上，挺直胸膛，怀抱琵琶，欢快的乐曲从琴弦上飘荡开来，声声高亢，曲曲动人，将酒宴气氛推向高潮。诗人用一个"催"字摹写感觉，似乎音乐催促将士举杯痛饮，千杯莫停；似乎将士频频推杯换盏，觥筹交错；似乎场面直趋热烈火爆，惊心动魄。将士们举杯豪饮，兴致勃勃，将爽朗豪迈倾倒在酒杯里，将快意风流挥洒在笑语间。不用怀疑他们的真诚粗犷，不用担心他们的儿女情长，酒精可以麻醉神经，麻痹心灵；也可以刺激头脑，振奋士气。笔者更乐意相信后一种体验，大敌当前，边关告急，哪能儿女私情绵绵不断？哪能家长里短斤斤计较？哪能贪生怕死志忑不安？抛开一切忧虑杂念，孤注一掷，凝聚军心，爆发能量，痛快杀敌，哪怕死亡临近，也在所不辞。

酒宴高潮迭起，将士们喝得痛快淋漓，醉意醺醺，也许有人不胜酒力，想放下酒杯，推辞不喝了。有人顿感不爽，高声呼喝：怕什么怕，人生难得快意几回，醉就醉吧，就是醉卧沙场，也请诸位莫笑，古往今来，沙场征战，几人能回？

话语爽朗，似笑非笑，似醉非醉，是痛切语，也是豪迈言，是激将语，也是宽心话。读者仁者见仁，智者见智。有人读出狂喝滥饮、一醉方休的粗豪勇猛；有人读出快意人生、及时行乐的颓靡消极；有人读出比拼酒力、一决高下的粗鲁鄙俗；有人读出酒精喷发、心迷意乱的狂放无知。

但是，笔者不敢完全苟同，笔者更愿意相信，玩笑之中蕴含真心，狂放之余不失肝胆。想想看，一次酒宴之后，稍事休整，蓄养精力，就要开赴战场，真刀真枪和敌人拼命，哪里还有心思颓靡哀叹？哪里还有心思担惊受怕？再说，这些看法也不符合全诗基调，也不符合大唐精神。一个国力强盛、士气高昂的王朝，不会产生一支贪生怕死的军队。我倒觉得，这是将士们雄心壮志的率真表达。那就是视死如归，无所畏惧，绝不退却。将士们看得通透，从军入伍，征战沙场，哪有不牺牲？哪有不伤亡？死亡若是为了国家，为了使命，则重于泰山，名垂千古，实在是一件惊天动地、轰轰烈烈的大事。壮哉，伟哉！

想起谭嗣同，这位力主变法、锐意革新的斗士，以天下为己任，以苍生为情怀，面对晚清保守派的围捕追杀，毫无惧色，屡次拒绝友人帮助，大义凛然，血战到底，最后光荣牺牲。其誓言回荡天地，震撼人心："不有行者，无以图将来，不有死者，无以召后起。""各国变法无不从流血而成，今日中国未闻有因变法而流血者，此国之所以不昌也。有之，请自嗣同始。"谭公为变法而生，为变法而死，一生一死，忠肝义胆，像昆仑山那样高耸伟岸！同样，大唐将士无惧生死，勇赴沙场，精神与昆仑同在，风采与日月争辉。

高高秋月照长城

——王昌龄《从军行七首》（其二）赏读

从军塞外，驻守大漠边关，奔波风沙雨雪，遭遇万千艰难，其中，对于将士们来说，最为煎熬人心、最为痛断肝肠的事情，不是效命沙场、浴血牺牲，不是与世隔绝、地老天荒，而是心中有家、归期不定，情系桑梓、忧心如焚。王昌龄是一位边塞诗人，从军入伍，征战南北，戎马倥偬，风尘仆仆，对于大唐将士的生活境遇和内心情感非常熟悉，笔下很多边塞诗撷取军旅片段，细描情思意蕴，透露心灵伤痛，读来动人肺腑，令人浮想联翩。其组诗《从军行七首》（其二）这样写道：

  琵琶起舞换新声，总是关山旧别情。
  撩乱边愁听不尽，高高秋月照长城。

  大唐将士不是钢铁之躯，不是铁血无情，他们征战之余，宴饮之际，暂时放下了刀剑搏杀，暂时远离了烽火狼烟，沉浸在一片觥筹交错、推杯换盏之中，沉醉在一片歌舞欢唱、猜拳行令之中。酒到酣畅，情到深处，免不了乡思汹涌，泛滥成河，一次宴饮几乎成了一处宣泄乡思的场所，一场演奏几乎成了一道呈现乡思的凄美风景。王昌龄这首边塞诗，描写将士们畅饮美酒之际，聆听琵琶演奏时，心生万千感慨，魂飞万水千山，心思细腻曲折，情意真挚深切。诗歌从一个侧面丰富了将士们的形象。

  军中酒宴少不了歌舞伴奏，少不了山呼海啸，情致高昂，气氛热烈。有人骑在马背上，怀抱琵琶，深情弹奏；有人站在营地中央，浓妆艳服，翩翩起舞；将士们则围桌而坐，或击节，或鼓掌，或碰杯，或呼喊，欢声雷动，响彻军营。随着姑娘们变换不断的舞蹈，琵琶演奏也是新曲不断，声情并茂。也许曲目变换，也许舞蹈翻新，将士们没听过，没见过，但是，琵琶这种古老乐器的哀婉音调，却是不会改变其纠结人心、痛彻心扉的音质。声声凄婉，从琴弦上飞扬开去，久久回响在军营上空，也久久回荡在将士们的心间。也许将士们听不懂曲调内容，但是，哀戚悲切的声音却深深刺痛了将士们的心。

  是啊，音乐就是具有这样神奇的魅力，不需要解说，不需要道白，只要音符一出，感人心者，自是情韵。好比我们走进深山，总会被一些声音深深打动，杜鹃啼鸣，凄厉哀怨；喜鹊欢唱，心花怒放；斑鸠鸣叫，婉转清扬。百鸟以其独特的声韵打动人们的心灵。同样，琵琶也是以其特别的音质，扣动听众心弦，震颤听众敏感的神经，促使他们想得很远，想得很多，沉浸于音乐的世界之中，久久不能自拔。白居易的《琵琶行》描写沦落天涯的歌女弹奏琵琶："弦弦掩抑声声思，似诉平生不得志。低眉信手续续弹，说尽心中无限事。"风华绝代，名动京师；富贵如烟，转瞬即逝。人生起伏，全在声声琵琶演奏之中。

　　一曲刚完，新曲又起，曲目变换，舞蹈纷呈，听得将士们神魂颠倒，看得将士们心醉神迷。怎么说呢？好不容易得到这样一个机会，休整一下，欢聚一堂，当然少不了海喝狂饮，高谈阔论，当然少不了气吞山河，金戈铁马。但是，将士们心中明白，自己最思念、最渴盼的还是亲人，还是家乡。一曲又一曲的琵琶演奏，无不引发他们的遥远乡思。一个在边关大漠，一个在中原大地，两地相隔千山万水，思乡之情久积于心，只是平时忙于打仗，无暇顾及，如今好不容易暂时休息一番，万千乡情自然涌上心头，犹如决堤的江河，一泻千里，势不可当。那些变换的曲目，在将士们听来，都是《关山月》，都是故乡情。笔者还清楚地记得，当年离开家乡的时候，白发慈母村口挥手送别，声声呼唤早点儿回家；年轻妻子十里相送，声声叮嘱捎回书信；稚嫩孩童缠绕左右，牵手不舍问这问那。一村父老乡亲送至村口，千百双目光齐刷刷投向即将远行的游子，有关切，有祝福，有希望，有忧虑。怎能忘记那些深情的目光？怎能忘记那个温馨而幸福的家园？每一个战士都是单身匹马闯天涯，每一个游子都是怀揣乡思走四方。记得文学大师沈从文先生说过："一个战士，不是战死沙场，就是回归故乡。"我相信，每一个大唐将士，当他们离开家乡、辞别亲人的时候，首先想到的肯定不是建功立业，扬名天下，而是希望早一点儿结束战争，早一点儿与家人团聚。

　　"关山"一词至为敏感，表面是指乡关千里，群山阻隔，遥不可及，望不可见，蕴含久戍不归的伤离怨别。实际上，这里"关山"还双关《关山月》曲目，《乐府古题要解》云："《关山月》，伤离也。"可见，不管演奏哪一首曲目，不管怎样翻出新声，将士们心中挥之不去的永远是乡思亲念。一个"旧"字表明离别已久，乡情更重，念念不忘，忧心炽烈，暗含回到从前、回到家园、安享天伦、平静生活的愿望。一个"总是"则又表明，这份乡思情意始终萦绕于心，不曾改变，外界的音乐刺激只不过加重了这份情感而已。

　　正是因为曲曲思乡，正是因为离情汹涌，所以，将士们久久沉浸在乡情回味之中，曲目演奏并不能给他们带来轻松和愉悦，相反却屡屡引起他们的共鸣，使他们从琵琶声中找到了发泄乡思的突破口，在琵琶声中回到遥远的故乡。听不尽旧曲新声，听不尽离恨边愁，听不尽乡思激荡。对于将士们来说,纵酒高歌,手舞足蹈,可以发泄乡思;聆听琵琶,神游故里,同样可以宣泄乡思。想回家,却又不能回家;期盼早日结束战争,战争却又遥遥无期。将士们无奈、无望,只能苦苦挣扎。每一支曲目都添愁惹恨,每一声琵琶都扰乱心绪,每一杯浊酒都燃烧乡情。听不尽啊,无限相思,无限离愁。喜欢"听不尽"这种感觉,有怨恨,有感叹,有期盼,有挣扎,百味俱陈,感慨万千。改为"听不完",偏向埋怨;改为"听不够",偏向赞美。怎么改都不够妥当,情味寡淡,语意单一。唯有"听不尽"浓缩万千,意蕴深厚。

有道是"男儿有泪不轻弹,只是未到伤心处",我愿意相信,歌舞盛宴之余,不少热血男儿肯定会潸然泪下,泣不成声。只是诗人不去描写,不去渲染。相反,诗人却把我们的目光引向广阔的天地,让一幅辽阔壮观的画面引发我们的幽幽联想。一轮明月高挂天际,朗照四野,群山起伏,连绵不断。古老的长城横亘山岭之上,蜿蜒延伸,起伏不定,犹如巨龙俯卧,又似惊蛇腾空,气势充沛,形象震撼。对此,你会产生怎样的联想呢?是望月怀远,思乡念亲,还是保家卫国、立功塞外?是忧虑时局、警惕外敌,还是心潮澎湃、自信满满?无须直说,撩人遐想,也许对于读者来讲,只有沉浸在这种感同身受的联想之中,才能更深刻、更丰富地了解我们的大唐将士。

一曲琵琶弹不尽大漠乡愁,一杯浊酒浇不灭乡思烈焰,一轮明月照不完万古山河。

柴门临风听暮蝉

——王维《辋川闲居赠裴秀才迪》赏读

读多了隐逸诗篇,了解了闲居文人的境遇和情怀,我相信,隐逸如陶渊明者,并非整日悠哉闲哉,逍遥自在,肯定也有心有郁结、志不能申的时候,只不过表现得比较含蓄、比较深沉而已。我不否认唐代诗人王维的洒脱豁达，但在品读王维那些貌似轻松闲适的诗篇之余，常常想起王维的艰难和困窘，想起王维的志向和抱负。像王维这样才华横溢、生逢盛世的文人，没有谁会心甘情愿做一名山中隐士，远离尘世，不食烟火，相反，他们入世之初，绝对怀抱理想，胸怀大志，只是后来遭遇挫折，仕途不顺，才被迫退出官场，归隐山林。王维的诗歌《辋川闲居赠裴秀才迪》是一名隐士对另一名隐士的欣赏，也是一名隐士对另一名隐士的忧虑，同在山林，同是闲居，内心一样不平、忧愤，为自己的怀才不遇，为自己的壮志未遂，更为自己的仕途坎坷。诗歌是这样写的：

> 寒山转苍翠，秋水日潺湲。
> 倚杖柴门外，临风听暮蝉。
> 渡头余落日，墟里上孤烟。
> 复值接舆醉，狂歌五柳前。

诗歌描写诗人和朋友的日常生活，出游山林，徜徉自然，临风赏景，对日吟诗，登山望远，坐看风云，一切自自然然，平平淡淡，闲适逍遥，自得其乐。初秋时节，群山萧索，落叶纷飞，显得空旷疏落，冷清荒凉。向晚时分，暮色笼罩，雾气沉沉，万山隐隐，万木萧萧，放眼望去，一片迷蒙，一片苍翠。似乎生机再现，苍绿重见，给人以生意勃发、生机凸显之感。山泉流淌，叮叮咚咚，嘤嘤成韵，增添一份妩媚，增添一种动感。王维用一个"转"字，描写暮色变化，景色转移，寓动于静，别具情态，也使读者感觉到诗人流连景致，久久注目，一往情深，不能自己。一个"日"字，赋予秋水永恒流动、生生不息的活力，似乎同诗人一样，不紧不慢，悠然自得。流水如此，人又如何？不难想见，不难感知。笔者很是欣赏王维心中的冷色调，冷氛围。一个"寒山"，一个"苍翠"，前者侧重感觉的寒凉、凄清，后者侧重色调的青翠、明媚；加上一个"秋水"流淌，更见秋日冷峻，秋色清朗。很容易想到，一个秋高气爽、山寒水瘦的季节，诗人出游自然，寻觅诗意，走走停停，停停走走，心情融会在风光景物之中，性灵挥洒在天地空明之内，应该很愉快、很惬意。对于诗人来讲，所有的风景都蕴含诗意，所有的风物都是画卷。不管春暖花开，还是狂风暴雨，不管炎炎烈日，还是隆冬飞雪，都是风光，都有诗意。

也许是沉浸风物，兴致勃勃，也许是忘情山水，不能自拔，不知不觉中，时间流逝，及至发现，已是傍晚。诗人拄着拐杖，返回柴门，回归平和宁静，回归乡村暮色。还是不舍，还是留恋，留恋一天的行走山水，留恋一天的观花赏草，留恋一天的仰观俯察。站在柴门之外，注目远近村落，聆听大小声音，乡村的一切，都是那样令人沉醉。比之官场，比之红尘，少了喧嚣扰攘，少了风尘嚣张，多了安宁清静，多了气定神闲。清脆的蝉鸣，此起彼伏，响声一片，是天籁，自由自在，浑然天成；是梵音，清新脱俗，浸润人心。不知道王维感受到了什么，又产生了怎样的联想。笔者可以想见，隐居山村，完全褪去了功名利欲，完全疏远了是非纷争，身心幻化自然，性情幻化自然，所见所闻，历历如画，声声成韵。一切都是风景，一切都是自由，纵情自然，自由无拘，复何求焉？想起了苏东坡，一样的淡泊，一样的风雅，其词《临江仙》如此写道："夜饮东坡醒复醉，归来仿佛三更。家童鼻息已雷鸣。敲门都不应，倚杖听江声。"随缘任运，顺其自然，不想改变什么，不想反抗什么，一切都是因缘，一切都是自然，乐观任命，旷达视之。王维也一样，早出晚归，随心所欲，行于所行，止于所止，自自然然，无拘无束。这样的生活，这样的心态，不也很好吗？

远眺渡头，夕阳缓缓沉落，即将消失在水天相接之处。西边的天空一片光亮，起伏的群山沐浴金色的阳光，宽阔的江面荡漾粼粼波光，像洒满一江碎银，闪闪发亮。江面上帆船点点，渔歌呼应，劳动了一天的人们纷纷靠岸、回家。轻舟载满丰收，也载满喜悦。古老的渡口，一派繁忙，一派热闹。近处的村落，炊烟袅袅，飘浮半空，别有一番祥和与宁静。家人团聚，围炉而坐，谈笑风生，其乐融融。想来该是多么和谐、多么幸福的生活。诗人忘情欣赏黄昏的景致，倾注了向往和欣喜。他渴望成为这里的一员，日出而作，日落而息，与世无争，远离是非，过一种清静淡泊、自由自在的生活。记得诗人曾经在《山居秋暝》里这样描写过自己的理想生活：

空山新雨后，天气晚来秋。
明月松间照，清泉石上流。
竹喧归浣女，莲动下渔舟。
随意春芳歇，王孙自可留。

　　清泉明月，翠竹青松，姑娘嬉戏说笑，渔人满载而归，不知魏晋，无论有汉，自成天地，自得其乐。王维隐居辋川，熟悉这里的民俗风物，喜爱这里的清静生活。一草一木，一声一响，在他看来，都充满了诗意，都充满了情趣。就像陶渊明笔下的风景，"暧暧远人村，依依墟里烟"，"狗吠深巷中，鸡鸣桑树颠"，炊烟人家，鸡鸣狗吠，都是风景，都有诗意。王维欣赏渡头落日，阳光与江面相切，平铺直照过来，似乎与水齐平。宁静而明媚，生动而含蓄。王维也欣赏炊烟人家，黄昏时分，暮色笼罩，村子上空，飘荡着一缕炊烟，冉冉升腾，慢慢扩散，轻灵、飘逸。王维看得很仔细，很专注。一个"上"字写动态，悠然上升，颇具高度。一个"孤"字写炊烟，令人想起他的名句"大漠孤烟直，长河落日圆"，有点儿孤寂，有点儿冷清，但是却平和、安逸。当然，隐隐之中，似乎也透露出诗人内心的凄清和落寞。

比风景更让人欢心的是朋友，王维隐居辋川，来往最多的要数裴迪，也是隐士，也是诗酒风流，也是才华横溢。朋友之间，志趣相投，声息相通，好不畅快，好不风雅。这首诗歌是为朋友而写，这一番风景是为诗人铺设，行文至此，朋友出场，点亮读者的双眸，增加风景的神韵。你看，正当诗人流连渡头落日、迷恋村庄炊烟的时候，朋友裴迪出人意料地出现在眼前，一副醉态，歪歪斜斜，摇摇晃晃；几声狂歌，声情并茂，无所顾忌。多么可爱的朋友，也是性情中人，不合流俗，不染浊污，不问名利，不管是非，一片赤子之心，一腔率性天真。王维就欣赏这样不羁的风采，就向往这样自由无拘的生活。

尤其是，诗歌并不直接点明朋友的名字，而代之以"接舆"，也不说自己的大名，代之以"五柳"，皆大有寓意。接舆是春秋时期楚国著名的隐士。姓陆，名通，字接舆。平时"躬耕以食"，因对当时社会不满，剪去头发，佯狂不仕，所以，也被人们称为"楚狂接舆"。《论语》里面记载了这样一个故事：楚狂接舆歌而过孔子曰："凤兮凤兮！何德之衰？往者不可谏，来者犹可追。已而，已而！今之从政者殆而！"孔子下，欲与之言。趋而辟之，不得与之言。意思是：楚国的狂人接舆唱着歌从孔子车前走过，他唱道："凤鸟啊，凤鸟啊！你的德行为什么衰退了呢？过去的事情已经不能挽回了，未来的事情还来得及呀。算了吧，算了吧！如今那些从政的人都危险啊！"孔子下车，想和他交谈。接舆赶快走开了，孔子无法和他交谈。王维将朋友比作接舆，意在赞誉朋友不屑官场名利、超然世外的生活态度。

五柳源自陶渊明的文章《五柳先生传》。五柳先生是一位忘怀得失、诗酒自娱的隐者，"宅边有五柳树，因以为号焉"。实际上，这位五柳先生正是陶渊明自己的形象写照。王维诗中用五柳喻指自己，暗含自己效法陶渊明，悠游山水、躬耕田园、远离尘世、逍遥度日的心愿。两位名士，一双朋友，惺惺相惜，志趣相同，生活在辋川，活出自我，活出率真，活出精彩。这实在令人羡慕，令人神往！

清江一曲柳千条

——刘禹锡《柳枝词》赏读

一直相信，人心相通，诗意相连，不管古今，无论中外。诗歌就像一颗话梅，含在口中，芬芳唇齿，清爽心神，回味无穷。诗歌就像一粒食盐，溶解于水，不见形色，不闻气味，却是滋润了生活，精彩了生命。读刘禹锡的《柳枝词》，感觉诗人是在追忆一段美好的过去，回味一份真诚的爱情，平淡而朴实的语言，传达出浓浓的诗意，沉沉的伤感。喜欢诗人那份情怀，那份对爱情、对生活的珍爱，总是善良而天真地设想，如果我们每一个人，都像诗人那样，留恋过往，怅恨今朝，这人世间不知要增添多少赤诚，多少感动。诗歌这样写道：

> 清江一曲柳千条，二十年前旧板桥。
> 曾与美人桥上别，恨无消息到今朝。

一个春天的早晨，诗人漫步曲江柳岸，触景伤怀，沉思过往。二十年前的春天，也是一个凉风习习、绿柳婆娑的早晨，也是在这条江边，这座桥上，诗人送别自己的心上人。不知什么原因，不知美人前往何处，只是那份伤感、那份难舍永远铭刻诗人心间，萦绕不去。江水弯弯曲曲，潺潺流淌，清波粼粼，见证了诗人执手美人、泪如雨下的无奈；江水远去，一同远去的还有美人的背影，渐渐模糊，直至消失在诗人的视线尽头。堤岸上面，栽满柳树，恰逢春日，绿叶茂生，枝条披拂，一派生机。可是，眼前的清江绿水，晶莹透亮，堤岸垂柳，婀娜多姿，都不能引起诗人的兴趣，相反倒是泯灭了诗意，淡忘了风情。诗人只感受到离别的伤痛和凄凉，以及对远方的牵挂。可恨的柳枝啊，纵然千条万条，纷披垂拂，也不能够缠绕住离人的步履。

　　换作平常日子，诗人与美人携手出游，漫步江岸柳桥，看花红柳绿，草长莺飞，听流水潺潺，鸟语花香，赏帆舟点点，人小如芥，望长天飞鸿，云霞灿烂，何等惬意，何等幸福。一切美丽风光为爱情描画瑰丽的色彩，一切自然天籁为幸福奏响动听的音乐。两个人沉浸在美妙无比的感情世界之中，忘记了时间流逝，忘记了烦恼不快。可是，今天，二十年后的今天，完全不一样，就像柳永伤感词句所描写的情境，"便纵有千种风情，更与何人说"，或者像杜丽娘长叹，"良辰美景奈何天，赏心乐事谁家院"，诗人无心赏景，无心游吟。任凭清泪流入清江，任凭柳枝垂拂面庞，无语无言，怅望长天。美人又是如何？诗人不忍描写，不忍言说，但是，多情善感的读者自然不难想象：泪湿胭脂，愁眉紧锁，面容凝重，神色忧伤。美丽的女子一样难分难舍，一样别情依依。内心不知几多缠绵，几多缱绻。相爱的一对人，魂魄相通，能够彼此感应对方的煎熬和痛楚。诗人没有直接说出口，只是用风光景物稍作点染，营造气氛，将读者带回遥远的二十年前，带回那个风光如画的桥上，去体会、去回味那种刻骨铭心、撕心裂肺的离别之痛。笔者相信，读者品诗时，投入多少情思，倾注多少心血，就会感受多少痛苦，体验多少揪心。你能想象一对情人离别有多艰难，你就会悟出多少艰难。你所不能承受的痛苦，也就是画中人不能承受的痛苦。诗歌的美丽与魅力，也许就在于，将一段遥远而缠绵的情思、真挚而真诚的感受传达给我们，打动我们的心弦，引发我们的共鸣。

笔者喜欢诗人的用词，看似寻常，其实蕴含无限情思，耐人咀嚼，引人回味。一曲"清"江，水灵晶亮，波光闪闪，映照葱郁杨柳，映衬相拥情人，渲染一幅灵动而凄美的画面。面对此情此景，或伫立岸边、或徘徊桥上的读者，能不低回怨叹，能不哀婉唏嘘吗？还喜欢那些"杨柳"，千条万条，郁郁一色，生机盎然，留不住离别的步履，留不住流逝的时光，更留不住美丽的爱情，却总是缠绕离愁，摇曳心旌。她们也是爱美的，和姑娘一样，"碧玉妆成一树高，万条垂下绿丝绦"，想想看，和这样风情优雅、浪漫美艳的女子一起，谁愿意离去，谁能够离去？还有那座"板桥"，也许是几块木板拼成，架在河上，连护栏都没有，寒碜至极，朴素至极，可是，有爱情相伴，有离愁相依，多少也有了凄美的色调，岁月也会斑驳板桥的色彩，连同板桥之上凝固的爱情故事。最是动人一个"旧"字，二十年了，七千三百多个日日夜夜，不可谓不"旧"，风雨剥蚀，伤痕累累。可是，岁月褪不去诗人对爱情的坚守和等待，对爱人的期盼和牵挂。一任风雨沧桑，一任人事变迁，我心依然，我情忠贞。多少情意感动天地，多少爱恨震撼心灵。

　　告别曾经的离别，告别曾经的美丽，回到现实，回到今天，站在板桥上，站在绿柳成荫深处，沿河眺望，过尽千帆皆不是，直到斜晖脉脉水悠悠。多么期盼过往的船只，突然靠岸，飘下一位风华绝代的美人，照亮我的双眸，震撼我的心灵；多么希望靠岸的客人，捎来一封信笺，墨迹娟秀，隐隐泛现一张美丽依然的容颜；多么希望登舟远去，任水漂流，追寻二十年前的方向，投奔遥远的怀抱。可是，现实就是这般无情，任你千般联想，万种心绪，也换不来美人惊鸿一现。多少离恨悠悠翻涌心头，多少牵肠挂肚纠结心怀。恨只恨，岁月无情，人事沧桑，一别二十年，音讯杳无，踪迹全灭。诗人感怀万千，唏嘘哽咽。为曾经的期许，为心中的坚守。二十年来，日日夜夜，期盼，等待，相思，想念，愁肠百结，肝肺成灰，没想到，盼来的还是失落和空茫，还是孤寂和失望。再等下去吗？也许未知的等待就是一种希望，也许无望的等待总会熬成坚强。只能祈祷苍天，祈祷命运，垂怜有情人终能团聚今生。只能祝福诗人：好运，好福。

万里桥边送友人

——薛涛《送友人》赏读

历代文人墨客称赞唐朝艺妓薛涛文采风流，才情横溢，手巧心慧，工诗善书，广结文朋骚客，出入名门豪府。殊不知，薛涛虽为女儿身，却有男儿性情，为人真诚，重情重义，迎来送往，诗酒唱和，多有佳作问世，其中尤以《送友人》被广为传颂。此诗道尽情谊深深，曲尽心灵波折，读来动人肺腑，令人感叹唏嘘。诗歌这样写道：

> 水国蒹葭夜有霜，月寒山色共苍苍。
> 谁言千里自今夕，离梦杳如关塞长。

薛涛送别友人，地在水乡泽国，时近夜色黄昏，远去了白天的喧嚣嘈杂，褪尽了红尘的滚滚烟火，气氛十分安静，十分平和。安静得只能听见彼此的心跳，平和得只能听见波光荡漾的轻吟。秋天的黄昏，如血残阳早已褪去，如水凉雾弥漫天地。月亮升起来了，带着沉沉寒意，泛着幽幽冷光，照耀大地，照耀江河，照耀山峦。就在这样一个夜晚，诗人薛涛与朋友在成都西郊浣花溪畔，万里桥边，举杯痛饮，言语话别。说不尽悲伤愁苦，道不完嘱咐忧思。两人心头弥漫浓浓秋霜。不能喝酒，却又只能喝酒，只有喝酒才可以发泄郁闷，麻醉心灵。明明知道酒醒之后更加痛苦，却又毫无办法，偏偏要喝，一任浊酒入肠，化作相思愁泪。几度哽咽，几度无语，长久沉默，让彼此咚咚心跳交流难言的离愁。这一天啊，深秋时节，天气肃杀，白露为霜，夜色茫茫，月色皎洁，寒光森森。一同冷清，一同寒凉的，还有两颗即将离别的心。

笔者想起了古老的《诗经》，眼前浮现一幅永恒的画面："蒹葭苍苍，白露为霜。所谓伊人，在水一方。溯洄从之，道阻且长。溯游从之，宛在水中央。"不久的将来，友人远在天涯，诗人滞留水乡，千里万里，遥遥难及，望而不见，思而不得，一种闲愁，两地相思。《诗经》里面，男女主人公相思相恋，尽管道阻且长，白雾茫茫，但是毕竟还可以相望相呼，目会神交；可是，诗人与朋友，离山离水，道路迢迢，群山苍苍，月色茫茫，不见不聚，不闻不知，彼此相隔，恍如生死阴阳，恍如古今隔世，何等失落凄凉，何等悲惨绝望。盼只盼明月有情，知心会意，捎去彼此的牵挂与问候、祝福与忧念。苏轼不是有词这样写道："人有悲欢离合，月有阴晴圆缺，此事古难全。但愿人长久，千里共婵娟。"李白亦有诗云："我寄愁心与明月，随君直到夜郎西。"张若虚诗云："此时相望不相闻，愿逐月华流照君。"善解人意的明月啊，一定会捎去彼此的思念。

喜欢诗人凄冷的用词，凄冷的体验。一个"霜"字，不仅状写秋夜的凄冷寒凉，更见白霜满地，夜色空茫，其色冷峻，其态浓重。一个"寒"字，不仅状写月冷夜寒，更能传达友人离去、我心冰凉的滋味。两个冷色调词语，既巧妙烘托送别友人之后的冷寂失落心态，又让人看到一位风尘女子痴情重义的一面。有情如此，应是远去友人的幸运，相念于江湖，三生有幸啊。朋友走了，带走了薛涛的心，冷却了这个秋天的世界。于是，我们看到，万里桥边，薛宅灯明，彻夜不灭。是相思人不眠，还是寒冷心不宁？是夜深梦不成，还是月冷照凄凉？也许是，也许不全是，但留给薛涛的却是一个漫漫寒夜。不堪设想，一个柔弱女子，如何承受得住如此沉重、如此悲戚的相思？

朋友走后，诗人无语，想起人之常言：千里自今夕，两地隔秋水。是啊，人隔千里，今夕开始。将会有无数个漫漫长夜延续诗人的相思，无数次翘首企盼憔悴诗人的心魂。谁能说得清未来的日子里诗人将是如何苦度时光？可是，迎来送往，聚散离合，诗人也不是少有经历，纵然用情至深，也一定看惯了风吹杨柳离舟远去，也一定听惯了丝竹管弦离歌声声，超脱一下，宽慰自己，或许可以适当缓解相思苦念的疲惫。诗人在"千里自今夕"前面加上一个"谁言"，构成反问句式，劝慰自己，不就是那么回事儿，不必如此伤情。王勃不是有诗云"海内存知己，天涯若比邻"吗？谢庄不是有诗云"美人去兮音尘绝，隔千里兮共明月"吗？放远眼量，超脱人生，自会神思千里，思接万载，心胸豁达，坦然面对。

这些隐含的情意，诗人通达的情怀，多少让我们感受到一点儿宽慰，一点儿轻松，不再像诗歌一、二两句中所表达的情意那么沉重，那么愁苦。诗人甚至展开奇想：朋友远去，关山苍苍，道路迢迢，千里万里，遥不可及啊！如何能见？如何能聚？大约只好梦中相遇，梦中团聚吧。尽管"天长路远魂飞苦，梦魂不到关山难"（李白《长相思》），可是，我的幽幽离梦，绝对会飞越万水千山，追随友人而去，不管友人走到天涯海角，还是大漠边关。一个"如"字，犹言"像""好比"之类的意思，貌似平和委婉，其实暗含强烈的情思意蕴，表明诗人追随友人，一往情深，大有不达目的誓不罢休的气势。思念朋友，魂牵梦绕，形影不离，朝夕相伴，情感深似大海，友谊重如泰山。

薛涛送别友人，黯然神伤，心冷如冰，用一秋霜露来烘染，用一夜寒月来映衬，我读到了心痛如割的不舍，也读到了友谊如山的厚重；薛涛追随友人，放飞悠悠离梦，跨越山长水阔，我读到了关塞迢迢、万里风尘的艰辛，也读到了一往情深、锲而不舍的执着。友情如此，真情如此，惊心动魄，感人肺腑。

不忿朝来喜鹊声

——李端《闺情》赏读

人生萍聚，相逢如歌；人生萍散，离别如诗。离合聚散，悲欢喜忧，牵扯心怀，激动心弦。诗人多情善感，敏于捕捉，将视角深入人物内心深处，观察心灵的波澜起伏，将听觉深入外界一声一响，辨识情感的细微嬗变，吟咏成诗，落墨成文，定格了一个个经典的镜头，浓缩了一幅幅永恒的风景。读唐代诗人李端的诗歌《闺情》，我就被深深震撼，行人远走天涯，扬鞭策马，风尘仆仆，却将孤寂和思念留给了留守家中的女子，多少个日日夜夜，多少次肝肠寸断，换不来男子的书信问候，换不来男子的策马归家。相思如夜，笼罩天地，笼罩女子心头。盼星星，盼月亮，漫漫长夜，一个孤苦伶仃的女子正在忍受煎熬，苦苦期盼男子的回归。可是，她的盼望有结果吗？是喜是忧？是悲是恨？诗人没有告诉我们，留下想象空间。诗歌就像一个心灵的密码，吸引你我前去解读、猜想：

月落星稀天欲明，孤灯未灭梦难成。
披衣更向门前望，不忿朝来鹊喜声。

对于诗人来讲，游目花草虫鱼，走笔亭台楼榭，这是很容易的事情。但是，一旦要深入人物内心世界，并与之同悲共喜，同欢共忧，那就是一件十分困难的事情，需要真诚和善意，需要悲悯和关怀，需要理解和体验。从这个意义上看，李端在这首小诗《闺情》中就表现出一份设身处地、将心比心的共鸣和感应。诗歌的描写从外在世界深入到思妇内心，从漫漫长夜转移到天明欲曙，从视觉所见转换到听觉所闻，所见所闻，所思所感，所念所想，无一不是远方的行人，无一不是青春的汹涌。

夜深人静，四野沉沉，不闻山村鸡鸣狗吠，不闻山林万籁有声。一轮圆月慢慢西沉，时而隐没云层，时而移动山巅，时而滑过树梢，时而掠过水面，最后消失在天地相接的山岭。天空变得暗淡，世界一片朦胧。沉沉乌云之下，稀稀落落几颗星星，似乎更加耀眼，更加闪亮，可是，没过多久，也一一隐去，躲藏在云层之后。黎明前最黑暗的时刻马上到来。天地肃静，天空漆黑，天色欲曙。对于那些长夜难眠、心事重重的人们来说，这是一个美好的时刻，开启一段光明，迎来一份欣喜。对于李端笔下的女子来说，也许意味着一夜相思总会结束，一场祈盼总有结果。她在等待，她在祈祷，她在憧憬。她像任何一个怀想黎明、思念远方的女子一样，一个夜晚，相思不宁，或者徘徊院落，抬头望月，心飞神驰；或者席地而坐，抱膝凝思，心事茫茫；或者端坐桌前，铺展信笺，泣泪成书。总之，心绪繁杂如一团乱麻，心怀空茫如一片荒漠。她看过了多少次月圆月缺、月隐月现，她听过了多少回虫鸣虫寂、鸟啼鸟静，她又计数过多少次花开花落、草荣草枯，斗转星移，春秋代序，风雨沧桑，人事变迁，还是盼不来她的春天。

诗人的视线转入屋内，聚焦那盏古老的油灯，孤灯未灭，闪闪烁烁，照亮一夜的凄寒，温暖一屋的落寞。没有亲朋好友相伴，没有知心恋人相依，女子一个人，孤孤单单，可怜兮兮，忍受无眠的长夜，忍受相思的折磨。陪伴她的只有一盏锈迹斑斑的油灯，一簇灯火，颤颤巍巍，暗影幢幢。是害怕寒冷而颤抖，还是不忍孤独而战栗？是微弱无力的挣扎，还是沉默无语的凝视？一点一点，将光散布屋子，将热温暖心灵。女子也会神思恍惚，回到过去，回味甜蜜。那个时候，行人尚未离开自己，两人红烛罗帐，相拥相依，耳鬓厮磨，说绵绵不尽的情话，道甘美如泉的爱情。多么幸福，多么甜蜜。可是，今夜，不知行人远在何方，心意如何。女子渴盼相见，渴盼团圆。或许只有进入梦乡，才能实现这个微薄的希望。躺在床上，和衣而卧，心情却是久久不能平静。因为孤寂，因为愁怨，因为相思煎熬。翻过来，转过去，坐也不是，睡也不宁。多么想进入梦乡，魂飞关山，梦度千里，追寻远方的行人，陪伴他的左右。就像李白仰慕天姥山，"我欲因之梦吴越，一夜飞度镜湖月"；就像武元衡思念故乡，"春风一夜吹乡梦，又逐春风到洛城"；就像岑参思慕美人，"枕上片时春梦中，行尽江南数千里"。李端笔下这位可怜的女子也想梦入关山，魂绕行人。可是，美梦难成，相思成灰。有什么办法呢？

就在天色将明、愁思不眠的时候，突然窗外传来几声鸟叫，打破了屋子里的沉寂和空落。女子大吃一惊，起身披衣，下床动步，匆匆忙忙走向门边，循声望去，双眸闪烁泪花，不知道是喜极而泣，喜出望外，还是愁煎胸怀，暗自伤心？可以理解，换作你我，相思入骨，心海翻腾，经过一夜折腾，此时此刻，哪怕听到一丝一毫的响动，都会神情专注，惊讶不已。女子希望奇迹发生，女子期盼行人出现在门前。一个"望"字，包含多少辛酸，多少无奈，多少殷殷期盼啊。一个"更"字，再进一步。长夜久坐，美梦难成，却不放弃，不气馁，还是等待，还是盼望。可见，女子心中，爱如潮水，源源不绝；爱如高山，忠贞不移。我们感动，感动穿越昼夜的坚持，感动穿越山水的思念，感动泣泪滴血的煎熬。

果不其然，女子推门而望，看到几只喜鹊，叽叽喳喳，吵闹不停。屋子外面，空空荡荡，不见人影。什么也没有，什么也不曾来过，和以前的许多个早晨一样。女子满心失望，恼怒不已。责怪喜鹊七嘴八舌，胡言乱语；责怪喜鹊不解离情，添愁惹恨；责怪喜鹊无头无脑，乱鸣乱放。可是，喜鹊不管人间事，一江相思无限长。责怪又有何用？如果责怪能够改变现实，能够迎来归人，那就只管责怪好了。当然，话又说回来，期盼也罢，责怪也罢，生气也罢，恼怒也罢，全是因为远方的他，全是行人不归的缘故。女子深情、专情，动人肺腑，催人泪下。

跟着性情读唐诗

青青子衿,悠悠我心。但为君故,沉吟至今。

二月春风似剪刀
——贺知章《咏柳》赏读

美酒可以历久弥香，人喝人醉；诗歌可以脍炙人口，人读人爱。贺知章的小诗《咏柳》也许就是这样一坛美酒，常品常新，百读不厌。诗人本意或许不在赞美杨柳，但是巧加联想，生发类比，确是将寻常柳树描绘得出神入化、栩栩如生，甚至到了令人心动神摇、想入非非的程度。何以如此？还是先来读读诗歌再说吧：

碧玉妆成一树高，万条垂下绿丝绦。

不知细叶谁裁出，二月春风似剪刀。

  笔者初读，心旌摇荡，心驰神往，只觉得眼前站立一位女子，身材修长，体态婀娜，面容俏丽，意态迷人。亭亭玉立风中，秀发如云，流泻披拂，活现青春风采；裙裾丝带，随风飞扬，更见光彩照人。也许我走神，也许我敏感，想到了生活，想到了活色生香、倾国倾城的美女。但是，你不得不承认，贺知章就是有这本事，让你把一棵树想象成一位美人，让你欣赏一棵树，忘情投入，忘乎所以。就像开始一场恋爱一样，对方的风情美貌让你如痴如醉，不能自拔。

  这是一棵怎样的柳树呢？用碧绿玉石装饰而成，冰清玉洁，纤尘不染。树高似人，亭亭净植，光洁鲜嫩，隐隐泛光。柳枝下垂，丝丝缕缕，密密麻麻，随风飞舞。柳叶细嫩，浅黄淡绿，如烟如眼，如雾如梦，让人产生朦胧迷离之感。是瞌睡人的眼睛，无精打采，还是沉睡初醒的眸子，熠熠生辉？碧玉是绿色，状写柳树躯干，晶莹剔透，明亮泛光。柳叶是绿色，一片一片，整整齐齐，清新可爱。树身也好，树叶也罢，一律青绿，一派生机。这是春天特有的景象，这是柳树迎风张扬的丰姿。

  一株绿柳独立春风，款摆腰肢，飞扬秀发，舞动裙裾，形成一道妩媚生辉的风景，明亮你我的眼睛，灿烂多情的心灵。你很难分辨清楚，诗人是在描写一棵树，还是在刻画一位美人；你很难区分清楚，诗人是在赞美一棵绿柳，还是在赞美一位女子。不需要分辨，不需要区分，甚至不需要理由，只要热爱、欣喜，只要沉醉、痴迷，这就足够了。人与树，诗与画，和谐统一，美不胜收。

  "碧玉"这个词当然不可忽略。一语双关，意韵悠悠。字面而言，指玉石碧绿，莹莹泛光；深刻体味，则指美丽女子，暗含情思。"碧玉"是成语"小家碧玉"的主角，是晋代汝南王司马义的妾。孙绰应司马义之请，作有《碧玉歌》两首。其一：碧玉小家女，不敢攀贵德。感郎千金意，惭无倾城色。其二：碧玉破瓜时，相为情颠倒。感郎不羞赧，回身就郎抱。碧玉姓刘，她不是很漂亮，但从汝南王对她的宠爱来看，估计她长得很耐看，很有韵味，而且歌唱得很好。后以"小家碧玉"称小户人家的美貌少女。

相比大家闺秀，小家碧玉长相俏丽，性情温柔、活泼，两眼一闪一闪的，露出惊喜的神态，动作有些拘谨，但楚楚动人。贺知章之所以将柳树比为小家碧玉，自然还有暗赞女子出身低微、美丽出众之意。

柳树的生机在于绿叶片片，柳枝缕缕，柳树的风采在于春风吹拂，绿影婆娑。诗人突发奇想，明知故问：这一树的柳叶啊，青青绿绿，整整齐齐，到底是谁一刀一剪裁出来的呢？原来是二月春风这把看不见、摸不着的剪刀的功劳啊！春风与剪刀，一虚一实，一抽象一具体，两相对比，具有意想不到的表达效果。春风吹遍大地，吹绿万千草木，催发勃勃生机，不就像裁缝师傅巧用剪刀，勾勒轮廓，裁剪样纸吗？春风造就了绿柳，剪刀裁剪了佳作，都有创造性，都值得深情礼赞。

深入一步，想象剪刀与谁相关，谁会经常操弄剪刀呢？当然是心灵手巧、勤劳能干的女子。她们不仅爱美丽，爱生活，更爱劳动，更有创造热情。她们擅长女红，聪明灵慧，能够将心中所想通过一刀一剪、一针一线，创造出来。一件件制作精美、做工考究的衣裳，就是她们心血和智慧的结晶；一双双图案秀美、花纹曼妙的鞋垫，就是她们热情和汗水的凝结。诗人欣赏她们，礼赞她们，礼赞劳动。劳动创造了美好的生活，劳动也赋予生活重要意义。这些内容也许含蓄一点，不过读者细细品味联想，应不难体会。笔者斗胆改动诗句，将"二月春风似剪刀"改为"二月春风似菜刀"，或是柴刀、斧头什么的，显然意味顿减，风采全无。何故？菜刀，砍瓜切菜，粗猛生硬，毫无美感，且与女子的灵巧聪慧相背离。柴刀是男子上山砍柴、下地劳作所用工具，与女子关联不大。唯有"剪刀"才能见出灵慧秀美。又如，将"碧玉妆成一树高"改为"闺秀站成一树高"，如何呢？同样不符合身份情境。大家闺秀哪有这么能干的？哪能这么勤快？唯有出身底层的女子，才如此勤劳能干，如此热爱生活。大家闺秀不能相比。可见诗人诗心慧眼，一字难易，处处机心。

一株柳树装点出春天的风采，一位女子创造出生活的美丽，一首诗歌咏唱出千年的风韵。我们感动，那个春天，和风染绿了草木，绿柳飘扬出情思。

笑问客从何处来

——贺知章《回乡偶书二首》（其一）赏读

  一次，笔者经过一间农村小学的教室旁边，发现老师正在教孩子们朗读贺知章的诗歌《回乡偶书二首》（其一）。透过不甚清晰的窗户，我看到了孩子们读书的模样，一个个坐直身子，摆正脑袋，双手拿着张开的语文课本，眼睛直直盯着文字，齐刷刷地朗读诗歌，声音响亮，情绪高亢，一张张小脸上露出微笑的表情。学生读完之后，老师也不加以指点纠正，只是淡淡地说了一句：读得好，有气势，继续发扬。我暗自纳闷，小孩子不懂，难道老师也不懂吗？后来一想，不怪那位老师，她也只是一个刚刚师范毕业分到农村教书的年轻人。年轻人缺少阅历，缺少离家远行、长久在外的生活经历，是体会不出贺知章的沧桑感慨的。

如果让我来朗读，虽然在阅历上比年轻人占有优势，但是又未必能够把握得好情感基调和诗句内蕴。还是八十二岁的贺知章最懂得自己的心声和情感。这首诗写出了一个老人回家的"老"意味，"老"感觉，悲喜交织，感慨丛生：

少小离家老大回，乡音无改鬓毛衰。
儿童相见不相识，笑问客从何处来。

大诗人少年离家，科场打拼，官场沉浮，一晃过去了五十余个年头，及至告老还乡，已是耄耋之年，白发苍苍。想当年，离开家乡，离开亲人，年轻气盛，胸怀远大，功名心强，自尊心重，不识离恨，不懂乡愁。多少雄心壮志澎湃热血，多少功名伟业激励心志，不开创出一番惊天伟业，誓不归家！年轻不懂离愁，豪气干云，壮志冲天，大有"风萧萧兮易水寒，壮士一去兮不复还"的气概。到如今，历尽宦海沉浮，饱尝世态炎凉，疲于尔虞我诈，无意世间利禄，回到家乡，安度晚年。淡看天空风起云涌，笑读门前花开花落，悠游自在，逍遥度日，这是诗人最后的向往，也是诗人最好的归宿。

回家了，回到家了，五十多年之后，终于回家了！说不出有多高兴，有多激动。今天的诗人完全不同于当初离开家乡的小伙子，时光飞逝，人事消磨，改变了青春容颜，也改变了乡土故园。看看我自己，两鬓衰残，满头白发；这张脸，饱经风霜，布满皱纹；这副身板，弯腰曲背，瘦弱不堪；这双脚，步履缓慢，行走艰难；还有这双手，十指瘦长，筋骨毕露。岁月无情，留下沧桑印记，宦海奔波，苍老憔悴的心。

树高千丈叶落归根，官至卿相终回故土。多少岁月风轻云淡，多少往事浮现脑海。门前那口水塘，清波潋潋，文文静静，春风吹过，还会泛起细细波纹吗？屋后那棵枣树，秋风扫地，万木萧萧，褪去茂盛，还会看见深红的枣粒吗？东边菜园子旁边那口水井，清泉汩汩，活泼欢唱，清晨傍晚，还会有那么多村姑少妇浣衣洗菜、闲话家常吗？村口那棵梨树，夏秋之交挂满果实，年少的我和伙伴们爬上树枝，摘梨尝鲜，大饱口福，如今安在？一切有关故乡的风物全都一一呈现，一切有关故乡的人和事全都鲜活生动。是的，时间可以改变一切，但是改变不了记忆，改变不了游子心中的乡情。

乡音不改，还是那般浓重，那般地道，那般醇厚。不改的乡音折射不变的乡情。走得再远，离别再久，官位再高，财富再多，谁能忘却乡音？谁又能忘却乡情呢？

可叹啊，眼前这些儿童，看着我这个白发苍苍、老态龙钟的老人，一个个好奇兴奋，一个个惊讶不已，连连问我："大爷，您从哪儿来？您要找谁啊？"他们年幼无知，他们天真热情，他们礼貌待人，一如当年的我，乡里乡音，土里土气，纯朴善良，厚道好客，已经足够令人感动了，不好责怪他们。他们怎么可能知道呢？一个离家五十多年的老人回家，他们自出生以来从未见过，如今碰到，这个老人竟然一口地道乡音，不奇怪才怪呢。

诗人，本来是告老回家，本来是高高兴兴，本来是乡音不改，可是让小孩子这么一问，真是哭笑不得，感叹唏嘘。是啊，我什么时候成了家乡的客人？我为什么会成为家乡的客人？家乡没有我的日子里又发生了怎样的变化？邻居还是那么厚道热心吗？村里还有多少年轻人不认识我这个老头？回家令人高兴，但是，太多的牵挂和忧念无疑又让人不安，就像宋之问《渡汉江》所写：

> 岭外音书断，经冬复历春。
> 近乡情更怯，不敢问来人。

诗人不敢询问面前的小孩，诗人不敢告诉小孩自己家在哪里，诗人不敢想象家人会怎样，诗人更不敢要求小孩给他带路到他们家看看，高兴又不安，急切又迟疑，站在原地，对视小孩，久久说不出话来。这是怎么了？小孩纳闷，我们却清醒。满腹乡情，太过沉重，太过纠结，萦绕诗人苦涩的心灵，缠住诗人艰难的步履。

诗人，您要站立多久，在自己的家乡？
诗人，您要走向何方，在自己的家乡？

少年壮志不言愁

——王勃《送杜少府之任蜀川》赏读

年轻人都喜欢外面的世界，外面的世界很精彩，外面的世界很诱人。二十几岁的王勃壮志远游，四海为家，结朋交友，显声扬名，风光无比，惬意无比。

旅途送别，一般人免不了悲悲戚戚，哭哭啼啼，缠绵悱恻，难分难舍，可是王勃不是这番模样。他聪颖早慧，感悟通达，过早看破了生命玄机，过早参悟了人生真谛，心胸宽广，心态平和，心志远大，心绪飞扬。他喊出了铿锵有力、回荡天地的心声："海内存知己，天涯若比邻。"遗响千年，激动你我。

羡慕年轻，年轻如王勃，生命蓬勃，生机旺盛，生趣盎然，有雄心抱负，有冲天壮志。世界是年轻人的，友谊是年轻人的，欢悦是年轻人的，希望也是年轻人的，一切都是年轻人的。王勃诗歌《送杜少府之任蜀川》便是如此张扬两颗年轻的心之间的深情厚谊：

> 城阙辅三秦，风烟望五津。
> 与君离别意，同是宦游人。
> 海内存知己，天涯若比邻。
> 无为在歧路，儿女共沾巾。

年轻的友人杜少府将要离开大唐帝都长安，奔赴遥远的蜀川任职，王勃前去送行，告慰、勉励朋友。长安距离蜀川，千山万水，长路迢迢，王勃极尽目力，也眺望不到尽头，只见云烟翻涌，清风浩荡，大地苍茫，高天辽远。诗人的视野随之拓展，诗人的心胸随之开阔，心头涌上万千思绪，起伏翻滚，沸腾磅礴。是啊，天地有多宽广，舞台就有多辽阔；道路有多漫长，梦想就有多瑰丽。

长安是大唐帝都，三秦大地环绕拱卫，气势雄伟，气象开阔。五津是岷江五大渡口，隐喻天府之国，成都大地。染上风烟，涂上色彩，苍茫辽阔，神奇动人。一个是送别之地，繁华都城，殿阁楼宇，鳞次栉比，人烟兴盛，物阜民丰。一个是前往之地，山奇水胜，气势磅礴，天高地远，风烟缭绕。一场送别，始于长安，终于五津，跨越崇山峻岭，飞渡大江大河，两颗年轻的心在飞扬，两个年轻的生命在呼应。你走不出我的心间，我走不出你的视野。

也许谁会有点儿悲伤，有点儿惆怅，像风像雨又像云，像烟像水又像梦，但是，转瞬即逝，过眼轻风。我们彼此明白，心照不宣，你我都是一条道上的人，问鼎科举，打拼功名，沉浮宦海，挣扎世俗，相同的经历，相同的追求，彼此安慰，彼此鼓励，还有什么可牵肠挂肚、愁颜不展呢？经历了那么多风风雨雨，经历了那么多人事烟云，还有什么可纠结算计、耿耿于怀呢？放下心理负担，打开思想包袱，轻装上路，愉快前行，等待你我的是山川壮丽，红日喷薄。其道大光，前程无量！

人生天地，免不了东西南北，天各一方。可是别忘了，热血男儿，志在四方，闯荡江湖，四海为家，这也是一种风采，这也是一种生活。为什么要天天守着父母，守着古老家园，不肯远走天下呢？朋友一场，真心真意，志趣相投，就不在乎形影不离，就不在乎山珍海味。相信真正的友谊如青山屹立，四季常青；如山泉淙淙，源远流长；如山谷幽兰，淡雅芬芳。再说了，只要知心会意，纵然天涯海角，分离时空，还不是犹如比邻而居，声息相应吗？四海之大，人海茫茫，相知有几？相逢有几？你我相知，缘定朋友，当倍加珍惜，倍加呵护。友谊不因天涯海角而淡薄，友情不因山高水长而稀释。

我们年轻，有的是时间，有的是希望。天地舞台，任你我驰骋；人生舞台，任你我拼搏；社会舞台，任你我闯荡。有梦想就有激情，有青春就有力量。生命的意义在于追求，在于坚守，在于内心的强大。朋友啊，我们年轻，远走天涯，奔赴海角，正是为了实现我们的梦想。眼前这场离别，放在漫漫人生路上来看，又算得了什么呢？远去，我为你祈祷；远去，你为我喝彩。世界因为你我而精彩。

千万不要儿女情长,伤心堕泪;千万不要感情用事,痛断肝肠;千万不要忐忐忑忑,凄凄惨惨。泪水飞溅,可以证明一个人多情善感;执手无语,可以证明一个人情深义重。但是,记住,今天,我们年轻,年轻就该不识愁滋味,年轻就该风风火火闯九州。

野渡无人舟自横
——韦应物《滁州西涧》赏读

古往今来,文人志士多有这种体验:才华横溢,能力高强,希望官居庙堂,辅佐君王,经营天下;一旦沦落江湖,穷困潦倒,则希望归隐田园,笑傲山水,逍遥度日。

但是,文人毕竟是文人,心志抱负不可能彻底放弃,理想追求不可能完全泯灭。徜徉山水之间,流露淡淡忧伤;写景咏物之余,表白隐隐心声,这也是常有的事。唐代诗人韦应物的诗歌《滁州西涧》以写花草禽鸟、山水风物取胜,更以剖白心志、吐露心声见长。诗人带领读者一道散步,一道感受他对风景的感受,一道领略他对宦海的体悟。别样的风景,别样的情怀:

> 独怜幽草涧边生,上有黄鹂深树鸣。
> 春潮带雨晚来急,野渡无人舟自横。

滁州是今天的安徽省滁州市,唐代时为滁州治所。西涧可能就是一条山谷,在滁州城西郊野。韦应物曾任滁州刺史,为政之余,常到西涧一带游玩。这里芳草鲜美,野花遍地,林木茂盛,人烟罕至。这次西涧之行,不同寻常,诗人似乎不太高兴,不太欣慰,有点儿忧伤,有点儿落寞。你看他笔下的景物就可略知一二。万千风光,诗人不看不说,单单关注两种景物——幽草和黄鹂。幽草长在涧边，自生自灭，默默无闻。没有广阔的发展空间，不见灿烂的阳光星月。一汪清泉从身边流过，一任岁月拂去烟云。无声无息，无牵无挂，安于现状。诗人感动，心生怜爱，心生敬意。诗人想到，人如幽草，出身低微，扎根底层，也是默默无闻，也是孤寂落寞，也是无能为力，安于现状。一个"怜"字，几多无奈，又有几多共鸣。谁人能解？谁人愿解？谁人又能倾听诗人隐隐作痛的心？

再看看黄鹂，同是生活在涧边，同是生活在幽谷，她却依傍绿树，居高显摆，自鸣自唱，颇为得意。她有一身金黄的羽毛，她有一副动听的歌喉，她有声声乖巧的献媚，她还有玲珑精致的模样。她是人间宠物，她为大众喜爱。虽然这里人迹罕至，听者稀少，她还是歌声婉转，自鸣得意。诗人对此不屑，心生厌恶。爱怜幽草的背后就是憎恨黄鹂，关注底层的背后就是漠视权贵。诗人觉得，这不是他要追求的生活，自鸣自唱，自吹自擂，自以为是，自我炫耀，自甘谄媚，摇尾乞怜，这些行为有损人格，有损风骨。相比而言，倒是幽草安贫守节，淡泊名利，格外值得欣赏，值得颂扬。

花草禽鸟，生长也罢，鸣叫也罢，与人无关，与情无缘，但是，敏感的诗人类比联想，不能不触动我们的心弦。诗人也是才华过人，抱负高远，也是能力高强，风骨凛凛，但是不得其位，不得其用，不愿折腰，不愿媚俗，结果自然壮志落空，委屈满怀。赞美幽草淡泊宁静，默默处世，却又埋怨幽草埋没自己，不为人知。厌恶黄鹂居高媚时，变节求荣，却又艳羡黄鹂身居高位，大有可为。孰去孰从，委实难定。一个人行吟西涧，一颗心矛盾重重。

晚些时候，春潮带雨，水势上涨，水流充沛，正好行舟，正好摆渡。可是，你看渡口，荒郊野外，本来行人就不多，此时更加冷落，更加荒疏，老半天没看见一个人渡河。小舟横泊水面，静静不动。不知道艄公到哪儿去了，不知道小船又要泊到几时。他和诗人一样，可能也无用武之地啊。他在等待行人，还是坚守寂寞？他在悠游漂泊，还是空落失望？他在等待中苍老，还是在苍老中等待？他能等来希望，还是希望等成沮丧？诗人驻足岸边，凝视小舟，久久出神。自己不也和眼前这条小船一样吗？几分清闲，几分幽静，也有几分失落，几分孤寂。

换个角度想象，要是在人来人往的热闹码头，或是在千帆静泊的重要渡口，大雨之后，水势上涨，风平浪静，正好行舟，这些船儿，不管大小，全都派上用场，全都忙忙碌碌，扬帆远航。何等繁忙！何等热闹！船的作用体现在装载远航，渡人过河，人的作用体现在身居官位，造福百姓。人来到世间，就是一条船，一条渡人到彼岸的船。诗人遗憾，自己这条船不在其位，不尽其用。一身空落，一腔失望。

安慰一下自己吧，乐得逍遥。不去想用与不用，不去想位与不位，不去想名和利，不去想权和势。像涧边幽草一样，茂盛生长，静默自处，与世无争；像郊野渡船一样，逍遥江河，空空落落，自由轻松。庄子有言："巧者劳而知者忧，无能者无所求，饱食而敖游，泛若不系之舟，虚而敖游者也。"（《庄子·列御寇》）人生在世，无所追求，自由自在，与世沉浮，何乐而不为呢？

人生就是一条船，装载的可能是功名权位，也可能是自由快乐，可能沉重难行，也可能一路轻快。诗人提醒你我思考：我们究竟该如何驾驭？

曾经沧海难为水

——元稹《离思五首》（其四）赏读

爱美之心，人皆有之。朝秦暮楚，见异思迁，似乎也是人之常情。想想看，美女如云，秀色可餐，谁不动心？谁不思慕？可是，也不排除有人生为情来，死为情去，生生死死，忠贞不渝，爱得惊天动地，爱得死去活来，爱得海枯石烂。唐代诗人元稹是个情种，爱己所爱，用情至深。妻子去世之后，伤痛不已，深情缅怀，曾经抒发旷世奇情，曾经写下绝世忠贞，感人肺腑，催人泪下。其诗《离思五首》（其四）是这样诉说相思苦情的：

曾经沧海难为水，除却巫山不是云。

取次花丛懒回顾，半缘修道半缘君。

没读过有关元稹爱情生活的史料，没读过元稹传记之类的书籍，我们也许不知道诗人生活中是一个怎样的人，对待妻子如何。但是，仅读这首悼亡诗，就可以让读者感受到诗人痛断肝肠的思念，跨越生死的忠贞，感天动地的爱恋。诗人的表白发自肺腑，源于生活，言情道理，实实在在。不直说爱得忠贞，爱得真诚，爱得刻骨，爱得心碎，而是引经据典，比类生发，于情理之中表白心声，于意趣之中流泻真情。

诗人坦言，看过苍茫大海，知道波澜壮阔、烟波浩渺，再来观赏江河湖泊、细水微澜，就不觉得怎样，更不会心存爱恋。看过巫山云雨，知道云蒸霞蔚，变幻莫测，再来观赏云卷云舒，风轻云淡，就不觉得如何美妙，更不会心生赞美。寻常之水比不上大海之水，等闲之云比不上巫山之云，辽阔壮观，至大至美，登峰造极，无以复加。言外之意，至为清晰。我们夫妻一场，恩爱情深，生死不渝，如大海深厚辽阔，如巫山之云绮丽美好，无与伦比。我心中，你最美；我心中，最爱你。春色无边，美色无数，无一能与你相比，无一能让我动心。我心属于你，你心属于我。两情相悦，地老天荒。

元稹才华横溢，学识渊博，吟诗作文，表情达意，免不了引经据典，化用无痕。"沧海"之说源自《孟子·尽心篇》："观于海者难为水，游于圣人之门者难为言。"意思是：观看过大海的人，便难以被其他水吸引了；在圣人门下学习过的人，便难以被其他言论吸引了。极言圣人的思想对人影响的深远。元稹则化用文句，借以表达爱恋之情，情深似海，不知天外有天，水外有水，及至来到大海，才知道其他水的渺小可怜。换句话说，天地之间，学问道理、人事品德莫不如此，见过大世面，明了大道理，心怀宽广，视野辽阔，也就不再局促狭小、留恋他物了。比之元稹夫妻，元稹认为，妻子就是大学问、大道理，值得自己终生阅读、研究，不敢移情别恋。其他女子均不足以打动其心。

巫山之云源自宋玉《高唐赋序》："昔者，先王尝游高唐，怠而昼寝，梦见一妇人，曰：'妾，巫山之女也。为高唐之客，闻君游高唐，愿荐枕席。'王因幸之。去而辞曰：'妾在巫山之阳，高丘之阻。旦为朝云，暮为行雨。朝朝暮暮，阳台之下。'""云雨之欢"亦由此而来。不管是巫山之云的瑰丽变化，美妙绝伦，还是"云雨之欢"的两情相悦，如胶似漆，均能唤起人们微妙的联想。巫山云美，无与伦比；妻子貌美，无人可及。巫山云雨，欢情浓郁。元稹夫妻，情意深深。品读联想，美妙无比。既是元稹真情动人之处，亦是品诗乐不可支之时。

沧海表心，巫山明志，诗人用情，深入骨髓，渗进血液，融进灵魂。如此表白，还嫌不够，还嫌不妥，于是，诗人又引类作比，设喻传情，酿足情意。说自己信步花丛，纵然百花盛开，姹紫嫣红，也懒于观赏，更不会回头。何故？因为在我心中，妻子，就是一朵世间最美丽、最迷人、最盛放的花朵。专心于你，用情于你，忠诚于你，别无他恋，别无所求。一个男子，有家有室，别无花心，尚可理解。如果妻子已去，孤身一人活在人间，面对美色无数，还能目不斜视，心无旁骛，做到如此境界，实属难得。只有一种解释，爱恋之深，跨越生死。

诗人最后叙说自己如此这般的原因所在。"半为修道半缘君"，一般是为了学问道德，一半是为了你。有人批评诗人薄情寡义，用情不够。怎么能够半心半意呢？要全心全意才对。如此理解，实在是误会了诗人的苦心。妻子去世以后，诗人感到了无意趣，于是，用心治学，修身养德，算是转移情感，聊寄哀思，或是借以解闷，排遣相思。修道也是相思，治学也是相思。有道之处有你，治学之时有你，你何曾离开过我的生活、我的心灵？你在世的时候，是我的一切；你离开人间以后，一切都是你。真是问世间情为何物，直教人生死相许啊！

白云深处有风骨

——贾岛《访隐者不遇》赏读

  人生苦累，忙忙碌碌，总想脱离凡俗，高蹈尘外，做一名褪尽人间烟火、缥缈高天云端的隐士，这当然不切实际，不过，有时停下匆匆的脚步，放下心灵的包袱，抛弃思想杂念，感受一下隐士的逍遥自由、轻盈自在，倒也是一种不错的选择。有一首诗，在中国家喻户晓，童叟皆知，这就是苦吟诗人贾岛的《访隐者不遇》，倒是真正可以起到抚慰心灵、放飞性情、释放自我的作用。诗歌这样描写道：

    松下问童子，言师采药去。
    只在此山中，云深不知处。

诗人前往山中，拜访自己心仪已久的朋友，没想到空走一趟，没有见着朋友，倒是见着了相伴朋友的一个小童。于是询问朋友去向，小童的回答也是云烟缭绕，不知就里，给诗人留下一个谜，也给世人留下广泛思考。因为想念，所以前往；又因为未遇，所以惆怅。不过，失望之余，又另有发现，惊喜好奇，细细思量，读懂了白云深山，读懂了朋友的行踪去向，读懂了人生的东西南北。

诗人问了三个问题，均是寓问于答，隐而不发，含蓄至极。第一个问题是：孩子啊，你师傅干什么去了？小童回答：师傅进山采药去了。再问：到哪里采药啊？小童回答：就在前面这座山中。最后问：山这么大，你师傅具体在山中哪个位置呢？东西南北？高低上下？小童回答：白云缭绕，山高林密，还真不知道呢。一问一答，步步深入，愈发神秘，愈发凸显出山中隐士的迷人风采。

采药是药师，悬壶济世，治病救人，表明山中隐士并非远离人间，不问世事，相反他倒关怀苍生，救济疾苦，慈悲善良，积德行善。采药是他每天的工作，生于凡尘，隐居深山，不辞辛劳，穿山走林，攀岩爬树，涉河历险，采摘药草。他是一个勤恳敬业、用心良苦的药师。当然，也可以这么理解，药师采药也有为自己强身健体、治病消灾的考虑。

大山是药师活动的空间，是药师展示自我的舞台。也许是看破红尘，疲惫功名；也许是厌恶纷争，无心算计；也许是宦海挣扎，心力交瘁。他移家入山，远离世俗，远离喧嚣，与山河沟谷为邻，以花草树木为友，放浪形骸，纵身自然，活得滋润，活得精彩，找回了久违的自我。

大山与尘世相对，隐逸与世俗相对。诗人特别强调药师"只在此山中"，除了简单交代药师行踪之外，更意味着药师不与世俗同流合污，不向名利折腰献媚，不让自己心志扭曲。一般文人难以做到这一点，药师却是乐此不疲，津津有味。一个"只"字，强调除此之外，别无去处，整天在大山里打转转，整天离不开大山。这不是一般的迷恋山水，而是追求自由、热爱自然的浪漫情怀的体现。

白云是药师风采的写照，是药师性格的折射。白云缭绕，缥缈不定，是自由的象征。忽东忽西，无拘无束，随心所欲，我行我素。以天空为家，与山林为伍。白云高蹈，远离尘俗，是高洁的象征。轻盈空灵，洁白素净，纤尘不染，高雅脱俗。与清风相伴，以蓝天相衬。弥漫山林，如烟似雾，如梦似幻，白云是美好梦想的象征。文人风雅，兴致勃发，望云生情，也是常有之事。白云仪态万千，风情万种，变幻莫测，似乎又隐喻山居隐士放浪形骸、行踪不定的风范。总之，白云朵朵，隐射药师。风采迷人，光芒四射。

松树是药师风骨的写照，是药师信念的暗示。古代诗文，常常称颂青松躯干笔挺，墨绿如伞，生机无限；深层隐喻士人正直无私，刚强不屈，无惧风雨，锐意进取。贾岛诗中点明"松下"，一是营造青松相伴、翠竹相依的山居环境，更重要的是暗示药师出尘离世、志在山林的坚毅与决绝，没有人能改变他归隐山林的选择，没有人能阻挡他追求自由的步伐，没有人能藐视他高洁不俗的品格。

小童是药师的陪衬，是药师的精神影子。诗人此行，询问小童关于其师傅去向的问题，小童的回答也很有意思，不是一次回答具体清楚，明白如话，而是山重水复、柳暗花明，似乎在和诗人兜圈子、玩玄机。其实，这正好折射出小童居住山中，相伴药师，长期受到药师影响所形成的习惯与风采。睹影知竿，观微知著，聪明的诗人、敏锐的读者，难道不能从小童话语神态之中，窥知药师风范之一二吗？

一场探访带来一场失望，一番对话带来一番好奇，无须遇见药师，无须确认身份，大山静默，白云无语，山林无声。这个无声无息、无拘无束的世界不就已经回答了一切吗？问问大山，问问白云，问问青松，问问清风，他们会告诉你有关药师的秘密，有关人生的真谛。

露似真珠月似弓

——白居易《暮江吟》赏读

喜欢游山玩水，喜欢赏花观草，喜欢清晨露珠、黄昏夕照，喜欢新月初升、夕阳残落，喜欢自然界一切美丽多姿的风景。而且，我以为，文学的摹绘，诗意的传达，远远赶不上自然的生动、活泼。人一旦置身自然，徜徉山水，就会感觉到心灵充盈，性情飞扬，生命律动，气韵充沛。诗歌之所以伟大，从某种意义上来看，在于诗人借助诗句传达了自己的人生感受，再现了自然风光，抒写了别样情志。同时，也唤起读者对自然、社会和人生的类似联想。就像叶嘉莹教授讲的一个观点，诗歌要具有生命感发力量。读者读诗实际是在从诗人眼中心底的风光中读到自己的人生感受和诗意情怀。

记得有一次黄昏降临的时候，我和孩子在星城长沙湘江风光带漫不经心地游走。经过杜甫江阁的时候，突然看到一幅奇异瑰丽的画面：夕阳慢慢落到岳麓山后，余晖返照，斜射江面，平铺过来。江水比较平静，可谓清风徐来，水波不惊。受光照较多的水域一片粉红，犹如晚霞沉江，红艳迷人。受光照较少的水域，碧波粼粼，轻轻荡漾。两片水域之间是一条明亮的光带，横江而过，将湘江水流一分为二。太奇妙，太美丽了！小孩子惊呼：天下奇观！湘江奇观！我脑海里突然蹦出一首诗，那就是白居易的《暮江吟》：

> 一道残阳铺水中，半江瑟瑟半江红。
> 可怜九月初三夜，露似真珠月似弓。

这首诗，上小学四年级的孩子刚好学过。我刚吟出第一句，孩子就十分兴奋地背出后面三句。我问孩子，知道这首诗描写的是什么风景吗？知道诗人创作这首诗的时候是怎样的心情吗？孩子脱口而出，诗歌前面两句描写的就是我们眼前的风景，诗人当然是赞美夕阳江波。我点头称赞。此番经历让我感触良多。是啊,生活到处充满诗情画意,只是很多时候我们没有发现而已。诗歌的魅力就在于引发感动,触发联想,让我们更好更充分地感受自然,感受真实。

残阳很美,温煦柔和,斜射江面,犹如沿江铺展开来,空明轻盈,闪闪亮亮,给人以亲切、安闲之感。秋水夕阳,波光微澜,何等明净,何等温婉。夕阳映照的江面,一半是深红,一半是浅亮,一线光带区分开来,奇异而微妙。诗人用一个"半"字描绘光色变幻,有姿有态,有明有暗,细腻真切,感受具体。如非酷爱自然,细心观察,断然不能发现自然光影的细微变化。

入夜时分,天气变冷,夜色暗黑。诗人仍然站立江岸,饱览江天静谧、空蒙的美景。水汽凝结成水珠,降落在草地上,一粒粒,一颗颗,像珍珠,像星星,玲珑小巧,光洁剔透。一弯月亮高挂天空,像一张弓,一动不动,散发出清冷的光辉,照亮了天地,也照亮了诗人的双眸。此时此刻,不管是地面的小草露珠,还是天空的弯月,无不静美空灵,无不曼妙生辉。未到十五,明月不圆,十五的月亮完整圆满,光芒四射,初三的月亮,弯弯如弓,清辉流泻,一样的美丽,一样的精彩。诗人突然意识到,今天是农历九月初三,一个非常普通的日子,但是,诗人却发现了奇异的美景,大为兴奋,心花怒放。用一个"可怜"直抒自己热爱、喜悦之情,情不自禁,脱口而出。我相信诗人的激动和喜悦,我相信诗人的赞美和陶醉。

一个平平常常的傍晚,诗人来到江边,吹吹凉风,看看夕照,流连光影,凝眸江波,一江灿烂的波光温暖了他的心灵,一江粉红的霞光照亮了他的眼睛。诗人为自己的发现而惊叹,而激动。入夜之后,明月升天,银辉四射,诗人又发现了另一幅迷人的图景。月照江天,天地空明,夜色静谧,光影清冷。诗人一点儿不感觉寒冷,相反,他倒觉得温暖、感动。是自然的美景让诗人心旷神怡,是光影变化让诗人心神宁静,是秋夜清辉让诗人沉醉不醒。

白居易用精美如画、浓情似酒的文字描绘了秋夜的美丽,他借诗句和我们分享那份清美,那份沉静,那份光色幻影。感谢诗人!但是,我还是要大胆猜想,在自然面前,话语和文字也许永远是苍白的。那个晚上,白居易肯定觉得他的这些诗句难以穷尽美景，难以精准地传达微妙的感受。补救的办法就是，将诗歌和自然结合起来，品读诗歌，走进自然，体会诗意，如此，或许会使我们获得更丰富、更真切、更鲜活的体验。

巴山夜雨涨秋池

——李商隐《夜雨寄北》赏读

秋天是相思的季节，漂泊在外的游子思念故园的双亲，滞留他乡的丈夫思念家中妻子，饱经沧桑的父亲思念年幼的儿女。唐代诗人李商隐曾经流寓巴山蜀地，恰逢秋夜冷雨，敏感于爱妻来信，敏感于时令风物，写诗回函，表达相思。出语率真，情感真挚，景物凄冷，气氛落寞，读诗动容，回味无穷。其诗《夜雨寄北》是这样描写的：

> 君问归期未有期，巴山夜雨涨秋池。
> 何当共剪西窗烛，却话巴山夜雨时。

一般而言，一个家庭，女子主内，男子主外，男子在外面打拼，或为科举功名，或为官场升迁，或为生意买卖，奔波忙碌，马不停蹄，难得停下脚步，安心安意想家一回。倒是入夜之后，孤身一人，独处一室，心里最容易滋生相思苦恋之情。若是秋夜，风雨交加，则心境凄凉，倍感冷清。李商隐的情况更为特殊，在异地他乡，在风雨秋夜，面对妻子的来信，面对妻子的询问，诗人牵肠挂肚，隐隐作痛，和泪带墨，写诗回信。出门在外，难处多多，身不由己，毫无办法，希望妻子能够理解，不是不想回家，更不是不思念妻子，只是无奈无助。你问我什么时候回家，我不能确切告诉你回家的日期，至少现在我是不能马上回去的。我的心和你一样惆怅痛苦。

你若要问我对你思念有多深，我只能说，巴山蜀地一夜风雨，淋湿了天地，淋湿了我的心。窗外是雨，淅淅沥沥，绵绵密密，不知道何时会停。

风呼呼刮过，吹得窗棂呜呜响，好像有家难回的游子在哭泣。寒气伴着夜风渗进屋子，弥漫在我周围。我的心瑟瑟发抖。屋子里面，一张书桌，一盏油灯，一卷诗稿。灯火微微跳动，似乎被寒气包围，拼命挣扎。我端坐窗前，无心读诗，眼睛盯着孤灯，久久出神。我在想，凄风苦雨的夜晚，遥远的故园，亲爱的妻子，你在干什么？是否也像我一样窗前发呆、心中惆怅？你的来信，放在我眼前，在油灯的照耀下，隐隐泛光，不甚清晰，渐渐模糊，幻作一张笑脸。那是你的笑脸，是刚刚嫁过来的时候，最美丽、最青春，洋溢着幸福和希望的笑脸。我记得很真切，不管走到哪里，不管心力如何交瘁，我都会想起你的笑脸，你的青春，安抚我焦渴而疲惫的心。今天也是这样，在灯影下，在书信里，在夜雨时，我想起了你。未来的日子也是这样，我忙碌奔波的时候，你在我身后默默支撑着我；我孤独寂寞的时候，你在我心里默默地安慰我。

今晚，我一人，青灯为伴，风雨相陪，神思远浮，心绪茫茫。何日才能回家，与你团聚，相守窗前，同对西窗，共剪残烛？相信那样的夜晚，肯定是清风徐徐，夜色撩人；相信那样的夜晚，肯定是花好月圆，温情四溢。即便也是秋风秋雨，寒气森森，只要和你在一起，相亲相爱，相依相伴，互诉衷肠，我就心满意足，心花怒放。要知道，你在我身边，我的生活就绚丽多彩；你在我心里，我的世界就明媚灿烂。我今天只能盼望，只能数日子，数风雨，苦苦盼望早日结束两地相思之苦，早日享受夫妻团聚之乐。没有你的日子里，我不会照顾自己的相思；没有你的中秋，月亮也不圆满。纵然良辰美景，风情万千，我与谁诉说？与谁分享？

那一天，回到你身边的那一天，我能想象它的美好和幸福。我们两人互诉衷肠，追忆今天的艰苦难熬，追忆今夜的风雨交加，追忆今夜的秋池涨水，追忆迢迢路途，相思苦恨。痛苦折磨过去之后，两个人团聚相守，再回过头来回味当初经历的艰难处境，绝对是一种美好的享受。遥远的未来，希望在向我们招手；凄冷的现在，相思在煎熬我们的心灵。日子就是这样，有苦有甜，有喜有忧。想开一些，我们得适应，得坦然面对；豁达一点，这不影响我们的思念；距离遥远，这不能隔断我们的爱情。相信，今夜风雨，今夜相思，相思如风，飞越万水千山，吹拂过你心头；相思如雨，淋湿万千景物，也淋湿我的心。

李商隐的诗总是一唱三叹,荡气回肠;李商隐的情总是深沉真挚,动人肺腑。读这首诗,读诗人的风雨人生路,读诗人的相思离恨情,感动诗人对爱情的刻骨铭心,感动诗人对生活的如火希望。相信人生天地,多风多雨,坎坷不断,但是只要坚守爱情,憧憬未来,生活就一定会阳光万里,灿烂辉煌。

人间四月芳菲尽
——白居易《大林寺桃花》赏读

诗人总是喜欢用童心打量自然,用童心发现奇趣,用童心沟通世界。读白居易的诗歌《大林寺桃花》,固然会对深山古庙大林寺桃花盛开却不为人知大为震惊,同时,更会为诗人的意外发现、诙谐打趣而惊讶兴奋。笔者觉得,白居易不是在追寻桃花,观赏美景,而是在对话花草,交接自然,沟通生命,抒写性灵。诗歌字里行间流露出浓郁的情趣和新奇的感悟,让人在品读寻思中浮想联翩,惊喜不已。诗歌是这样写的:

人间四月芳菲尽，山寺桃花始盛开。

长恨春归无觅处，不知转入此中来。

孟夏时节，春离大地，芳菲落尽，爱春如命的文人已很难寻觅春的踪影，他们哀叹伤感，美丽的花朵怎么不说一声就悄无声息地消失了，不够厚道，不讲情谊。白居易就是这样的文人。一开篇就责怪春天的不是、花朵的无情，充分流露出自己失望、沮丧的情感。当然换个角度看，白居易是一个热爱自然、热爱春天、珍视美好事物的诗人。一个"尽"字状写过程，宛见百花盛开、风吹雨打、日渐凋残的动态过程，流露出诗人惋惜痛心的感触。而且，这个"尽"字还有一层意味，那就是暮春将过，百花全无，一朵不留，毫无情义。貌似客观，其实伤情。

因为春去太快，百花易逝，诗人才冒着炎炎烈日，穿山走林，寻访古庙，希望在那些人迹罕至的地方，发现一点儿与春天有关的迹象，或是借助这种寻幽访胜的方式，来填补春天消失给诗人带来的心理遗憾。功夫不负有心人，果不其然，经过一番艰苦的攀登，诗人来到林木繁茂、浓荫蔽日的大林寺，一片桃林，挂满花朵，光彩熠熠，生机勃勃。太艳丽，太亮眼了！

诗人十分惊讶，怎么深山老林里此时还有桃花盛开？平原村寨不是早已百花凋谢、不见踪影了吗？同样是桃树，平地桃花落尽，深山桃花始开，地理位置不同，桃树开花时节大不相同，真是太奇妙、太意外了。这种情况，也许诗人从来没有碰到过，从来没有听人说起过，今天撞见了，算是诗人有眼福！如果轻佻一点儿设想，说不定与白居易同行进山的朋友会开玩笑说：哈哈，命交桃花，想躲都躲不了呢。诗人的欣喜、惊讶、激动可想而知。注意诗人的用字"始盛开"，一个"始"字折射出诗人对桃花的特别关注和深深喜爱。如果不是热爱，如果不是细心，诗人是不会如此震惊的。

这趟深山之旅，发现人间四月平地不见已久的桃花盛开在大林寺，诗人格外激动，格外惊喜。他在想：我总是埋怨春天归去，悄无声息，我到处寻觅，无处见春。万万没想到，春天却跑到深山里来了，躲在大林寺。

春天啊，真像是一个淘气的小朋友，他好像在和诗人玩捉迷藏，趁诗人蒙上眼睛的时候，巧妙地隐藏起来，喊一声"开始"，诗人东奔西跑，到处找寻，一边找，一边喊，就是不见他的身影。正当诗人疲惫不堪、极不耐烦的时候，突然发现这个淘气的小朋友就藏在眼前的林子里，他的小脚丫早已露出丛林。哈哈，好不快乐！先是长恨不已，恨意愈浓，正当不能发泄的时候，却又突然发现了自己要寻找的春天、要寻找的桃花，峰回路转，柳暗花明，惊喜万分。

你看，诗人和春天，诗人和桃花，就是这么一种好玩有趣的关系，多逗人，多亲密。如果不是长久以来热爱自然，热爱春天，诗人哪会有如此真切的体验？哪会有如此快乐的发现？与其说桃花开在大林寺，不如说开在诗人心中。心中有桃花，眼前就一片光明，世界就一片灿烂。

诗人原本不知道桃花隐藏在深山古庙，我们也不知道春天过去之后，还会有桃花。其实，诗人有心，留意花开花落，草荣草枯，此时发现不了桃花，此地寻觅不到春天，我们相信带着诗心，怀揣童真，奔跑在自然的怀抱里，不管是深山古庙，还是郊野河岸，迟早有一天，诗人会发现春天和桃花的，因为他的心中早已桃花盛开，春光明媚。和诗人相比，我们真是心思粗糙，感觉迟钝，我们花费太多的时间和精力去追名逐利，出人头地，我们的童心和灵性已被磨灭殆尽，我们心中早已风雨无情，我们该去哪里寻找春天，寻找桃花呢？

千朵万朵压枝低

——杜甫《江畔独步寻花》（其六）赏读

印象中的大诗人杜甫总是愁眉苦脸，忧国忧民，总是颠沛流离，漂泊无靠。其诗关注现实，体恤民生，其情博大悲悯，忧愤深广，其人律己苛酷，待人宽怀。忧愁多苦音，沉郁少欢颜。随便挑几首杜甫的诗歌来读读，都会感觉到泪水滔滔，哭声震天。毛泽东曾经开玩笑说，自己不太喜欢杜甫，主要是因为杜甫诗歌总是哭哭啼啼，悲悲戚戚，让人不得轻松，不得舒服。

其实，杜甫也有欢歌高唱、欣喜若狂的时候，其诗《江畔独步寻花》（其六）写于诗人长久漂泊后，好不容易安顿于成都草堂之时，形象明丽，意境清新，情感欢悦，风格浓艳。

黄四娘家花满蹊，千朵万朵压枝低。
留连戏蝶时时舞，自在娇莺恰恰啼。

黄四娘应该是杜甫安居成都西郊浣花溪草堂时的一个邻居，诗人入住草堂之后，可能经常到附近邻居走动，串串门，聊聊天，日子一长，彼此成为熟人，关系变得融洽。诗人对黄四娘家的居住环境大加赞赏，其实折射出对这位邻居的尊敬和感谢、赞美和歌颂。诗歌一开篇就迫不及待地描述通往黄四娘家的那条小径，春暖花开，草长树绿，有名的无名的花朵一大片一大片，到处都是，布满了小径。太美丽，太浓艳了，似乎让人感觉到这条小径是通向花园，通向花海。行走路上，你完全可以想象得到眼前的景象，你完全能够体会得出诗人激动喜悦的心情。

黄四娘本是人名，少有入诗，诗人杜甫在这里无所顾忌，直接将人名嵌入诗句，颇具生活情趣。一来可以看出诗人对黄四娘家的熟悉和喜爱。二来也体现出诗人急于向读者推荐黄四娘家花开繁盛的良苦用心。换用今天的话来讲，就是黄四娘家的花开得特别浓艳、繁茂，花团锦簇，姹紫嫣红，大家一定要去看看，千万别错过。这样的表述，无意中也是在给黄四娘家做广告。天下花开，黄四娘家，广而告之，欢迎观赏。民歌风味浓，感情色彩浓。诚如李白《赠汪伦》开篇即将自己大名嵌入，"李白乘舟将欲行，忽闻岸上踏歌声"，一样的大名鼎鼎，一样的热情洋溢，一样的与众不同。想想看，如此奇特的开篇，你能不被李白吸引，同他一道欣赏歌舞吗？你能不被杜甫感染，同他一道观赏花开吗？

　　杜甫是诗人，但更像画师，先是对黄四娘家的大致环境做总体勾勒，舍去万千景物不说，单说一点，黄四娘家的花开得实在是太绚丽、太迷人了。吊足读者胃口，诱惑你随他前往欣赏。然后诗人才具体刻画，绘声绘色，绘形绘状，绘动绘静，将黄四娘家的花渲染到美妙绝伦、无以复加的地步。就数量来讲，不是一树两树，不是一片一片，也不是这里一朵那里一丛，而是千朵万朵，数不胜数，遍地都是，布满小径。你可以想象成花的海洋，你可以想象成花的王国，你还可以想象成花的天地。置身其中，繁花盛开，灿烂辉煌，光彩照人，怎能不叫人兴奋惊喜？怎能不叫人心花怒放？诗人的观察特别细致，特别敏锐，还说这些花开满了枝头，太多太密，沉甸甸的，压得树枝低了下来。花朵硕大，花色浓艳，花形壮观，花态张扬，犹如一个暴发户，全身珠光宝气，披金戴银，炫耀显摆，阔气奢华，生怕别人不知道似的。当然，诗人不是讥讽，不是嘲笑，不是不屑，对于黄四娘家的美丽花朵，诗人从内心，狂热地爱，狂热地喜欢。既是欢喜，就无所顾忌，就脱口而出，就直抒胸臆。

　　记得诗人在另外一首诗《春夜喜雨》里面也有对花朵的描写："晓看红湿处，花重锦官城。"经过一夜春雨滋润洗礼，第二天早上起来一看，成都已是花的海洋，一大片一大片，一大朵一大朵，水淋淋，沉甸甸，饱含无限生机。这里也是写花重、花艳、花绚丽，与黄四娘家的花有异曲同工之妙。

　　诗人散步花径，流连欣赏。看到蜂飞蝶舞，热闹非凡。蝴蝶扇动翅膀，轻盈飞舞，自由嬉戏，好不开心。蜜蜂起落不定，嘤嘤嗡嗡，采集花粉，忙碌不已。蝶也舞，蜂也唱，人也喜，何故？黄四娘家的花绚丽绽放，芬芳四溢，太有吸引力了。诗人通过蜂蝶飞舞，从侧面烘托出花香迷人，花艳醉人，花开动人。这还不够，诗人的眼睛似乎看不过来，他想一朵一朵地观赏，他想一只蝴蝶一只蝴蝶地计数，他想一缕花香一缕花香地感触，就像爱花的我们一样，来到公园里，看到花开艳丽，心情大好，要走近花朵，侧身弯腰，鼻子凑近，眼睛靠前，仔细地看，仔细地闻，一路品味，一路欢喜。诗人还支起耳朵，仔细聆听。他听到了什么声音？黄莺躲在花丛之中，她们也高兴，情不自禁，放声歌唱。那声音娇柔细嫩，那情态欢欣鼓舞，那歌唱婉转清脆，诗人可是大饱耳福，大喜过望。恰恰啼鸣，一派天籁，摒弃了丝竹管弦的热闹繁华，褪尽了轻歌曼舞的矫揉造作，就那么自然轻淡，就那么本色，是世间最美妙的音乐，是花海最本色的清唱，无疑也是诗人耳中心里最有吸引力的声音。娇莺何以如此欢喜歌唱？它们像人一样，也爱春天，也爱美丽花朵，也爱黄四娘家的花径啊。她们歌唱自然，歌唱快乐，自由自在，随心随性，无拘无束，想唱就唱，多么开心，多么幸福。诗人感动、羡慕，诗人也欣喜、幸福，为这些美丽的花朵和动听的声音。

俗话说，一枝独放不是春，百花齐放春满园。杜甫用锦绣辉煌的色调，热情似火的文笔，细腻真切的观察，为我们呈现了邻居家的美丽花海，让我们感受到黄四娘的热情、乐观、幸福、开朗，也让我们分享到花开锦绣的壮观迷人。谢谢诗人，用千千万万朵花装点了春天，也装点了我们的心情。

悔教夫婿觅封侯

——王昌龄《闺怨》赏读

绝句短小精悍，用字不多，要吸引读者，留下回味，不可能像小说那样一波三折、跌宕起伏，不可能像散文那样铺叙描绘、穷形尽相。绝句注定只能舍弃万千风物景观，万千原委经过，摄取关键场景、关键景物，白描点染，留白当黑，以一当十，以形传神，从而收到言简意赅、神完气足、余韵悠长、绕梁三日的效果。

喜欢王昌龄的《闺怨》，喜欢诗中女主人公微妙复杂的心理变化，喜欢女主人公对生活、对人生、对功名的切实感受。生活从来不是轰轰烈烈、惊天动地，从来不是孜孜功名、汲汲富贵，平平淡淡，相知相守，夫妻恩爱，是苦也甜，这才是生活的真谛。王昌龄这首小诗通过一个心理横断面，启迪人们关注内心，关注生活，关注平凡。诗歌这样写道：

闺中少妇不知愁，春日凝妆上翠楼。
忽见陌头杨柳色，悔教夫婿觅封侯。

既是《闺怨》诗，免不了相思苦恨，离愁别绪，免不了孤独寂寞，凄凉伤感，可是王昌龄这首绝句却别出心裁。这位美丽的少妇，整天无忧无虑，快快乐乐地生活，不知道什么是忧愁，什么是痛苦。她太年轻，十八九岁，涉世不深，阅历浅薄，心思大多还停留在少女时代。也许是刚刚结婚，度完蜜月才一年时间，丈夫从军远征之后，她还沉浸在美好甜蜜的生活中。光阴不居，日子一长，她肯定会感觉到生活的孤寂失落。但现在还没到时候。

再说，她和夫君身处大唐盛世，那是一个国力强盛、经济发达、社会安定、人心自信的时代，万千文人士子怀抱梦想，远离家人，从军边关，建功立业，少有缠绵相思、儿女情长。这位女子自然也是极力支持夫君的选择。夫贵妻荣，夫唱妇随嘛。立功塞外，博取功名，享受万人瞩目的荣光，何人没有这种想法呢？因此，少妇不知愁，少妇不伤感，少妇甚至还引以为荣，无比自豪。

春天来了，惠风和畅，阳光明媚，百花盛开。这是一个万木吐绿、万草芬芳、万河奔流的季节，生命律动充盈天地。少妇年轻，活泼开朗，热爱自然，热爱春天。早晨，起床之后，对着梳妆台，精心打扮，描眉画黛，涂脂抹粉，别上耳环，簪上发髻，涂染口红，换上轻纱罗裙，穿上丝绸绣鞋。站在镜子前面，左照右照，上看下看，光彩熠熠，顾盼生辉。生怕哪个地方没有修饰好，格外小心，格外细致。就像要去约会一样，要在对方面前展示最完美、最迷人的自己，要展示最精神、最具活力的自己。她当然不是去和别人约会，她是准备约会春天，约会美丽的春光。年轻人嘛，留恋花草，沉醉美好，这是很自然的事情。

不过，这位少妇的刻意打扮、良苦用心，倒是给人一种神圣庄严的仪式感。是的，她太看重这次赏春了。古人做事向来认真、严肃、虔诚，一心一意，绝不马虎。读书要沐浴更衣、焚香静气，确保心念洁净。弹琴也要沐浴更衣，焚香默念，确保心性专注。习字讲究笔墨纸砚，讲究姿态气韵、章法格套，等等，无不上心，无不专注。诗中这位女子也许不是文人，但是她看重这次赏春。打扮自己，修饰自己，不为别人，只为春天，只为心情。

一切准备妥当之后，她登上自家翠楼，饱览美丽春光。不知道她看到了什么风景，不知道她的心情如何，诗人只点示我们一个动作——"上翠楼"，余下的内容留给读者去想象。翠楼是什么？不是烟花柳巷，不是秦楼楚馆，不是乐游原上，而是自家阁楼，高高在上，青碧一色，富丽堂皇，加上庭院树木掩映，花草映衬，女子登楼远眺，似乎给人一种飘逸浪漫、空灵生情的感觉。

没有人来打扰她，也没有人和她一道分享春天的美丽。一院花草树木、绿影婆娑属于她，一春天地风光、姹紫嫣红属于她。她很兴奋，很激动。久违了，春天！内心随春光而跳动，生命随花柳而飘逸。

居高临下，极目远眺，她突然看见远处的道路尽头，杨柳泛绿，丝丝下垂，春风吹动，柳枝飞扬。刹那间，敏感的心灵隐隐作痛，似乎想起了什么，感悟到了什么。柳关离别，丝丝牵情，她和夫君当年不也是折柳赠别吗？杨柳青青，生机勃勃，人亦似柳，青春靓丽；柳绿易衰，青春易逝。春风，杨柳，阳光，花草，莺歌燕舞，一切那么美好，一切充满生机。妙龄女子如她，应该享受生命的美妙，享受春天的美好，享受爱情的甜蜜。这才是生活，这才是最不辜负青春的生活。

悔不该，当初激励夫君从军远行，立功封侯。功勋业绩，荣华富贵，那是表面的风光，那是他人的艳羡，那是虚荣的满足。实在一点，踏实一点想，过平常日子，油盐柴米，粗茶淡饭，夫妻恩爱，不离不弃，充分享受美好的青春，充分享受平淡的甜蜜，这才是生活，这才是真正的幸福。一个家庭，因为追求功名而夫妻离散，天各一方，忍受煎熬折磨，何必呢？

何苦呢？女子的心，汹涌怨悔，再也无心欣赏花柳，再也无心留恋草木。站立楼头，眺望远方，远方有夫君，远方有思念。

一幅画定格女子凝眸远方的剪影，一首诗记录女子回心转意的心理。一个年轻漂亮的女子站在高高的楼台上，守候青春，等待远方。她能盼来希望吗？花柳不语，春风不应。

天高地迥独徘徊

——陈子昂《登幽州台歌》赏读

大唐诗坛，日月争辉，群星璀璨，光彩夺目。大唐诗人，心高气傲，睥睨天下，关怀苍生。李白浪漫，梦游天姥，半壁见海日，空中闻天鸡。杜甫现实，会当凌绝顶，一览众山小。王之涣豪迈，登楼远眺，欲穷千里目，更上一层楼。刘禹锡高旷，一鹤排云上，诗情到碧霄。所有的雄心都源自才华和理想，所有的壮志都源自风神和气度。唐初开国，诗坛新秀陈子昂崭露头角,振臂高呼,横扫颓靡不振之文风,畅言刚健清新之风范,给诗坛,给文人带来巨大刺激,引发诗文风骨蜕变。其诗《登幽州台歌》抒写志士失意、理想沦空、世无知音、天地孤独的博大情怀,文风刚健,文气酣畅,文胆豪放,文心苍凉:

> 前不见古人,后不见来者。
> 念天地之悠悠,独怆然而涕下。

常言道,文如其人,诗如其心。欣赏陈子昂的幽州咏唱,其实更多的是感叹一代雄才的悲壮陨落、一代志士的走投无路。陈子昂出身富贵,生活优裕,任侠仗义,乐善好施,博览群书,学问渊博,科考及第,从政为官,胸怀大志,将以有为。但是他屡遭排挤,人生多舛。诗人登幽州高台,俯仰天地,视通万里,寻觅千古知音,惆怅浩茫人生,给后人、给读者留下孤独身影,旷世情怀。

历史是一条滚滚向前的时间大河,横亘天地,源自洪荒,流向永恒。朵朵浪花激荡其间,光芒四射;股股浊浪潜滋暗涌,喧嚣一时。诗人胸怀大志,想要大展宏图,建功立业,报效国家,造福苍生;想要名垂千古,彪炳史册。但是朝廷不给机会,同僚嫉贤妒能,陈子昂被排挤出局,才华壮志付诸东流。往前看,千秋万代,不见贤良;往后看,千秋万代,难觅知音。古语云:"知我者谓我心忧,不知我者谓我何求。"子昂悲凄,无人能解,无人愿解。古有燕昭王,千金买马骨,拜郭隗为师,招揽天下英才;采纳郭隗建议,筑黄金高台,笼络天下志士;消除内乱,抵御强敌,振兴国家,安定百姓,成就了一代伟业。陈子昂仰慕贤明,渴盼知音,渴盼用武之地,可惜,屡被打压,淘汰出局,世无知音,壮志落空。苦苦等待吗?时不我待,岁月蹉跎,朝廷腐败,社会黑暗,昏君当道,小人得势,哪里有我的机会?谁来倾听一个志士的心声?不敢想象,不敢相信,甚至不抱希望。前程未卜,前路茫茫,路在何方?

空间是一个辽阔的舞台,无边无际,无始无终,每一个才华横溢、能力高强的人,都可以找到驰骋的天地。诗人自许才高于世,壮志凌云,希望大展拳脚，有所作为，不料沉沦下僚，壮志未酬，想不通，心不平，满腹牢骚，满怀愤恨。不是自己能力欠缺，不是自己学问浅薄，不是自己志气低落，主要原因是社会不公，规则无序，朝政腐败，社会污浊，凭诗人一个人的力量，如何抵挡得住强大的体制力量？客观地讲，诗人退出是常态，入局是异常。想到天宽地阔，无处安身，想到大道如青天，我独不得出，诗人十万个想不通，一辈子也不明白。想做大事，想成就一番功业，怎么就如此艰难？诗人寄居天地，浮游社会，竟然无所安居，无所成就，实在令人愤慨，令人惊讶。就像乡下朋友进城，从事最苦最累的活儿，隐忍坚持，毫无怨言，用自己的血汗和辛劳铸造了高楼大厦，可是回过头来想想自己，竟然没有一间安身之所，心如何平和？气如何顺畅？

诗人陈子昂也许就是一个大唐王朝的局外人，也许就是一个大唐帝都的乡下人，付出了千辛万苦，付出了心血智慧，到头来却无安身之处，却无用武之时，换作你我，谁能没有愤慨，谁能没有不平？而且，在诗人看来，这种霉运只有自己一人撞上，太可悲，太可怜。天地之大，唯我独忧，唯我落寞，何等不公，何等荒唐。诗人想弄明白个中缘由，可是他能弄明白吗？社会可能让他弄明白吗？对于诗人来讲，现实就是归宿，现实是残酷的，诗人只能独自咀嚼苦涩的青果，独自品味酸涩的滋味。诗人只能"念天地之悠悠，独怆然而涕下"。哭吧，走投无路的时候，也许痛哭也是一种发泄的方式，也许痛哭会让一个热血男儿心平气和。诗人无语，无助，能够想的办法都想尽了，能够做的事情都做完了，还是改变不了自己的命运，更别说改变国家、改变天下了。

陈子昂站立高台，挥手云天，极目高空，他想弄明白世界有多辽远，社会有多复杂，可是殚精竭虑，冥思苦想，还是不能得出答案。过往历史，无由会面，今后际会，无由相逢，诗人能够把握、能够主宰的只是现在、今天、当下。可是，时空浩渺，历史沧桑，人事变幻，谁能给他指出一条希望之路，谁能给他带来信心和力量呢？没有，永远没有。

一个人超越时代，备受挤压，感受世俗的压力和社会的歧视，感受历史的苍凉和现实的残酷，自己不能解救自己，自己不能反抗世俗，只能独行天地，沉浮宦海，咀嚼旷世孤独，体味空前悲愤。只能说，子昂无奈，子昂无语，子昂悲壮。读读这首登临咏唱，你我心思何尝不是感喟唏嘘、哀哀无告呢？历史永远上演现实，现实永远反映历史，你我懂得子昂心声。

清溪清水清我心
——李白《清溪行》赏读

　　常言道，五岳归来不看山，九寨归来不看水。元稹有诗，"曾经沧海难为水，除却巫山不是云"。的确，对于喜欢游山玩水、登临览胜的文人来说，山水多姿多彩，美丽无比，人见人爱。每个人心中都有自己认为最美丽、最迷人的山水。

　　李白一生游历名山大川，观赏万千水态，最爱清溪水，最赏诗画情。其诗《清溪行》生动描绘了清溪的美丽风光，真挚抒写了诗人的疏淡情怀：

　　　　清溪清我心，水色异诸水。
　　　　借问新安江，见底何如此？
　　　　人行明镜中，鸟度屏风里。
　　　　向晚猩猩啼，空悲远游子。

　　李白性情率真，有话直说，不拘格套，直言清溪之水清凉我心，神清气爽；清溪之水水色独特，不同寻常，惊喜激动，陶醉神往，情不自禁，急不可耐。似乎李白不是一个人游历山水，而是一边游览，一边给我们指点解说，绘声绘色描述清溪风光，让我们和他一道分享沉迷山水的快乐。当他看到清溪水色如此清亮、如此透明的时候，他甚至很激动，脱口而出，大加赞叹。水清润心，水清凉怀，水清静性，水清怡神。

想起自己经历的宦海风云，想想腐败的朝廷，都是乌烟瘴气，浑浊不堪。人与人之间，拍马钻营，尔虞我诈，不择手段，工于算计，活得劳累，活得复杂，活得辛苦。要想涵养精神，修炼品德，要想洁身自好，不随流俗，真是难于登天，甚至万分艰险。混迹官场，人性扭曲，道德蜕变，思想腐化，情趣蒙尘。李白曾经在唐玄宗身边生活过三年，对于官场风气深有体会，对于人性险恶深感厌恶，因此，坦言清溪水清我心怀，其实暗含诗人对官场的怨愤，对自然的向往，对高洁人格的追求与呵护。

诗人也知道大名鼎鼎的新安江，大约距离清溪不远。清溪源出石台县，像一条玉带，蜿蜒曲折，流经贵池城，与秋浦河汇合，出池口泻入长江。新安江源出徽州，流入浙江，向来以水质清亮而著名。历史上描写新安江的诗文数不胜数，其中影响较大的要数南朝梁沈约的诗歌《新安江水至清浅深见底贻京邑游好》：

　　洞彻随深浅，皎镜无冬春。
　　千仞写乔树，百丈见游鳞。

新安江水至清至亮，透明见底。不管是深是浅，无论春夏秋冬，倒映树影，洞察鱼鳞，历历如画，清晰可见。沈约也是大加赞叹。可是李白搬出新安江来，天真发问，和清溪之水比较，哪能像清溪水这样清澈见底呢？新安江之与清溪，两者俱清，如此一比，则清者更清，无以复加。表明诗人心中，清溪最美，清溪最亮。

当然，我们不可能去具体区分哪一条江水更清、更绿、更亮、更透明，因为大唐时代，自然生态环境绝对是一流的，原生态，无污染，肯定是蓝天碧水，山清水秀，不像我们今天的污浊生态。我们似乎也没有必要去追问李白清溪水超越新安江，体现在何处。很显然，李白随口一说，只是表明他当时的心理感受、主观认识。喜欢就是喜欢，美丽就是美丽，在我李白心中，广为人们称赞的新安江也远远比不上清溪！

到底清溪迷人在何处呢？你看，人在岸上走，水在江中流，波平浪静，清风不起。江面平整如镜，波光粼粼；水流光滑似玉，纤尘不染。人影树姿倒映其中，天光云影一同徘徊，岂不如同巡游镜中，滑行天空？感觉实在轻快、空灵，真有一种飘飘欲飞的冲动。李白是一个会"飞"的诗人，只要他高兴，只要山水足够美丽，他是会"飞"起来的。还记得吗？一次夜游洞庭，李白是这样描写的：南湖秋水夜无烟，耐可乘流直上天？且就洞庭赊月色，将船买酒白云边。（《陪族叔刑部侍郎晔及中书贾舍人至游洞庭五首》（其二））秋空明净，月照南湖，天光湖水，晶莹如画，李白泛舟其中，深深陶醉，竟然想到乘流直上，飞升天外！何等飘逸，何等潇洒！相比而言，清溪之行，不过是行走岸边而已，可是，诗人也是想入非非，飘飘欲飞，实在是快意人生。

两岸青山苍翠欲滴，零星点缀一些花朵，色彩斑斓。远远望去，山犹如天然屏风，静立千年。活泼的小鸟穿越山林，凌空飞翔，掠过清溪上空，在青山秀水之间，在蓝天白云之下，勾勒出一道道轻快敏捷的剪影，实在美妙极了！青山，绿树，蓝天，白云，小鸟，山花，光色影姿，倒映清溪，美丽绝伦，引人入胜。李白深深陶醉，忘情欣赏，早已融进自然山水，变成一只小鸟，飞向无垠的天空。

一边行走，一边欣赏，忘记了时间，忘记了世俗，心灵纯净，心怀空明，像清溪之水一样清洁不俗，像清溪之树一样风雅曼妙，像清溪之鸟一样自由轻灵。不知不觉，到了傍晚，耳边传来猩猩啼叫，声声刺耳，声声悲凉。诗人这才回过神来，从山水之中，从诗画之中，从自由轻快之中。他想，自己也是游子，远离故乡，久别亲人；特别是自己刚刚离开京城，离开官场这个是非之地，理想壮志，才华情思，全无用处，全都流逝。心中不免有些悲伤，有些失落。猩猩悲鸣惊醒了李白，也惊醒了读者。

清溪水啊，照亮了诗人的双眸；清溪水啊，滋润了诗人的心田；清溪水啊，给诗人带来了自由欢乐；清溪水啊，又能否带走诗人的失落伤感？

东风不与周郎便

——杜牧《赤壁》赏读

历史上的战场总是刀光剑影、血雨腥风，总是烈焰腾空、硝烟弥漫，但是，诗歌的历史却可以云淡风轻、气定神闲，却可以举重若轻、化实为虚。杜牧的咏史诗《赤壁》不去描绘声势浩大、场面壮观的战争实景，不去渲染烈火焚烧、鬼哭狼嚎的恐怖气氛，却将眼光投注一支铁戟，将思想寓托一缕东风，描绘历史兴亡，淡定从容，发表历史见解，谈笑风生。诗歌呈现出一种大气苍茫、情思深长的特点，引人深思，耐人寻味。

> 折戟沉沙铁未销，自将磨洗认前朝。
> 东风不与周郎便，铜雀春深锁二乔。

赤壁之战发生在汉献帝建安十三年（208）十月，孙刘联合，火烧赤壁，大败曹军，基本上确定了三国鼎立的政权格局。其中东吴大将周瑜对于这场战斗起到了至关重要的作用。战争复杂，涉及方方面面；战斗激烈，牵扯万千人马。一般文人为文咏史，难以驾驭，无从下笔。杜牧巧妙选择一个角度，透视历史兴亡之道，咏叹变化无常之思。打捞一支伤痕累累、锈迹斑斑的铁戟，考证它的来龙去脉，掂量它的轻重分量，诗人大为惊讶。今天距离赤壁之战已是六百余年，铁戟折断，沉落江底，泥沙淹没，如今重见天日，还没有被漫漫时光消磨，真是奇迹。更重要的是，从它身上，人们可以窥见历史风云，战场硝烟。小心磨洗，仔细鉴定，发现它是前朝遗物，赤壁之战留下的兵器。见证了一段风起云涌的力量博弈，见证了一场智勇交织的权谋争斗，不可小看，不可忽视。

端详铁戟，观察光色，磨洗去污，辨认纹理，是咏史诗人的职责。折戟沉沙，六百余年，未销光泽，未销铁质，已是奇迹。风雨沧桑，岁月流变，政权更替，人事兴衰，更是厚重。诗人不敢怠慢，不敢马虎，犹如把玩一件玲珑小巧却又价值连城的工艺品，久久注视，细细欣赏。他发现，这支铁戟来路不凡，来自历史，来自战火，来自遥远的过去。更重要的是，这支铁戟引发了诗人幽远的联想。

面对铁戟，缅怀历史，生发联想，感悟智慧，是咏史诗人的使命。诗人想到，当年在孙刘联军与曹军水上对峙的时候，要不是刮来一阵东风，周瑜就不可能火烧曹军，大获全胜；相反，倒会全军覆没，连东吴美女大乔、小乔或许都会被曹操夺取，成为铜雀台中供曹操享乐的美色呢。那场战斗，万事俱备，只欠东风，可是天意就是天意，想要东风吹来，东风就吹来了，结果孙刘联军获胜。多么凑巧，多么奇怪。只能用天时、天意来理解。是天意成就了周瑜的胜利，是天意决定了三国鼎立的政权格局。

可是，谁又能确保一场战斗需要东风的时候东风就乖乖地到来呢？谁又知道北风、西风、南风不会刮来呢？人间尽管有上知天文、下知地理、三教九流无所不知的大军师诸葛亮，也有饱读兵书、谙熟韬略、能力高强、志向远大的大都督周瑜，可是，人算不如天算，仅凭两位大人物的智慧韬略，谁又能确保战争一定会胜利呢？天意不可测算，胜败难以把控，历史沧桑巨变，人事难以预料，一切变幻莫测啊。诗人的沉重感慨蕴含在叹惋之中，蕴含在东风之中。

古人相信天意，看重天意。西楚霸王项羽战败，不是从自己身上找原因，不是认真分析对方优势所在，而是将兵败归结为天意，天要我亡，不得不亡，不是战斗的失误啊。执迷不悟，至死不变。很多帝王封禅祭天，认为君权天授，自己替天行道，也是相信天意，崇拜天意。杜牧诗中对于赤壁之战的胜负分析，也是立足天意。不过，杜牧在天意基础上作了引申发挥，感叹天意难测，世事无常。

诗人的感喟当然是很沉重，很深刻的。可是，历史上也有人严重扭曲了诗人的历史观。宋人许𫖮《彦周诗话》云："杜牧之作《赤壁》诗……意谓赤壁不能纵火，为曹公夺二乔置之铜雀台上也。孙氏霸业，系此一战。社稷存亡，生灵涂炭都不问，只恐被捉了二乔，可见措大不识好恶。"许公识见真是浅薄荒唐，以轻代重，以小度大，笑掉大牙，跌人眼镜矣。

反对此说的，大有人在。《四库全书总目提要》云："（许𫖮）讥杜牧《赤壁》诗为不说社稷存亡，惟说二乔，不知大乔乃孙策妇，小乔为周瑜妇，二人入魏，即吴亡可矣。此诗人不欲质言，故变其词耳。"此言极是。二乔分别是东吴政权要人的正室，大乔是东吴前国主孙策的夫人，当时国主孙权的亲嫂子，小乔是正在带领东吴全部兵马与曹操决一死战的军事统帅周瑜的夫人，二乔地位至尊，代表一个国家的尊严。二人被掠，为曹消遣，自然意味着东吴政权的灭亡和人民的遭殃，怎能说二乔与社稷无关，与人民无关呢？

也有人换个角度读诗歌，读出了二乔的美丽风范，依据是罗贯中《三国演义》的记载。说曹操筑铜雀台，石栏玉柱，雕梁画栋，彩绣辉煌，可以藏娇纳艳，可以享乐娱己。曹操就是为了夺取江东大美女二乔而挥师南下，决战赤壁。一场战争竟然只是为了两位美女，想必曹公不会如此荒唐。但是从文学的角度来看，二乔的美丽确实震撼人心。众所周知，为了争夺美女海伦，古希腊英雄们在众神的帮助下进行了长达十年的特洛伊战争，最后用木马计攻破了特洛伊，以希腊完胜而告终。曹操又为何不可为了二乔而大战一场呢？

历史不容假设和想象，但是，历史走进了诗歌，走进了诗人的生命世界，历史的缤纷色彩就会以多种多样的面目呈现出来。从这个意义上讲，也许除了杜牧的深重喟叹，后人的不同猜测、品读，也有一定的意趣吧。

亡国何关商女事

——杜牧《泊秦淮》赏读

诗人咏史，贵在含蓄，说东道西，言此意彼，忌讳直抒胸臆，议论无余。诗歌既要给人优美的视觉感受，恬淡的心灵感触，又要抵达深刻，触及实质，让人警醒，留下回味。杜牧擅长咏史，借古讽今，借史抒怀。一支断戟可以引发历史幽思，一缕春风可以吹开尘封心灵，一江烟波可以折射生活风尚，一支小曲可以反映深远忧虑。其诗《泊秦淮》如此写道：

烟笼寒水月笼沙，夜泊秦淮近酒家。
商女不知亡国恨，隔江犹唱《后庭花》。

诗人泛舟秦淮河，泊船靠岸，不去欣赏华灯初上，笙歌艳舞，不去酒楼欢歌痛饮，醉生梦死，而是流连光影，沉思历史，观照现实，忧虑国运，指陈时弊，体现出一个正直文人的担当精神和博大情怀。波光粼粼的河面，笼罩着一层淡淡的烟雾，如梦如幻，似静似动。流水潺潺的沙滩，笼罩着淡淡的月光，如霜如雪，闪闪烁烁。夜色柔美，光影迷离，境界清幽，情调雅致。诗人置身其中，当然感到舒心惬意。读者品读诗句，自然也会身临其境，感同身受。

这里是秦淮河，岸边有酒家。船只距离酒家应该不远，如果诗人有心，如果诗人感兴趣，是可以去小饮几杯，听个曲儿的。可是，我们不知道诗人心中感触如何。仅仅是欣赏轻盈飘逸的美景，还是透过夜色觉察到一些什么？仅仅是泛舟散心，还是另有寻觅？不知道，似乎也不必急于知道。

我们只感觉到夜色美好，意境迷人。也许这就够了，读着诗句，能够激发联想，进入意境，并感受到舒畅、愉悦，这也是诗人的目的之一吧。

往浅处想。月挂高天，银辉四射，天地空明；秦淮起雾，若有若无，亦虚亦实；清风不起，江面平静，波光粼粼。景色何等清丽，何等幽雅，何等静谧。杜牧陶醉，我们也陶醉。有人读诗寻章摘句，片面曲解，固然不妥。可是，大凡妙语，除了传达诗人特定情境意韵之外，也有相对独立的含义，甚至可以超越诗歌文本，超越传统理解，而生发出新颖不凡的含意。

笔者以前喜欢杜牧这首诗，主要也是被开头第一句深深吸引，被美妙的画面、空灵的笔调和朦胧的意趣所吸引，至于诗人的心境如何，反倒不去观照了。喜欢柔美，喜欢朦胧，喜欢空明，喜欢蕴蓄诗中的轻快感受。跟着感觉走，八九不离十。相信诗到极致也许是一种感觉的传达。我们有理由推测杜牧是愉悦的、欢喜的。不为别的，就为今晚秦淮河的美丽夜景。

可是，隔岸的歌声打破了诗人的美好想象和愉悦心情。他听到了什么曲调？原来对岸酒楼，有人在喝酒，歌舞伴奏，灯红酒绿，纸醉金迷，一派奢华，一派颓靡。诗人总感觉不舒服，心里想起了什么。歌女演唱《后庭花》曲目，这是当年南朝荒淫误国的陈后主所作的乐曲，靡靡之音，腐化堕落，早已葬送了一个朝廷，一个国家。如今，又有人在唱，又有人在欣赏。重复当年的生活，沿袭当年的风习，花天酒地，醉生梦死，不念国事，不恤民生，这不就很快会使国家走上灭亡的老路吗？诗人听不下去，心中愤怒、忧虑，为这个国家的安危而担心，因这些贪图享乐的达官贵人而愤怒。他想愤怒呐喊，他想犀利批判，可是，世风如此，权贵当道，他只能含沙射影，指桑骂槐。

责怪那个承欢卖笑、搔首弄姿的歌女吗？没有必要，也不应该。她出身底层，身份低微，歌舞维生，受尽屈辱，不但得不到同情和理解，反而还要用道德大棒狠狠打击她，千不该万不该啊。国家兴亡，当政者谋之，权贵者负责，怎么能加罪于一个普通歌女呢？红颜祸水向来就是统治者嫁祸于人的托词，也是统治者自己懦弱无能的表白，是男人主宰社会、欺凌女性的体现。诗人责问歌女不知亡国之恨，实际上是指责那些腐化堕落、贪图享乐的官员显贵，骂他们不知亡国将至，不知国事维艰，不念民生疾苦，不思励精图治，罪该万死，罪有应得啊！歌女无罪，歌女无错。歌女一笔，虚晃一枪，声东击西而已。杜牧含蓄，杜牧气愤，同时又能节制感情，含蓄表达。曲笔苦心，实在高明。

诗人质问商女不知亡国恨，矛头指向达官显贵，指向最高统治者，用意非常明显。但是，表面一问却也引人深思，惹人联想。商女可以泛化，代指一般歌舞女子，也泛指不思进取、沉迷享乐的人们。诗意也随之演变，并非遭遇亡国之危才可以言说，其实，生活中很多情况均可对号入座，类比理解。如此一来，"商女不知亡国恨"也就超越了杜牧本意，而具有一定的普适性。或许这才是诗句千古流传、引人共鸣的原因吧。任何诗歌，创作之时属于诗人，成品之后，则具有普遍的社会意义，读者和作者，时代和历史一同演绎，一同生发，赋予诗歌丰富的可能性。可能性意味着新颖，意味着创造，意味着生生不息的力量。这就是诗歌的魅力所在。

潮打空城寂寞回

——刘禹锡《石头城》赏读

读多了咏史诗，突然发现，很多诗句的理解要从字里读出字外之意，要从正面读出反面之意，要从存在读出虚无，从现实读出历史。一句话，充分运用艺术辩证法来品味诗意，注重诗歌相反相成、相得益彰、相映成趣的表达特点，见微知著，举一反三，由此及彼，如此阅读，自然可以全面完整地理解诗歌的内容和诗人的情感。就拿刘禹锡的咏史诗《石头城》来说吧。诗歌是这样写的：

> 山围故国周遭在，潮打空城寂寞回。
> 淮水东边旧时月，夜深还过女墙来。

标题是诗文的眼睛，眼睛是窥探一个人内心世界的窗口。同样，诗文标题也是我们理解诗歌内容和感情的窗口。就这首诗来看，琢磨清楚标题，相信对于诗歌内容意义的理解，就八九不离十了。石头城，广义上是今天南京的别称。诗中所指是侠义上的石头城，是南京老城的一处遗迹。战国时期楚国在此建城，谓金陵城。三国时期孙权又在此筑城，改名石头城。后经六代王朝更替，浮华流转，至唐初时，已经废弃，前后两百余年，最后成为一座空城。刘禹锡歌咏此城，自然含有历史兴亡之叹，富贵如烟之感，沧桑变化之思。

群山环抱，连绵起伏，风雨洗礼，亘古如斯。可是，曾经的古城——石头城却是一派荒芜，满目萧条。风流富贵已经消散，风光权力已经退出，楼台殿阁变成废墟，皇宫御苑杂草丛生。一切有关过去、有关历史的景象都已发生了巨大变化。诗人字面强调群山存在，依旧不变，其实暗示都城已废，政权已垮，人事消磨。"在"的后面是"亡"，是不见，是消失。我们要问，什么不在了？什么消失了？又是如何消失的？你想知道答案吗？你得回到从前，研究历史，从中理解变化后面蕴含的真理。群山代表自然，代表相对不变的永恒。故国代表权力，代表奢华，代表不断变化的人事。变与不变，自然与人事，形成反差强烈的对比，引人深思。诗人咏史很多时候是在探究历史变化、社会更替的原因，但是，他不直接告诉你，只是通过一些意象陈列引发你的思考。

古老的秦淮河，依然流水滔滔，吼声如雷。一个又一个的大浪拍打空空荡荡的城墙，遇到强大阻力，又带着寒心的叹息，寂寞地退回去。潮水没变，几百年来，依旧拍打江岸，冲击城墙，依旧涛声震天，回荡城池。可是城池发生了变化。美女如云、歌舞升平不见了，前呼后拥、风光无比不见了，富甲天下、金山银山不见了，雕梁画栋、金碧辉煌消散了。石头城变成了一座空城，一座死亡之城。到处断垣残壁，到处荆棘丛生，到处人烟萧条，给人的感觉就是荒凉破败，惨不忍睹。江水不变，人事已变，两相对比，感慨万分。潮水冰冷寒凉，自自然然，从来如此，从来不变，诗人用"寂寞"来描写它们，冷清孤寂，无人相伴。今天的寂寞，暗示昔日的热闹；今天的冰凉，暗示王朝的风光。寂寞后面有台词，寂寞之下含深意。诗人实际上是想借潮水今日的寂寞来反衬都城昔日的繁华，同时，也巧妙传达出诗人悲凉的历史感慨。潮水寂寞与人事热闹形成对比，今日寂寞与昔日繁华形成对比，现实的存在与人事的消失形成对比，层层映衬，凸显主旨。

傍晚，月亮升起来了，依旧高挂天空，依旧照耀江天，依旧深夜时分还会照到女墙这边来。月亮还是那个月亮，秦淮水还是那条秦淮水，女墙还是那道女墙，没有改变；可是，王公贵族早已灰飞烟灭，金汤城池早已变成废墟，荣华富贵早已一去不返，人事在变，社会在变，政权在变。不变与变，明月与人事，自成对比，引人深思。促成这些变化的原因是什么呢？也许很复杂，一言难尽，诗人不说，留下问题让读者去思考，去感受。历史变化，人事兴废，原因复杂。诗人就是要吊足读者的胃口，让人思而得之。

特别点出"旧时月"，似乎给人一种错觉，月亮可以分为今时月和旧时月，今人不见古时月，今月曾经照古人。人事有代谢，往来无古今。月亮见证了一切，古今变化，人事更迭。月亮悬挂天空，冷光四射，寒凉人心。比月亮更让人寒心的是历史的沧桑变化。人算什么，权力地位又算什么，钱财富贵又算什么，在时间潮水的冲击之下，在岁月风雨的吹打之下，一切犹如过眼云烟，转瞬即逝。一切功名权位，一切荣华富贵，统统化为乌有。诗人在感慨历史巨变，人事沧桑。同时，从诗人隐约含蓄的感慨中，我们又分明体会到了诗人的无奈和悲凉。像明月一样清冷，像江水一样寂寞。

既然谁都不能逃脱时间的惩罚，历史的淘洗，既然谁都不能确保富贵繁华永恒不变，那么，渺小的我们，又将走向何方？诗人留给我们一个无解的谜。

我心唯有敬亭山

——李白《独坐敬亭山》赏读

大诗人有大情怀，高境界，宽视野。爱如杜甫，忧念天下，悲悯苍生；悲似太白，朝如青丝，暮成霜雪；愁如李煜，江水流恨，天地同悲。读太白诗作《独坐敬亭山》，深感寂寥，孤独绝望，至为痛心。诗歌是这样写的：

众鸟高飞尽,孤云独去闲。

相看两不厌,只有敬亭山。

一个人离开帝都长安十年,经历风风雨雨,饱尝世态炎凉,失望于前程未卜,失望于社会黑暗,诗人独坐安徽宣城敬亭山,面对高天阔地,想自己的渺茫心事,无限感慨,悲涌心间。天空中几只鸟儿已经高飞远去,渐渐淡出诗人的视野,直至无影无踪。一朵白云飘浮天际,轻轻移动,悠闲自在,也好像即将离去。天地之间,万物似乎都在遗弃太白,都不愿意陪伴太白。太白成了一个多余人,伤心不已,深感绝望。

先前,天空还是鸟儿飞鸣,叽叽喳喳,热闹喧腾。现在,鸟影消失,天空安静,静得叫人害怕。诗人的心咯噔一下,顿时变得异常紧张,充满了恐惧和迷茫。不想去回忆官场倾轧的悲惨,不想去回忆打拼功名的伤痛,不想去诉说奔波天涯的落寞,就这样静坐山亭,眺望天地。任凭山风拂过面颊,飞扬长发;任山花灿烂绽放,无语芬芳;任山泉淙淙流淌,滋润草木。诗人需要给自己一片天空,无人打扰。诗人也需要给自己一点时间,独自发呆,安抚心灵。很长时间了,都是风尘奔波,马不停蹄,都是身不由己,心力交瘁。适当休憩,很有必要。

人生不如飞鸟，鸟儿早出晚归，远近觅食，忙忙碌碌，辛辛苦苦，但是它们自由自在，无拘无束，无须寄人篱下，仰人鼻息。白云飘浮天空，忽东忽西，时高时低，也是清闲逍遥，好不快活。相比而言，诗人则困守功名，挣扎宦海，倍感压力，倍感沉重。白云轻盈舒展，诗人郁闷忧愁；白云自由飘逸，诗人陷身红尘；白云高洁脱俗，诗人心向往之。一个在天，一个在地，天差地别，遥不可及。云也罢，鸟也罢，都比诗人幸运，都比诗人自由，太白羡慕不已，又深感沮丧。

谁来安慰一颗失落的心？谁来分担一份人生的痛苦？前不见古人，后不见来者。念天地之悠悠，独怆然而泣下。世界这么大，痛苦如山，失望似海，找不到一个知音，找不到可以分忧担愁的人，所以，李白才退出社会，退出功名，投身自然，希望安顿一下疲惫不堪的心灵。诗人来到了敬亭山，向来仰慕、赞赏有加的敬亭山，这里才是精神避难所、心灵休憩地。李白一生七次游览敬亭山，可以说，与敬亭山结下了深厚情缘。

诗人看山，山看诗人，久久对视，两无猜忌，两无厌弃。李白感动，只有你才懂得我的心思，只有你才能分担我的痛苦。感谢你，感谢你这位诚实憨厚的老朋友。诗人和青山，就这样相知相伴，相识相守。像一对恋人，深情款款；像一对知音，心心相通；更像一对饱经风霜雨雪的朋友，患难与共，甘苦同担。诗人想象并盛赞这份感情，不难看出他对自然的热爱和陶醉，现实太黑暗，官场很污浊，相比而言，自然则干净得多，清明得多。诗人就希望沉湎山水，自由自在。另外，人和山，情深深，意浓浓，无疑折射出自然的美好，诗人的孤独。想想看，一个人生活在世间，只能与青山为伍，与花草为邻，悠游山水，纵情自然，他在人世间怎么了？他没有一个朋友？他没遇到一个懂他的人？天地孤独是太白，世无知音也是太白。真不知道是社会的悲哀还是太白的不幸。

想起了辛弃疾看山，"我见青山多妩媚，料青山、见我应如是"。(《贺新郎》)青山妩媚，人亦妩媚，两相欢悦，快乐无比。还有一次，辛弃疾喝醉酒之后，摇晃着身子，歪歪扭扭往回走，一下子撞到路边一棵松树上去，诗人没有生气，没有将松树大骂一顿，你看他怎么说，"昨夜松边醉倒，问松我醉何如。只疑松动要来扶，以手推松曰'去'"。(《西江月

·遣兴》）将松树当作朋友，理解他的好心好意，也拒绝了他的好心好意，关系如此融洽亲密，情调如此轻快。相比辛弃疾，李白与敬亭山也是朋友，但是，没有像辛弃疾那样快乐、轻松，那样兴奋、风趣。李白孤独，所以青山也孤独；李白沮丧，所以青山也沮丧。独坐青山，忧愁也罢，孤独也罢，都是真情实意，都是个性风采。

李白被社会挤压出局，他找不到一个知音，投靠敬亭山，青山可以洗涤心性，抚慰伤痛。我们奔波红尘，劳心劳力，疲惫不堪，何时也能像李白一样，亲近青山，亲近自然，放松一下紧张的神经呢？

白水明田原野外

——王维《新晴野望》赏读

苏东坡评价王维诗歌，有经典之论，"读摩诘之诗，诗中有画；观摩诘之画，画中有诗"，王维的诗歌诗情画意，有机统一。作为画家，王维构图，注重色彩光感，注重线条布白，注重远近层次；作为诗人，王维创作留意形象，捕捉观感，抒写心灵，诗歌洋溢浓郁的感情色彩。读王维田园诗《新晴野望》，感觉就是清新明丽，心旷神怡：

> 新晴原野旷，极目无氛垢。
> 郭门临渡头，村树连溪口。
> 白水明田外，碧峰出山后。
> 农月无闲人，倾家事南亩。

初夏炎热，酷暑难当。一场大雨过后，天地变得清明亮丽，纤尘不染。诗人的感觉也是神清气爽，心旷神怡。到郊野走一走，呼吸呼吸新鲜空气，舒展舒展筋骨，散散心，赏赏景，也是十分惬意的事情。放眼原野，无遮无拦，一片开阔。极目天空，万里晴朗，一派清新。诗人感觉很舒畅，很清爽。

一个"新晴"不但点明时间，雨后初晴，热尽凉来，而且点染氛围，空气清新，清凉宜人。更是暗藏时机，表明诗人善于观察天气，捕捉时机，不前不后，不阴不阳，正当此时，出游原野，游目骋怀。几多欢悦，几多兴奋。

"野望"自然是原野一望，视野开阔，景色明媚，心胸也随之开阔，心情也随之欣喜。更有游目乡野、无拘无束、自由散漫、随心随意的味道。诗人的散淡疏朗，诗人的清闲逍遥，由此可见。要是换个环境，将郊野改为城市，或是通衢大道，则人流如织，熙熙攘攘，热闹喧嚣，毫无诗意。乡野就是乡野，城市就是城市，人在其中，感受截然不同。

"极目"是常语，是常态，可以流露情意，留下余韵。天地空明，原野辽阔，视线所及，毫无遮拦，舒畅无比。想看哪里就看哪里，想看什么就看什么，一切自由，不加节制。这就是"极目"的意味。表面"极目"，其实"极乐"。心里舒坦，情意欢畅。

诗人也许站在原野某个位置，尽情欣赏。远眺，河边渡头，城门牌楼临河而立，古老素朴；近看，村边路口，整齐的树林临河静立，苍翠逼人。牌楼不动，树林无声，流水潺潺，波光粼粼。一静一动，一远一近，相得益彰，相映成趣。门楼勾勒雄姿，门楼装点原野，高大雄伟，有姿有态。绿树炫耀色彩，绿树表现生机，如伞如盖，如烟如雾。远望近看，郭门醒目，村树亮眼。画面开阔，情调欢乐。

笔者读到此处，想起家乡的一幅图景。村口古道，紧傍一条小河。河岸两边是一片开阔地带，两棵巨松拔地而起，直冲云霄。松树枝桠斜逸，松针叶叶茂盛。远远看去，两株松树犹如两缕青烟，先是笔挺上升，然后成团扩散，在天空形成两团巨大的蘑菇状云烟，实在壮观极了。每每远行回家，走近村口，总是首先看见这幅壮观的图景，心里一阵激动。相比王维笔下的村树，我的家乡两棵巨松更显磅礴气势。

换个角度再看看。田野外面是小河潺潺，弯弯曲曲。日光朗照，流水发亮，波光粼粼，闪闪烁烁，给人以朴素迷离之感。原野农田，一块一块，整整齐齐，长满稻秧，绿意葱茏。一边是白晃晃，水灵灵，一边是绿油油，翠生生；一边是空明灵动，一边是生机勃勃。两相对照，动静适宜，纯然一幅和谐优美的田园风光图。记得宋代诗人王安石也描写过类似图景："一水护田将绿绕，两山排闼送青来。"白水环绕绿田，青山有意扑面，化静为动，拟物生情，生机灿烂，意趣多多。王维诗歌只是淡淡点出白水明田，因为意象美好，光色差异，自然引发读者如画如梦的联想。

　　村子后面是一道山梁，连绵起伏，蜿蜒延伸，线条优美，色调清新。山梁后面，峰峦叠翠，突兀而出，轮廓分明，光色秀丽。要是平时，可能难以欣赏到如此清新、如此明媚的景色。雨过天晴，因为空气清新洁净，能见度好，诗人所见层次感也就非常分明。前面是一个村寨，后面是一道山梁，再往后是重重山峦，纵深推进，层次分明，简直就是一幅农村山野风光素描图。

　　初夏风光，静美如画。可是，总觉得少了一点儿什么，味道似乎欠缺。诗人又在这幅自然图景上再添浓重的一笔，那就是描写村子里人们的活动。时值初夏，农忙活多，整个村子，静悄悄的，看不见一个人，不管是老人还是小孩，没有人可以清闲下来。原来人们都到田间地头劳动去了。清风吹来，绿浪翻滚，人们锄草田间的身影不时可见，忙忙碌碌，一派热闹。或是山边地头，有老人手拿农具，弯腰低头，打理庄稼。村子空空荡荡，田间热热闹闹。人们抓紧农时，辛勤耕耘。他们热爱家乡，热爱生活，热爱自然。诗人被眼前的情景深深感动，留恋田园，留恋生活。从匆忙劳作的身影上，诗人读到了生活的快乐和希望。

　　一次眺望，一番欣赏，一道道风光，一幅幅图景，打动王维，也感动你我。天地之间，田园小河，绿树山峦，门楼溪口，老人小孩，全是诗意，全是风景。诗画定格你我心中，诗画充盈无限向往。

月亮本是故乡明

——杜甫《月夜忆舍弟》赏读

早在唐朝,伟大的现实主义诗人杜甫就曾经感叹过,"露从今夜白,月是故乡明",如此感慨有何特定背景呢?还是让我们跟随诗人走进诗意吧。杜甫诗歌《月夜忆舍弟》是这样写的:

> 戍鼓断人行,边秋一雁声。
> 露从今夜白,月是故乡明。
> 有弟皆分散,无家问死生。
> 寄书长不达,况乃未休兵。

诗歌创作于"安史之乱"期间。时局动荡,社会混乱,百姓离散,家园遭殃。诗人和兄弟们四处逃避战乱,分散各地,不通音信,生死未卜。杜甫写下这首诗,表达自己对兄弟们的忧思和牵挂。

当时诗人应该是客居秦州,那里战火连天,烽烟不息,交通阻隔,出行不便。声声更鼓,响彻夜空,触动心弦。南来北往,东奔西去,全都断绝不通,形势十分严峻。孤雁悲鸣,嘹呖清晨,秋风瑟瑟,落木萧萧,天地肃穆清明,气氛压抑窒息。诗人滞留秦州,不能自由而安全地出行。此时此刻,他最关心、最挂念的就是亲人,就是几位曾经和他一起流离逃难,现在已经分散了的兄弟,就是家园故土、父老乡亲。秋风猎猎,秋雁惊飞,戍鼓阵阵,大雁声声,所见所闻,无不凄清,无不悲凉。

可以想见,诗人也是忧心如焚,忐忑不安。要是和平年月,还可以通信联系,还可以赶路探访,还可以与亲人团聚。可是今天不同,战火纷飞,兵戈不息,兄弟亲人,各在一方,怎么能不牵挂、不担心呢?连个传语报平安的人也没有,连起码的出行安全都不能保障,形势的确危险。

诗人想到,故乡的今夜,秋意浓浓,秋风瑟瑟,秋霜满地,还有秋月朗照,天地一派清明,一派肃静。白露为霜,寒凉刺骨。似乎今晚的露珠比平时更白,今晚的霜雾比平时更冷,今晚的月光比平时更亮。诗人产生了错觉和梦幻。何故?心有不安,心怀乡思,心感寒凉,所以移情于露,迁怨于月,抒悲于夜。想起故乡,想起亲人的安危生死,艰难凶险,诗人倍感沉重,倍感凄凉。是啊,这样的局势,这样的年月,谁能确保自身安全,谁能确保家人无事呢?

换个角度理解,诗歌描绘露珠明月,其实也是影射诗人心灵的凄恻、冷清。露珠为秋霜所化,沐浴皓月,凛凛生寒,莹莹泛光,既精美玲珑,又寒意袭人。明月悬挂秋空,冷风凄凄,寒气漫漫,天地空旷,感觉异常寒冷。露珠冷月,清风秋寒,融情于景,折射心思。一天冷月,一地清露,一夜秋霜,伴随一颗憔悴的心。

故乡的月和异地他乡并无不同,只是由于诗人心事浩茫,忧虑多多,所以,才感觉到故乡明月今夜更明亮,也比他乡更明亮。明亮背后是阴冷,错觉之下有担忧。如此感觉差异折射出诗人对故乡、对亲人的刻骨思念。杜甫这两句诗,一经流传,便成为名句。诗意也扩展、泛化,除了思乡念亲之外,还包含游子对故乡风物景色的热烈歌颂和赞美。今天我们说"月是故乡明"更多的是自豪和荣耀,为故乡,为父母,为父老乡亲。游子离家,辞亲远行,越远越久,乡情越重,乡思越烈。一句话,天下明月,要数故乡最美,故乡最亮,故乡最圆。

诗人感叹唏嘘,忧心忡忡。想想兄弟们,天各一方,离散江湖,不通音信,不知下落,何等揪心,何等牵挂。再想想家园,家已不存,生死难卜,亡命天涯,四处逃难,何等悲惨,何等危险。写信问候,不知是书信寄不出去,还是书信抵达不了,长久未见回音。这年月,兵荒马乱,战火连天,哪有一块安静之地?哪有一处安全之所?诗人忧虑,这种情况持续下去,不知还会有多少百姓遭殃呢?

杜甫就是这样一个诗人,心忧天下,悯时伤乱,推己及人,关怀苍生。本来,战乱年代,人人自保,自顾不暇,哪里还有心思关照别人?可是杜甫不是这样,从来以天下苍生为念,以家国命运为念,他放心不下,他无法平静啊。

梁启超先生评价杜甫是"情圣",天下情怀,家国命运,远远超出了个人安危,的确恰切。老杜一生志在家国,心在百姓。人格情操,令人敬仰。

昨别花落今又春

——韦应物《长安遇冯著》赏读

如何宽慰一个人生失意、仕途苦闷的朋友，不同的诗人有不同的做法。刘禹锡劝慰朋友，"沉舟侧畔千帆过，病树前头万木春"，千帆竞发，刻不容缓，万木逢春，生机勃勃，哪能一蹶不振，悲观沮丧？高适安慰朋友董大，"莫愁前路无知己，天下谁人不识君"，天地广阔，大道光明，一路远去，谁人不知？谁人不晓？韦应物最有意思，宽慰朋友，尽说笑话，尽捡轻松愉快的事情与朋友分享，不见半点愁苦。其诗《长安遇冯著》是这样劝慰失意朋友冯著的：

客从东方来，衣上灞陵雨。
问客何为来？采山因买斧。
冥冥花正开，飏飏燕新乳。
昨别今已春，鬓丝生几缕？

冯著是一位德才兼备、失志不遇的名士，先隐居家乡，清贫守真，后到长安谋仕，文才扬名，但仕途失意。约在大历四年（769）应征赴幕到广州。十年过去了，仍未获官职，后又来到长安。韦应物体谅、同情朋友的处境，想方设法宽慰朋友。写了这首劝勉诗。

朋友啊，你从东边过来，你身上应该带着灞陵的风雨呀。诚如王维询问朋友，"君自故乡来，应知故乡事"。王维是抓住故乡来人不放，追问故乡大小事情，迫不及待，心急火燎，乡思如焚。韦应物则是盛赞冯著，一身风雨，一身风采，气度不凡，实在潇洒。灞陵可不是普通地名，长安东郊山区，汉代曾是著名的隐逸胜地。诗人显扬灞陵地名，意在暗示朋友风神散朗，潇洒出尘，气宇轩昂，襟怀高旷，典型的隐士兼名士风范。

笔者喜欢这种穿越时空的表达，"灞陵雨"给人的感觉就是不一样，不平凡，不简单，天下地名万千，灞陵别具风采，灞陵显声扬名。来自灞陵的朋友就是不寻常，不一般，因为你是灞陵来的，你身上有灞陵的味道、风采、气质、神韵啊。一种自豪荣光的情感流露出来。你知道，多少文人仰慕灞陵隐士，多少士子瞩目灞陵风采。同样的道理，当笔者说自己是贡溪人的时候，表明自己对家乡的高度认可，引以为荣，自豪无比。出门再远，离家再久，永远记得故乡，永远以故乡为荣。韦应物开口即把深情赞美奉送给朋友，无异于冬天里端上一杯热茶，热气腾腾，香飘沁心。

　　诗人接着又自问自答，调侃朋友，营造随意轻松的气氛，减轻朋友的心理压力。你这次到长安来，到底是为了什么呢？不过就想进山采铜铸钱，费尽心思，耗尽力量，铜没采到，倒是收获了一大片荆棘。想发财，却白费劲，岂不冤枉？岂不可惜？呵呵，打消这个念头吧，做隐士，清贫自守，逍遥自在，淡泊宁静，修身养性，不是很好吗？韦应物没有这样直白地说，但是一番玩笑是可以暗示朋友思考的。

　　采山、买斧之语，源出有典，常人难知，但是韦应物和朋友非常熟悉。不言自明，妙趣横生。左思《吴都赋》云："煮海为盐，采山铸钱。"意谓入山采铜以铸钱。"买斧"化用《易经·旅卦》："旅于处，得其资斧，我心不快。"意思是说，旅居此处做客，但不获平坦之地，尚须用斧头斫除荆棘，所以心中不舒服。诗人化用这些语词，表面在于调侃朋友发财心切，白费力气，一无所获，心中不快，其实，往深层想也是在暗示朋友谋求仕途，无所遇合，无处容身，心中失落。只不过诗人非常含蓄、风趣罢了，想必朋友笑过之后是会深思的。

　　相遇春天，相见是福。诗人触景生情，借景发感，祝福朋友开心快乐，积极乐观，不要为人生坎坷而悲伤，不要为仕途遭遇而一蹶不振，要振奋起来，抖擞精神，激扬志气，相信明天更美好。你看，诗人怎么说？繁花默默无语，静静绽放，洋溢勃勃生机；燕子翩翩飞行，欢快无比，因为新燕出巢。花朵姹紫嫣红，装扮大地，装扮春天。飞燕喜不自胜，自由翱翔。无论是地上，还是天空，一片生趣，一片欢畅。朋友啊，你我不也应因此而觉悟一些什么吗？诗人在这里特意勾勒一幅生动优美的图景，引人入胜，启人深思。

　　"冥冥"状写自然造化，状写百花情态，无声无息，无言无语，是静态描写，饱含无限生机。呼应后面一个"正"字，生逢春天，正当其时，含苞绽放，绚丽辉煌。"飐飐"状写燕子飞翔，活泼轻快，唧啾有声，是动态描写，渲染欢乐情趣。呼应后面一个"新"字，新燕初生，欢快出巢，充满好奇，充满希望。花朵和新燕，一动一静，代表新生，代表希望。诗人借此鼓励朋友，心花绽放，心生力量。很含蓄，很优美，也很智慧。想必朋友也会心领神会的。

最后，诗人情不自禁，直抒胸臆，语带夸张地对朋友说，你看看，我们就好像昨天刚刚分别，今天又相见了，就好比冬天刚刚过去，春天马上到来。数数两鬓白发，看看增加了几根？没有啊，一如昨天，青丝满头，风华正茂，年富力强，正是大干一场的时候。回到长安，重整旗鼓，前途无量啊。劝慰朋友，有的是机会，有的是时间，有的是希望。

不知道冯著听了以后反应如何，笔者觉得，韦应物的勉励的确入情入理，激励人心。想想看，才华横溢、心怀抱负的人，哪个不希望自己年轻？哪个不希望自己机会多多，前程似锦？白发缕缕，意味着心愁如海，怨重似山，心有千千结，结结解不开。不生白发，青丝满头，则意味着年轻和青春，意味着力量和希望。虽然诗人和朋友长安相见时也许不再年轻，不再青春，但是心态乐观，心胸开阔，生活积极，事业一定大有成就。笔者也是人到中年，多年打拼，风雨沧桑，已经头生白发，丝丝缕缕，非常显眼，给人苍老之感，一旦有人说我年轻，或是夸奖青春，自然非常欢喜，格外来劲。因此，我很能够理解诗人对朋友的鼓励和鞭策。

经历了一场寒冬，朋友相遇新春，是欢乐的。韦应物至情至性，至真至诚，随心吟诗，触景生情，安慰朋友，用心良苦。不去陪伴朋友悲悲戚戚，哭哭啼啼，不去陪伴朋友嗟叹愁苦，伤感流年，而是送去一春似锦繁花，送去一春欢飞新燕，送去一片欢声笑语，送去一份真诚祝福，朋友有福，人生有幸。于是，千百年后，我们才记住这样一幅画：两个饱经风霜的朋友，离别多年之后，重又相见于长安，谈笑风生，意气风发。

君在潇湘我在黔

——王昌龄《送魏二》赏读

每一次捧读送别诗章，总是激动万分，感慨无限。现代社会，交通便捷，资讯发达，联络方便，朋友交往轻而易举，瞬时即可，用不着像古人一样千里迢迢，忧心牵挂，用不着像古人一样忐忑不安，坐卧不宁。但是，又总感觉到，人情世故，世态炎凉，现代人总少了点儿什么，就像夫妻之间刻骨铭心的思念，就像家人之间痛彻心扉的牵挂，就像朋友之间感同身受的共鸣。越是这个时候，越是我们对于人间冷暖、世态炎凉见多不怪，习以为常，以至于我们的心灵渐趋冷漠的时候，读一读古代那些泣血堕泪、锥心断肠的诗篇，就越有必要。因为我相信，人心都是肉长的，情意一定相通，不管古今，不辨男女，不分地域。唐代诗人王昌龄一度贬官龙标，遥远蛮荒，但是，心中长存友情，情意飞越山水，一张口，一动心，一歌吟，就是感动心魂、催人泪下的诗篇。其诗《送魏二》大约是送别一位前往龙标探望他的朋友，设身处地，心神感应，虽不能至，心向往之。于是，我们看到，一路山水，一天星月，充满相思，充满离愁。诗歌这样咏叹：

> 醉别江楼橘柚香，江风引雨入舟凉。
> 忆君遥在潇湘月，愁听清猿梦里长。

魏二是谁，哪里人士，做何官职，有何事功，从何处来，来又何事，太多的想象，太多的悬疑。但是，这些都不重要，在王昌龄心中，友情第一；在我们看来，不辞辛苦，千里迢迢，探望朋友，这最重要。王昌龄很感动，表达这份感动，可以用诗歌，还可以用美酒，于是，才有了这一次送别，这一番畅饮。在江边，一个惠风和畅、天朗气清的日子里，诗人送别自己的朋友魏二，设宴江边高楼，举杯话别，滔滔不绝，畅饮连连。脚下江水潺潺，流向北方，流向遥远的山外，那里是朋友即将远去的方向，那里也是诗人朝思暮想的故乡。楼外，杨柳披拂，婀娜随风，遭逢风物萧条惨淡季节，少了几分妩媚与苍翠，多了一分萧瑟与枯淡。纵然飘曳，纵然缠绕，却也留不住朋友远去的步履。远处，橘柚树茂盛，枝叶葱茏，一个个金黄硕大的柚子高挂树枝，压低了枝桠，点缀了葱茏，远远望去，活像一个个可爱的娃娃脸，生动明媚，鲜艳亮眼。秋风缕缕吹来，空气中弥漫着淡淡的橘柚香，清新洁净，带着枝叶的清凉，带着丰收的喜悦。

王昌龄与魏二端坐酒楼，举杯对饮，话语滔滔。说不尽相思苦念，道不完情深义重，诉不清人生坎坷。无心欣赏深秋风物，无意畅想人生前景，听不见江流有声，舟子催喊，闻不到橘柚飘香，金风送爽，看不见烟水苍茫，群山起伏。两个人，眼前心中，只有对方，只有酒杯，只有无穷无尽、源源不断的话语。也许就像王维送别元二出使安西一样，"劝君更尽一杯酒，西出阳关无故人"，放肆喝酒，殷勤劝酒，找各种各样的理由喝酒，借杯酒延迟离别的到来，珍惜短暂的相聚。也许像李白一样，"抽刀断水水更流，举杯消愁愁更愁"，明知离别在即，明知喝酒不能解愁，但是，还是要喝，还是要敞开喝，酣畅淋漓，脸热心跳。愁也罢，恨也罢，机会难得，情谊更难得，此时不喝，更待何时呢？酒酣耳热，醉眼昏花，不知不觉，诗人已是大醉，朋友也是醺然。

也许醉了更好，醉了就不知道离别的痛苦，醉了就不知道远去的风雨，醉了更不知道相思的煎熬。王昌龄正是在酩酊大醉中送别朋友的，就像邀约朋友明天再来喝一杯一样，"我醉欲眠卿且去，明朝有意抱琴来"，心中坚信，朋友还会回来，情意永远像门前江水，万古流淌。朋友也是在云里雾里离开的，不知道天时风雨，不知道夜色苍茫，一个人登舟远去。不知道，也不去想，等待他的是哪家客栈，哪路风景。俗话说得好，酒醉心头醒。朋友也罢，诗人也罢，纵然烂醉如泥，人事不省，但是，心中始终明白，你牵挂我，我牵挂你。诗人醒来，朋友远走，留下一江烟水，迷茫诗人的眼眸，黯淡诗人饱经风霜的心灵。

推开窗户一看，烟云变色，暮色降临，一江凄风冷雨悄然而至，无情拷打人间万物。诗人早已看不见朋友远去的身影、孤独的小舟。但是，心不甘，情不舍。诗人完全能够想象，黑沉沉的江面上，冷雨滴滴答答敲打船篷，冷风呜呜吹响耳旁，朋友魏二躺在舟中，蜷缩着身子，瑟瑟发抖，心中也是久久不能平静。因为，比风雨更冷的是心灵，孤独和寂寞折磨着他。他忽然发现朋友王昌龄不在身边，忽然发现空空荡荡的小舟就只有他一个人，忽然惊觉什么都看不见，要到哪里去，何处可停泊，一颗心漂泊在凄风苦雨的夜晚。王昌龄的心意寒凉，所以，想象之中，他看到了凄凉的风景。魏二的旅途孤寂，所以感觉到了心灵的落寞。记得王昌龄曾在另外一首诗《芙蓉楼送辛渐》中如此描写："寒雨连江夜入吴，平明送客楚山孤。"重情重义的王昌龄总是看到寒雨和黑夜，总是担心朋友的无助与凄凉，以至朋友走后，一个人还是久久站在江畔，注目青山，无语含悲。送别魏二也是如此，风雨潇潇，凉意森森，酒醒之后的王昌龄，满眼漆黑，无限伤感。诗人自己滞留龙标，远离京华故友，远离洛阳亲朋，不知到何时回去，不知道有无拨开云雾、重见天日的机会，人生命运充满了焦虑和不安。每一个前来探望他的朋友，都会给他捎来远方的关照与温情的慰藉，每一个离开龙标的朋友都会激起诗人敏感的联想和凄凉的回忆。

　　诗人想得更远，更具体。就像自己流离天涯、风尘仆仆一样，诗人想到，远去的魏二啊，今天晚上，酒醒之后，你水路漂泊，应该到了潇水、湘水交汇之处吧？那里的月亮好圆好大，清辉朗照天地，江面波光粼粼，闪闪烁烁，迷离幻化成一片皎洁。两岸，青山隐隐，起伏连绵，树木丛生，暗影幢幢。四野一片寂静，一片朦胧，只有潺潺的江流低声细语，诉说着无穷的思念。朋友也许正枯坐船上，静听流水有声，静想幽幽心事；或是枯坐舟尾，仰望圆月，想起仍然滞留龙标的我，愁容满面，忧心忡忡；或是进入沉沉梦乡，梦见我们的相聚，我们的诗酒欢畅，梦见我们的离别，我们的似水流年。梦中时时传来清猿长鸣，凄厉哀婉，冷彻心肺。不像李白经过三峡时候，"两岸猿声啼不住，轻舟已过万重山"，那是轻舟，那是回家，两岸猿声在欢唱，在鼓掌，祝贺李白重获自由。可是魏二呢，离开了最好的朋友，漂泊在异乡的土地上，不知道哪里才是归宿，猿声阵阵，一声响过一声，声声刺耳，声声惊心，唤醒了沉醉美梦中的朋友。一觉醒来，梦幻成烟，飘忽而逝，留下一个怅然若失、呆如木鸡的魏二，心中还在隐隐作痛，耳边还是传来声声凄厉的猿鸣。

　　一个人漂泊在江面上，江面上久久回荡着清猿啼鸣。一个"长"字，表面上是在描绘猿声凄婉、绵长，不绝于耳；往深处想，却是隐隐透露出魏二心绪不宁，忐忑不安。往远处想，更是流露出诗人的担忧与牵挂。记得《水经注·三峡》有这样的描写："时有高猿长啸，属引凄异，空谷传响，哀转久绝。"猿声回荡在山谷之间，朗月之下，江波之上，深深搅动诗人和朋友的无边心事。

　　王昌龄想念朋友，为朋友离去而畅饮大醉，为朋友漂泊而忧心如焚，为朋友奔波而感同身受，一言一语，一歌一咏，一行一止，一思一念，都在远方，都在朋友。我相信，两个风雨同舟的生命，纵然相隔万水千山，也会产生心灵感应，也会声息相通。王昌龄喝醉了，倒头便睡，但是，他的心却一直追随朋友远去，他的诗歌写在明月之中，写在清波之上，写在朋友心中。走笔至此，想起了柳永，也是送别朋友，或是情人，"今宵酒醒何处，杨柳岸，晓风残月"，杨柳低垂、残月落天的清晨，凄凄冷风吹不去心灵的冷意，吹不走我们永远的思念。

后 记

三十多年前一个秋天的早晨，我斜挎书包，肩扛木箱，离开生我养我的村庄，赶赴县城念高中，走过家乡那条清亮的小河，走过河上那座小木桥，我看到秋霜茫茫，溪水泠泠。我成了那个早晨我的家乡第一个走过那座木桥的人，想起温庭筠的诗句"鸡声茅店月，人迹板桥霜"。

十五年前一个秋天的黄昏，我来到湘江风光带杜甫江阁附近，站立江畔，向西远眺岳麓山风光。落山的夕阳平铺江水，斜射过来，江面形成一条明亮的光带，一边深红明亮，一边暗淡浅绿。突然，白居易的诗歌从我的记忆深处跳出来，"一道残阳铺水中，半江瑟瑟半江红"。我很激动，为夕阳山河无限美好，为文人墨客灵动妙笔。

十二年前一个秋天的深夜，我漫步雅礼中学绿茵操场，空旷无人，一片寂静。仰头看天，一弯残月隐隐躲进西天的云层，几颗星星寥落天边。低头看地，秋霜弥漫，落叶缤纷。突然想起远在千里之外的家乡，不自觉地吟诵杜甫的诗句"露从今夜白，月是故乡明"。

很多个秋天过去了，时光如水，春秋代序，总有一些感触沉淀心间，总有一些诗歌萦绕脑海。我一边体会生活的缤纷斑斓，一边收藏点点滴滴的诗意，我将生活融进诗歌，我在诗歌中展开生活。吟咏玩味，含英咀华，一晃就是二十多年，我为生活付出了巨大的心血，我为诗歌倾注了无限情思。诗为我生，我为诗狂啊！这部《唐滋唐味唐人诗》是我多年潜心体验生活、用心品味诗意的结晶。我懂得生活的艰辛与幸福，我懂得诗意的欢乐与悲凉，我想通过这样专注而深情的表达，与读者朋友分享情思，分享甘苦。我相信，燃烧自己，才能打动他人；对话诗魂，才能点亮精神。

书稿得以出版，要感谢许多亲朋、良师。

感谢我的家乡。秀美的山川，古朴的民风，勤劳的乡亲，可爱的生灵，一切的一切，包括家乡的一阵风，一朵云，一树花，一场雨。

归鸦带来黄昏的宁静。狗吠增添了乡村的安宁。鸡叫催促人们早早起床，下地劳动。羊儿咩咩叫，老牛哞哞喊，斑鸠咕咕鸣，麻雀叽叽喳喳，喜鹊呈祥报喜，所有的声音汇成一曲乡村交响乐。

金银花细小浅黄，桐油花洁白硕大，桃花粉红娇艳，油菜花金黄灿烂，紫云英多姿多彩，所有的花开汇成了一幅绚丽多彩的画卷。

我家门前老井旁边的那棵楠木树，一年四季郁郁苍苍，不知站立了多少风雨岁月。我家自留山上那棵长得像一把参天巨伞的板栗树，每到秋熟时节，总是硕果累累，数不胜数。我们村口那条花街路，一路铺满花色斑斓的鹅卵石，一路撒满我们童年的欢声笑语。我们村口那条小溪陪伴过我们摸鱼、翻螃蟹、抓泥鳅、钓虾米、打水仗。

所有的生活都走进了诗歌，所有的图景都定格在心间。我带着家乡的风景远走天涯，我带着家乡的风情阅读诗歌。

感谢辛勤劳作的父母。父母都是年过古稀的人，步履蹒跚，老态龙钟，但是精神矍铄，心态乐观。他们劳碌一生，历尽千辛万苦，想尽千方百计，将三个儿女拉扯成人。弟弟是大学教师，数学博士兼教授，硕果累累。妹妹是公务员。我是中学教师，是

2012年度全国中小学教育界唯一入选中国作家协会会员的教师。父母给了我们生命,父母也塑造了我们的人格。我们所取得的点滴成绩都凝结着父母的心血、汗水。父母的养育之恩,重于泰山,深似大海,暖如春阳,理当刻骨铭记,涌泉相报。

感谢我的家人。夫人吴小雪女士勤勤恳恳,任劳任怨,默默奉献,给家庭带来了安宁和幸福。我的几百万字的文稿全是她一字一键敲打出来的,她是我每一篇文章的第一个读者,帮我修改了不少的文字错漏。儿子徐枫林学习勤奋,热爱数学和作文,经常陪我一起晚上散步。我们谈论语文教材里的诗词,我们设计玄幻小说的关键情节,我们彼此推荐好看的书籍,我们讨论周日上午去不去爬岳麓山,我们商量要不要报名参加校运会800米长跑,话语滔滔,谈兴勃勃。我们是父子,但更像朋友。枫林给我带来了开心和快乐。

感谢我的恩师,全国著名特级教师邓志刚先生,我的每一部书稿都经过他的审阅,他的每一次审阅都是深度阅读,邓老师直言不讳地提出了许多中肯的修改意见。每一次新书出来,邓老师都会极力地推荐宣传,给予我巨大的鼓励和鞭策。邓老师的真诚为人,独立思考,高度敬业,严谨为文,都深深地影响了我。感谢我的领导兼同事王学明女士,记得她的真诚微笑,记得她的热心鼓励,记得她的大力帮助,记得她的善意理解,还记得我们给她的雅号——学哥。感谢雅礼中学校长刘维朝先生、副校长王旭先生,两位宽容儒雅、谦逊平和的气度,崇尚科学、重视人文的理念,对我的教学和创作都是巨大的激励。

感谢雅礼老报人《雅礼简报》总编马泽京先生,马老年近八旬,精神矍铄,思维敏捷,见识高远,时常评点拙著,推重拙著,勉励后学,热情备至,令人感动,永志不忘。

感谢我的办公室同事。有人统计,全球六十多亿人,每两个人之间相识的机率是一千万分之五。中国有句古话,"百年修得同船渡",我想加上一句,"千年修得同事缘"。他们是:伏哥、王良、唯之、飞虎、喻姐、智勇、建红、艳辉、李艳、禹翱、杨奇、政霖、王迎。他们真诚善良、乐于助人，他们学问渊博、才华横溢，他们敦品砺行，修身养德，他们影响了我，也改变了我。他们对我的创作的关注和期待、鼓励和褒扬，给我信心和力量。感谢雅礼中学语文教研组所有的兄弟姐妹，天天共事，楼上楼下，同甘共苦，同歌共唱，他们让我的生活变得灿烂而有诗意。

感谢我的兄弟朋友：淑晃、雄黄、茂椿、边村、昌军、国正、宏来、灿华、良生、杨林、茂红、水光、梁吉、惠珍、卯生、玉焕、先智、切勋、志敏、国南、主经、玥辰，等等。大家的热心鼓励和帮助，让我感到友情的芬芳，生活的温暖。

感谢广大读者朋友的分享和交流，你们的热爱和赞许让我感到无比自豪，你们的期待和鼓励给我持续不衰的动力。还要特别感谢陕西人民教育出版社编辑张锋先生，书稿的审阅、编校、设计、排版，等等，每个环节都是张先生一手操劳，勤恳敬业，认真负责，令人感佩。

感谢的人很多，感谢的话说不完。恕不一一列举，但心意永存。感谢之余，内心惶恐。自己才疏学浅，学力不济，书稿错漏难以避免，恳请读者朋友批评、指教。

徐昌才
2014年5月于长沙雅礼